초월주의의 야생귀리

초월주의의 야생귀리

루이자 메이 올컷 소설
서정은 옮김

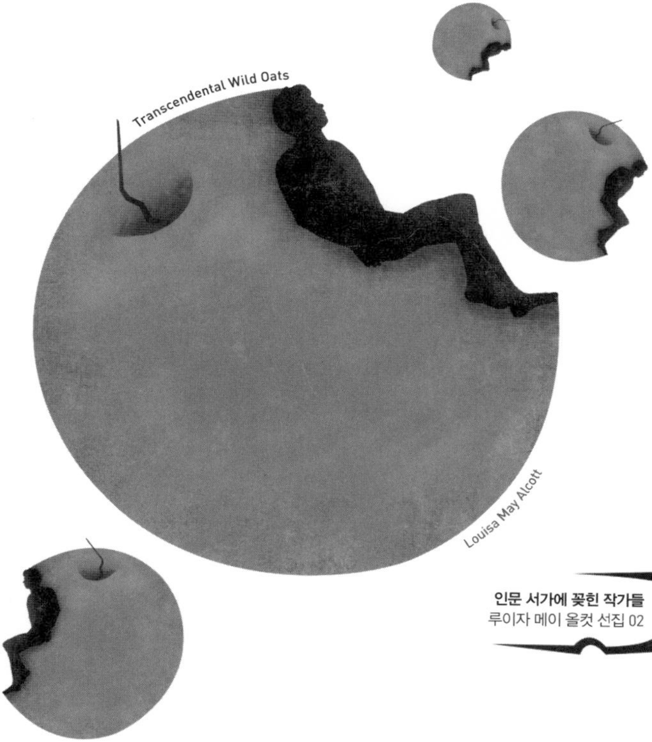

인문 서가에 꽂힌 작가들
루이자 메이 올컷 선집 02

문학동네

차례

병원 스케치 7

나의 콘트라밴드 133

한 시간 171

초월주의의 야생귀리 215

루이자 메이 올컷 연보 245

옮긴이의 말 249

일러두기

1. 이 책에 실린 작품들은 다음의 두 원서에서 선별·번역한 것이다.
Louisa May Alcott, *Alternative Alcott*, edited and with an introduction by Elaine Showalter (New Jersey: Rutgers University Press, 1988); Louisa May Alcott, *Louisa May Alcott on Race, Sex, and Slavery*, edited and with an introduction by Sarah Elbert (Boston: Northeastern University Press, 1997).

2. 이 책에 실린 주는 모두 옮긴이의 것이다.

3. 원서에서 이탤릭체로 강조한 부분은 본문에서 고딕체로 표기했다.

4. 본문 중 단행본·잡지는 『 』로, 시·단편·선언문은 「 」로, 노래·희곡은 〈 〉로 구분했다.

5. 외래어 표기는 국립국어원 외래어표기법 고시를 따랐다.

병원 스케치

Hospital Sketches

1
사전 준비

"일이 하고 싶어요."

세상 전체를 향해 던진 말에 호응해주는 사람은 아무도 없었다. 그래서 나는 내 주위의 더 작은 세계를 향해 반복해 말했고 다음과 같은 제안들을 받았으며, 지나치게 진지한 사람들이 늘 그렇듯 혼자만의 숙고 끝에 고민을 매듭지었다.

"책을 써보지그래." 내 안의 작가가 말했다.

"아는 게 별로 없어. 우선 인생을 경험한 다음에 쓰겠어."

"가르치는 일을 다시 해보면 어떻겠니?" 엄마의 제안이었다.

"의견은 감사하지만 사양할래요. 십 년이면 할 만큼 했는걸요."

"우리 다비 같은 남편을 찾아서 네 의무를 다하는 건 어때." 집에 다니러 온 언니 조앤*이 말했다.

---

* 18세기 민요 〈다비와 조앤〉에서 따온 이름. 행복한 결혼생활을 누리는 노부부를 의미한다.

"그런 호사는 누릴 처지가 못 돼요, 쿠비디* 부인."

"여배우가 되어서 불멸의 이름을 남기는 거야." 언니 바시티가 연극적인 몸짓으로 제안했다.

"별로."

"가서 군인들을 간호해주면 어때?" '막사들이 있는 전장'을 동경하며 남동생 톰이 말했다.

"그거 괜찮은데!"

뜻도 세우고 방법도 찾고, 여기까지는 모든 것이 대단히 순조로웠다. 아직 무엇을 어떻게 시작해야 할지 전혀 가늠할 수 없었지만 그래도 괜찮았다. 페리윙클 가문은 낙천적인 종족이기 때문이다. 집안의 문장紋章부터가 닻에 올라앉아 우는 세 마리의 수탉이었다. 모두가 장밋빛 안경을 쓴, 공중누각 창시자의 직계 후손인 것이다. 이 일로 한 시간 동안 대화한 가족 모두는 열광의 도가니에 빠져들었다. 이상적인 병원이 설립되었고, 저마다 명예로운 직책을 맡았다. 페리윙클가의 아버지는 병원 목사를, 어머니는 수간호사를 맡았으며, 자녀들 역시 하나도 빠짐없이 현재와 과거의 영광을 무색하게 하는 눈부신 업적으로 미래의 콩깍지 속을 채워넣었다. 이렇게 만족스러운 결론과 함께 회의가 끝나자, 트리뷸레이션** 양이 종군간호사로 복무하고자 한다는 소식이 바람을 타고 바깥세상으로 퍼져나갔다.

며칠 후 내 뜻을 전해들은 같은 마을의 한 여성이 흔쾌히 내가

---

* 연인에게 정답게 소곤거리는 소리 '쿠'와 수다쟁이 노파를 의미하는 '비디'를 엮어 지은 별명.

** Tribulation. '고난' 또는 '시련'이라는 의미를 지닌 일반명사이기도 하다.

들어가고 싶어하는 간호단체의 일원을 만날 수 있도록 주선해주었다. 휴가를 받아 집에 와 있던 그는 내 질문에 기꺼이 답을 해주었다. 아침나절 간호장교 S양과 이야기를 나눈 끝에—기혼 간호장교야 사방에 널렸는데 미혼이라고 간호장교를 하지 못할 이유가 대체 무엇인가*—세 가지가 결정되었다. 나는 그 일을 하고 싶다는 생각을 굳혔고, 자리를 제안받았으며, 도망치지 않고 연락이 오면 한 시간 이내에 워싱턴으로 진격할 수 있도록 대기하고 있겠다는 약속과 함께 그 제안을 수락했다.

수일 내에 내 요청을 담은 편지와 추천서가 본부에 도착하고 다시 나의 임명을 알리는 편지가 날아들 것이다. 그러니 한시도 낭비할 수 없었다. 두 친구에게 진심으로 감사를 전한 다음 나는 남군이 나를 쫓아오기라도 하는 것처럼 12월의 진눈깨비를 뚫고 집까지 달려왔다. 그러고는 다른 자원병들처럼 소리치며 집으로 뛰어들어갔다.

"저 입대해요!"

인상적인 침묵이 뒤따랐다. 참을성 없는 톰이 내 어깨를 찰싹 치더니 고상한 찬사로 침묵을 깨뜨렸다.

"트립 누나, 누나가 최고야!"

"고마워, 그럼 상으로 뭐라도 좀 받아야겠다." 그리고 나는 저녁식사를 그 상으로 받았다. 한입 가득 음식을 채울 때마다 이야기를

---

* 1861년 남북전쟁 발발 당시 북군은 35세부터 50세까지의 기혼 여성만을 종군간호사로 받아들였다. 이 규정은 전쟁 발발 일 년 뒤 30세에서 50세까지의 미혼 또는 기혼 여성을 받아들이는 것으로 바뀌었다. 규정이 바뀐 바로 그해 겨울 서른 살이 된 올컷은 종군간호사로 지원했다.

세 보따리씩 풀어놓으면서. 다른 식구들까지 똑같이 빠르게 이야기를 해댔기 때문에 우리의 저녁식사는 실로 고무적인 풍경을 연출했다.

바다에 간 사내아이들이 금방 해군처럼 말하고 진즉 해상 자세를 익힌 듯 틈만 나면 두 다리를 흔들어대는 것처럼, 나도 곧 군인처럼 행동했다. 저녁을 배식이라고 부르는가 하면 새로 들어오는 사람 누구에게나 경례를 하고, 그날 오후 바로 의복 열병식을 진행하라고 지시하는 식으로. 내가 가지고 있던 넝마들을 샅샅이 조사한 끝에, 일부는 울타리에 널어 보초를 세우고, 일부는 빨래통에 넣어 위생 조치를 취했으며, 또다른 일부는 가방 안에서 경계 태세를 유지하게끔 하고, 허약하고 부상당한 일부는 반짇고리 병원으로 보내 다시 전선에 나가 싸울 수 있도록 준비하라고 명령했다. 이 분대分隊의 일에 일주일을 바쳤다. 그러나 일이 다 끝났는데도 편지는 도착하지 않았다. 나는 참을성을 완전히 잃고 안달복달했다. 결국 편지가 오기는 했다. 다정하고 우호적인 인사말과 실망스러운 내용이 적힌 편지가. 편지에는 내가 일하게 될 곳이라고 생각했던 무기고 병원 자리는 벌써 차버렸으니, 그 대신 훨씬 열악한 뒤죽박죽 병원의 빈자리를 맡으면 어떻겠냐는 제안이 담겨 있었다.

"글렀지 뭐. 누나 가방은 내가 다시 다락에 올려놓을게. 당연히 가지 않을 거잖아." 십대에 들어선 사내아이 특유의 조롱 섞인 동정을 보내며 톰이 말했다. 나는 남몰래 마음속으로 갈등하고 있었지만 그 말에 결심을 굳혔고, 군인다운 간명함으로 그 자리에서 톰을 박살내주었다.

"지금 한시지? 난 여섯시에 진군한다."

임무를 수행하는 돌개바람처럼 집 안을 휩쓸고 돌아다녔던 그날 오후에 대한 기억은 선명하지 않다. '먼 길 떠나는' 사람에 걸맞은 짐을 싸고, 남은 물건들을 두 개의 큰 상자에 넣은 다음 발로 꾹꾹 눌러 뚜껑을 닫고는 가족에게 "내가 돌아오지 않으면 모닥불에 태워버려요."라는 당부와 함께 상자를 맡기는 동안, 식구들은 일하고 떠들고 예언하고 한탄하며 내 주위를 벌떼처럼 무리지어 쫓아다녔다.

그다음 나는 흥분한 친척 하나가 설탕 대신 소금을 듬뿍 넣은 차를 간신히 삼킨 뒤, 군용 배낭—사실은 그냥 여행용 가방이었지만 일체감을 위한 것이니 부디 양해를 구한다—을 어깨에 둘러메고는 가족 모두를 돌아가며 세 번씩 껴안았다. 사랑하는 어머니가 심장이 으스러질 듯 흐느끼며 내 목에 기대기 전까지, 나는 계집아이 같은 감정일랑 일절 드러내지 않았다.

"오, 아가, 내 아가, 어떻게 너를 보낼 수 있겠니?"

"엄마, 가지 말라고 하시면 가지 않을게요."

"아니, 그런 말은 않겠다. 가거라. 주님께서 너를 보살펴주실 게야."

로마 여장부들의 기개 중 상당 부분이 양키 여장부들에게로 옮겨간 것이 틀림없다. 엄마는 열 아들이 있었다 하더라도 딸 하나를 보낼 때만큼 주저 없이 모두를 전쟁터로 내보냈을 터였다. 흔드는 손수건은 흠뻑 젖었고 사라질 때까지 내 뒷모습을 따르는 두 눈은 그렇게도 흐려져 있었지만, 문간에 서서 미소를 지은 채 그렇게 하염없이 손수건을 흔들면서 말이다.

집에서 마을 역까지 가는 길은 축복과 작별의 말, 흙탕물과 물품 구입건 등이 우스꽝스럽게 뒤섞여 있었다. 12월의 황혼녘은 다소 위험한 일을 시작하기 전 가장 기운을 북돋아주는 시간대라고는 할 수 없었다. 바시티와 이웃의 손이 함께하지 않았다면 나는 '뒤에 두고 떠나온 마을' 본래의 습기에 한 방울의 소금물을 더했을지도 모르겠다. 물론 포기할 생각은 전혀 없었지만. 오, 그럴 리가, 그런 생각은 해보지도 않았다! 기차 엔진이 "자, 출발" 하고 외치듯 끽끽거리자 나는 나를 바래다준 수행자를 열정적으로 껴안은 다음, 신혼여행이라도 가는 것처럼 명랑하게 작별인사를 하고 기차 안으로 뛰어올랐다. 물론 보통의 신부라면 음침한 검은색 보닛과 보풀이 인 갈색 외투 차림에 머리빗, 고무 덧신 한 켤레, 책 두 권, 주머니 모양을 일그러뜨리는 생강빵 봉지를 외투 안에 넣고 다니지 않겠지만 말이다. 누가 믿어주기만 한다면 C 역에서 B 역까지 가는 동안 내처 잤다고 대담하게 말하고 싶다. 그러면 이야기가 정말 간단해질 테니까. 그러나 아무도 그런 말을 믿지 않으리라는 걸 알기 때문에, 나는 장례식에나 써야 할 석탄 양동이 같은 모자 밑에서 내 머리가 온갖 높은 이상과 '가든지 죽든지' 같은 비장한 결심으로—어쩌면 가서 죽게 될지도 모르지만—발효되고 있었다는 사실을 고백해야겠다. 또 보풀이 인 갈색 외투 밑의 심장은 트립의 군용 양말을 보며 정신머리 없는 딸을 잃은 슬픔으로 눈물지을 다정한 어머니 생각으로 몹시 약해지고 말았다는 사실도 덧붙여야겠다. 그러나 이 지점에서 베일을 써야 할 것 같다. 베일 속에서 내가 무엇을 했는지는 다른 사람이 신경쓸 일이 아니다. 그러나 나는 어머니가 "잘 가거라"라고 작별의 말을 할 때 울음을 터뜨리는 군인이야말로 가장 훌륭하게 싸우고 때가 되었을 때 가장 용감하게 전사하는 군인이라고, 또 떠날 때보다 더 훌륭한 모습으로 어머니 품으로 돌아오는 군인이라고 믿는다.

아홉시가 될 때까지 나는 노력이라도 해보지 않으면 어떤 여자도 천국에 갈 엄두도 낼 수 없을, 그런 마지막 심부름들을 처리하며 터덜터덜 도시를 걸어다녔다. 그런 뒤 이런 상황에 적절한 일종의 철야를 하겠다고 굳게 결심하며 보스턴에 오면 늘 묵는 친척 집으로 철수한 나는 곧바로 곯아떨어져, 장밋빛 얼굴의 사촌이 키스로 깨워줄 때까지 상서로운 꿈을 꾸며 잠을 잤다.

화창한 날이 내 사명을 향해 미소짓고 있었다. 도움을 주었던 간호장교를 열시에 만나 보고를 하고, 마지막 주의사항과 말보다는 표정과 손길, 어조로 더 효과적으로 전달하곤 하는 여자들의 연민 섞인 격려를 무한히 받았다. 다음으로 해야 할 일은 워싱턴까지 가는 무료 차표를 얻는 것이었다. 우리 쪽 '군인'들에게 노처녀의 얼마 안 되는 푼돈까지도 절실한 지금, 철도회사에 내 자금을 낭비하고 싶은 마음은 추호도 없었기 때문이다. 내 친구 하나가 그런 표를 얻은 적이 있었기 때문에, 목적 달성을 위해 철도회사 사장을 만나야 하는 난관을 통과해야 했지만, 나도 같은 식으로 표를 얻을 생각이었다. 아무도 믿어주지 않지만 나는 수줍음이 많은 사람이다. 그러므로 원하는 사무실의 문을 찾을 때까지 우스터 기차역 여기저기를 들쑤시고, 몇 명의 신사가 있는 방에 들어가 벌겋게 달아오른 얼굴로 더듬더듬 머뭇머뭇 내 요구를 털어놓는 것은 상당한 노력이 필요한 일이었다. 그 식겁한 표정의 철도회사 사장보다 더 예의바른 사람을 찾기는 쉽지 않을 것이다. 그러나 내 부탁이 그 점잖은 얼굴에서 코를 좀 떼어달라고 청하는 것만큼이나 황당한 요구였던 것이 틀림없다. 그는 주의사당에 가서 주지사를 만나보라고 조언해주었고, 나는 나처럼 살짝 제정신이 아닌 인간들을 자유롭게 풀어놓는 것에 불안을 느끼는 것이 분명해 보이는 사장을 뒤로하고 기차역을 떠났다. 여우를 피하려다 호랑이를 만난다더니. 철도회사 사장만으로는 충분하지 않다는 듯, 이제 매사추세츠 주지사와 보스턴 시의 모든 유력인사를 다 만나야 할 판이었다. "절대 해낼 수 없을 거야." 나는 낙담하고 말았다. "해내지 못하면 톰이 빈정거릴 텐데." 하기 싫은 일을 하도록 부추기는, 그리고 언제나 원하는 결과를 이끌어내는 가장 효과적인 동인에 호소하는 그 불편하고 작은 목소리가 내 안에서 속삭였다. 한때 펠트 기저귀 바지에 쪼끄만 꼬리가 달린 털실 조끼를 입었던 사내애가 까불어대는 꼴은 생각도 하기 싫었다. 그래서 약한 마음을 먹었던 나 자신을 속으로 한 대 찰싹 후려친 다음 '주지사님'이라고 해야 할지 그냥 '선생님'이라고 불러야 할지 고민하며 광장을 가로질러 달려갔다. 언젠가 보았던, 근사한 녹색 서재에서 흡족한 표정으로 굴을 먹으며 마치 매사추세츠 주가 실제로는 존재하지 않는다는 듯, 어깨 위로 자신을 초대한 손님의 잘생긴 손보다 무거운 짐은 놓여 있지 않은 듯 유쾌하게 웃던 주지사의 모습이 떠올랐다. 그 기억에 의지하여 나는 그를 그냥 '선생님'이라고 부르기로 했다.

거대한 거미줄에 사로잡힌 한 마리의 원기왕성한 파리처럼 나는 주의사당 안을 버둥거리며 헤집고 다녔다. 엉뚱한 사무실을 수십 군데나 들어가보았지만 목적했던 방은 찾지 못했다. 절망에 빠진 나는 누구라도 한 명 내 질문에 대답할 때까지 결코 그 방에서 나오지 않으리라 결심하며 어느 사무실 안으로 들어갔다. 그전에 들어간 사무실들도 다 엉뚱한 방이었지만 그중에서도 아마 이 방이 제일 뜬금없는 곳이라는 생각이 든다. 그러나 개의치 않았다. 의사와 군인, 빤히 쳐다보는 사람과 침 뱉는 통 들로 어수선한 그 방에서 나는 전적으로 무력해 보이는 사람 하나를 구석으로 몰아넣은 다음 정보들을 연이어 쥐어짜냄으로써 대답들을 얻어냈다.

"주지사께서 이 근처에 계시나요?"

그는 이 근처에 없었다.

"어디로 가야 할지 알려줄 수 있나요?"

알려줄 수 있는 것이 아무것도 없었다.

"무료 차표에 대해 뭐라도 좀 아는 것이 있나요?"

일절 아는 것이 없었다.

"문의할 수 있는 사람이 있을까요?"

단 한 사람도 없었다.

"정보를 얻을 수 있는 곳을 아세요?"

전혀 아는 곳이 없었다.

"어떻게든 이 문제에 희미한 불빛이라도 비춰주실 수 있나요?"

한 줄기 불빛조차 비춰줄 수 없었다.

나는 워낙 참을성이 없는 사람이다. 이 부정적인 신사를 마음껏 흔들어줄 수 있었다면 속이 얼마나 후련해졌을지 모르겠다. 그러나 사회의 편견이 이런 식의 문제 해결을 금하고 있었으므로 나는 그저 이글거리는 눈으로 그를 쏘아보기만 했다. 내 분노가 말로 표출되기 전 나를 도와주었던 간호장교가 모습을 드러냈다. 건너편 창에서 나를 지켜보고 있던 그녀는 내가 대체 뭘 하려고 하는 건지 물어보기 위해 건너온 참이었다. 장교의 명령에 아무 의욕 없이 축 처져 있던 신사는 정신을 번쩍 차리더니, 병장인지 소령인지 하여튼 매케이 어쩌고 하는 이가 무료표에 대한 모든 것을 알고 있다는 것과 그의 사무실이 밀크 가에 있다는 사실을 용케도 기억해냈다. 나는 다시 바로 기운이 반짝 났다. 그러나 그렇게 잠깐 애쓴 것이 너무 무리였다는 듯 살아 있는 젖은 담요 같은 이 신사가 이렇게 덧붙이는 것이 아닌가.

"매케이 씨는 지금쯤 밀크 가를 떠나 다른 데로 가셨을 겁니다. 어디로 가셨는지는 모르겠네요."

"걱정 마요. 새로 온 사람들이 그분의 행방을 알 테니, 실망할 것 없어요. 혹 계획대로 되지 않으면 나에게 오도록 해요. 같이 방법을 찾을 수 있도록 말이에요." 간호장교가 말했다.

나는 차가운 복도에서 뜨겁게 그녀를 축복하고 나서, 그런 인물이 존재하기만 한다면 매케이라는 인물을 찾아내고야 말겠다고 결심하며 파닥파닥 모퉁이를 돌아 밀크 가를 덮쳤다. 그는 그곳에 없었다. 이웃들의 무지란 참으로 답답하기 짝이 없는 것이었다. 누구도 무엇 하나 아는 것이 없었다. 나는 가죽뭉치 위로 구르고 커다란 상자들에 부딪치고 굴러내려오는 짐짝에 깔려 죽을 고비를 넘긴 다음 성이 난 짐수레 운전수가 퍼붓는 욕설까지 들은 후에야, 마침내 매케이 씨를 만나려면 헤이마켓 광장으로 가보라는 조언을 얻어낼 수 있었다. 바쁜 신사 몇몇에게 무작위로 덤벼들어 받아낸 답이었기 때문에 정보원이 누구였는지는 까먹고 말았지만, 결국 그것은 길 잃은 영혼에게 가해진 마지막 일격, 터무니없는 거짓 정보였음이 드러났다. 그러나 그 사실을 몰랐던 나는 그 말을 듣자마자 당연히 정보원이 언급한 그 외진 지역을 향해 출발했다. 하지만 그곳에서 매케이 씨의 흔적을 찾느니 차라리 코이누르 다이아몬드*를 찾는 편이 더 승산이 있을 것 같았다. 나는 표지판들을 눈이 빠져라 쳐다보고, 가게마다 들어가 물어도 보았으며, 식당을 습격하는가 하면 광장 한가운데 서 있던 모병 막사에 들어가보기도 했다. 나는 모든 사람에게 귀찮은 존재가 되었으며, 몸에는 또 다른 나일강의 유속을 늦추기에 충분할 만큼의 진흙들이 묻어 있었다. 그러나 아무런 성과도 얻지 못했다. 나는 결국 철도회사의 주머니를 불려줄 수밖에 없겠다고 생각하며 간호장교가 있는 곳을 향해 우울한 마음으로 발길을 돌렸다. 그때 갑자기 잘생긴 신사, 형부 다비 쿠비디 귀하가 시야에 들어왔다. 나는 형부를 붙잡아 이런저런 상황이며 필요한 것들, 내가 처한 곤경에 대해 마구 퍼부어댔다. 내 하소연에 형부의 남자다운 얼굴은 평소의 평정을 잃고 말았다.

"오, 형부, 다섯시에 워싱턴으로 가야 하는데, 무료 차표를 관할하는 사람을 찾을 수가 없어요. 조앤 언니를 만날 시간도 없을 것 같고요. 너무 피곤하고 속상해서 이제 뭘 어째야 할지 모르겠어요. 형부, 천사처럼 저를 좀 도와주세요. 형부는 원래 천사잖아요, 네?"

"오, 물론이지. 도와줄 사람을 알아." 형부가 다소 흥분한 모습으로 대답했다. 형부는 곧바로 사무실처럼 보이는 어딘가로 뛰어들어가더니 보이지 않는 천사와 대화를 나눈 뒤 얼굴을 광휘롭게 빛내며 다시 밖으로 나왔다. "다 잘 해결됐어. 사람을 찾았어. 처제 문제가 전부 해결되는 걸 확인하면, 조앤이 처제를 제시간에 배웅

---

* 세계에서 가장 오래된 다이아몬드. '빛의 산'이라는 뜻으로 이 다이아몬드를 소유한 자는 세계를 지배하게 된다는 전설이 있다.

할 수 있도록 비둘기 둥지에서 보낼게."

나는 여권 신장을 주장하는 여성이다. 오늘 오전에 누구든 남자가 내게 도움을 주겠다고 제안했다면 나는 필시 공손을 가장하며 그 제안을 거절했을 터였다. 나 혼자서도 얼마든지 모든 일을 해결할 수 있다고, 심지어 더 잘 해결할 수 있다고 확신하면서 말이다. 그러나 오늘 아침 이후 나는 그 굳건한 자신감을 얼마간 상실하고 말았다. 그리고 이제 필요하다면 기꺼이 '연약하게 몸을 떠는 여인이 될' 준비가 되어 있었다. 나라는 인간은 얼마나 하찮은 존재인지! 형부는 정말 얼마나 수월하게 그 모든 일을 척척 해결하던가 말이다. 질문을 던져 답을 받아내더니, 나를 팔 밑에 끼고 가서는 십 분 만에 그렇게도 갈망했던 매케이 씨 눈 앞에 데려다놓는 것이 아닌가.

"이제 시련은 끝났어." 나는 생각했다. 물론 언제나 그렇듯 무참하게 틀린 예측이었지만.

"제가 표를 드리기 전에 템플 플레이스에 가서 H 박사에게 허가증을 받아오셔야 합니다." 내 영혼에 그 어떤 절망도 불러오고 있지 않다는 듯 매케이 씨가 온화하게 말했다. 오, 그렇고말고! 차라리 나를 도체스터 언덕이나 인도 부두, 벙커힐 기념탑*으로 보내고 나서 이 일은 그냥 잊어버리는 편이 어때? 아침에 행군을 시작해 헤이마켓 광장 근처까지 남하했다 온 나더러 이제는 템플 플레이스로 가라고 하다니. 그뿐이 아니었다. 하루중 제일 바쁜 시간에 집으로 찾아가 의사를 만나고 오라는 건데, 차라리 휘파람새를

* 보스턴 시내의 주요 랜드마크들.

잡아 오라거나, 도롱뇽을 구워 오라거나, 아니면 달에 있는 사람을 만나고 오라고 하는 편이 더 현실적일 터였다. 그건 분명 반박해 마땅한 일격이었다. 그러나 피로 때문에 열정은 사라졌고 자포자기는 옷처럼 나를 휘감고 있었다. 나는 조앤 언니를 보내달라고 형부를 집으로 보낸 다음 진흙이 나의 타고난 일부인 것처럼 느끼며 터벅터벅 발걸음을 옮겼다. 석간신문에 여자 옷을 입은 방랑 유대인에 대한 기사가 날 것이라 확신하면서.

"H 박사님 댁에 계신가요?"

"아니요, 안 계신데요."

있을 리가 있나. 묻기 전부터 이미 알고 있었다. 그러나 의미 없는 소극이라 생각하며 나는 자조적인 말투로 덧붙였다.

"대략 몇 시쯤 돌아오실까요?"

만약 그 소녀가 "밤 열시요"라고 대답했다면 나는 나의 암울한 예언이 성취된 것에 씁쓸한 만족감을 느꼈을 터였다. 그러나 소녀는 "두시에 오실 거예요"라고 대답했다. 그 답에 나는 마치 모욕이라도 받은 듯한 기분이 들었다.

"그럼 그때 올게요. 선생님께 중요한 일이라고 전해주세요." 나는 수수께끼 같은 메시지를 남기고 그녀가 호기심으로 피가 마르기를 기대하며 그 자리를 떠났다. 흙탕물 때문에도 나는 실로 흥미로운 인물이 되어 있었다.

나는 그날 세번째로 보스턴 중앙광장을 지나 마차를 예약하고 점심을 간단히 먹은 다음 구입한 물건들을 꾸리면서 잠시 쉬었다. 그런 뒤 용모를 가다듬고는 시계가 두시를 알리자 템플 플레이스로 돌아갔다. 의사는 아직 돌아오지 않았다. 나는 속으로 틀림없이 그는 마지막 순간까지 나타나지 않을 것이라고, 그래서 차표를 살 수밖에 없을 거라고, 돌이킬 수 없는 그 행위를 하고 난 오 분 후에야 그가 필요한 모든 서류와 지시사항을 받아들고 나타나 나를 돕겠다고 들 것이라고 확신하고 있었다. 모든 일이 예상과는 반대로 이루어졌다. 낙담을 확신하고 있었으니, 물론 실제로는 그렇게 되지 않았다. 금방 들어온 H 박사는 내가 찾아온 이유를 듣자마자, 그리고 내 서류들을 보자마자 대단히 반갑게도 흔쾌히 대답을 해주었다.

"기꺼이 허가증을 내드리죠."

일을 처리하려면 먼저 한 다스씩 되는 이런저런 사람들을 찾아가야 한다며 남쪽 끝에서 북쪽 끝까지 헤매게 하지 않고도 내 요청을 들어주는 누군가를 마침내 만난 것이 얼마나 기쁘고 마음이 놓이던지, 말로는 다 표현할 수가 없다. 자리에 앉아 박사의 펜이 바쁘게 움직이는 소리를 듣고 있자니 흔들리며 물결치는 내 존재의 수면 위로 평화가 향유처럼 내려앉았다. 이윽고 몸을 돌린 박사는 나에게 허가증만이 아니라 보스턴에서 워싱턴까지 가는 동안 이런저런 어려움을 덜어줄 지시사항들을 적은 종이 한 장도 함께 건네주었다. 나는 마치 낙담의 구렁텅이에서 가까스로 벗어난 뒤 에반젤리스트를 만나 천국까지 인도해줄 두루마리를 전해받은 크리스천이 된 기분이었다.* 나 이후에도 분명히 낙심한 간호사들이 무더기로 이 귀한 신사를 성가시게 했을 테지만, 트리뷸레이션 페

* 존 번연의 『천로역정』에 나오는 일화. 주인공 크리스천은 여러 가지 시련을 겪은 후 복음 전도사인 에반젤리스트를 만나 천국까지 그를 인도해줄 두루마리를 받는다.

리윙클보다 더 간절히 필요한 도움을 받았거나 더 고마움을 느꼈던 사람은 아무도 없을 것이다. 그 잠깐의 만남은 이미 많은 사람의 마음에 깃들어 있을, 박사의 이름을 둘러싼 유쾌한 기억들에 또 하나의 즐거운 기억으로 더해질 것이다.

나는 이제 '곤경에 빠진 마르다'가 아니라 평탄한 항해를 눈앞에 둔 젊은 여성이 된 기분으로, 항해중 겪을 최악의 상황은 다 지나갔다고 생각하며, 어렵게 찾아냈던 소중한 매케이 씨를 다시 찾아갔다. 그는 허가증을 읽어내려갔다. 그리고 기입해야 할 서류들이 이 젊은 신사—아니, 설욕의 유일한 기회가 이제 내 손을 떠났으니, 조롱 섞인 강조로 그를 그 자식이라고 부르고 싶다—에게 건네졌다. 이 자식은 젊은이를 매력적으로 만드는 성실함을 발휘해 의무를 수행하는 대신, 애석하게도 '부지런한 꿀벌'*에 대한 교훈을 배우지 못했다는 사실을 입증하며 어슬렁어슬렁 시간을 낭비했다. 그는 나를 빤히 쳐다보기도 하고, 창밖을 멍하니 바라보는가 하면, 땅콩을 주워먹고 동료들—가축 박람회에 나온 송아지들처럼 한 줄로 죽 서서 우리 안에 갇혀 있는, 딱 그런 모양새의 다른 사내녀석들—과 쓸데없는 잡담을 나누기도 했다. 나는 그가 나에게 어떤 불안을 야기하고 있는지 알았다고는 생각하지 않는다. 시계는 거의 세시를 가리키고 있었고 기차는 다섯시에 출발할 예정이었다. 나는 표를 받은 다음 저녁을 먹고 사랑하는 언니를 만나 기차역까지 이동해야 했다. 그전에 뇌졸중으로 죽지 않는다면 말이다. 그동안 인내는 틀림없이 그날 자신의 의무를 완벽하게 수행

---

* 영국의 청교도 시인 아이작 와츠의 시 제목.

하고 있었다. 나는 인내라는 이름의 여인이 나보다는 그 일을 즐기기를 소망했다. 약 이십여 분을 기다리자 이 괘씸한 사내자식은 내 서류들에 여러 가지 얼룩이며 흔적을 남기는 즐거움을 만끽한 뒤, 그것들을 권위 있는 열여섯 살 인사에게 넘겨주었다. 그애가 어찌나 아버지라도 되는 듯 지시사항들을 열거하며 서류를 전해주던지, 머리를 한번 톡톡 치며 "자, 이제 집에 계신 엄마한테 가보렴, 아가. 길 건널 때 조심하고"라는 격려까지 덧붙였으면 그림이 아주 완벽해질 판이었다.

기차표를 얻는데 왜 증기선 사무실로 가야 하는 건지는 내가 설명할 수 있는 일이 아니었다. 그렇긴 해도 나는 온순히 지시에 따랐다. 사실 가라고만 한다면 유언장 전문 법원이라도 기꺼이 갈 참이었다. 뚱뚱하고 태평스러운 신사 하나가 표가 여럿 붙어 있는 종이 몇 장을 주었다. 표를 종이에서 떼어내지 말라는 경고가 눈에 띄자, 냉큼 그것들을 뜯어내 무슨 일이 생기는지 보고 싶은 충동을 느꼈다. 그러나 이것들을 얻기까지 내가 어떤 공포와 시련을 감당해야 했는지 기억하며 악마의 충동질을 억누르고, 천국의 입장권이라도 되는 듯 상을 움켜쥔 채 서둘러 숙소로 돌아왔다. 저녁을 재빨리 먹어치우고, 언니에게 전달사항들을 이야기하고, 위로와 키스를 건넨 다음, 사과 같은 얼굴의 사랑하는 사촌들을 포옹했다. 사촌들의 더없이 다정한 아버지들에게도 같은 과정을 반복한 나는 포장마차 또는 짐마차, 아니 승합용 전세마차만 아니라면 뭐라고 불러도 좋을 마차에 올라탔다. 그리고 흥분하거나 슬퍼하거나 기뻐하기에는 너무 지친 상태로 길을 떠났다.

2
전진

워싱턴행 여정의 매 구간이 이미 대여섯 번은 족히 묘사되었다 해도 여행자들은 여행중의 인상을 전하고 싶어하는 법이므로, 나는 독자들을 즐겁게 해주고 싶은 소망을 담아, 그리고 의심 많은 사람들에게 간호사 페리윙클이 정말 존재하고 진실로 워싱턴에 갔으며 이 짧은 기록이 상상의 산물이 아니라는 사실을 입증하기 위해, 이미 존재하는 기록들에 이 여행의 기록 일부를 더하고자 한다.

뉴욕행 열차. 오후 일곱시. 뉴런던에서 출발하는 배 시간에 맞추기 위해 빠른 속도로 달리고 있다. 더없이 편안한 여정. 생강빵과 C 부인의 탐스러운 배를 우적거리며 먹는다. 이 배에 대해서는 감사를 전하는 것이 마땅할 듯. 이 배 덕분에, 그리고 사랑을 담아 배를 보내준 이와 전해준 이 모두를 기쁘게 떠올린 덕분에 최초의 외로움을 달랠 수 있었다. H 박사가 적어준 지시사항을 한참 숙지한다—차표들을 언제든 바로 꺼낼 수 있도록 눈에 잘 띄는 여기저기에 넣어두었지만, 그 결과 차표를 전혀 찾을 수 없게 되고 만다. 인정 많은 이웃 하나가 갈라진 틈 사이로 주머니칼을 쑤셔넣어 내 표들을 찾아줄 때까지 괴로움에 시달린다. 표들을 지갑의 가장 깊숙한 구석에 넣은 뒤 지갑을 주머니 제일 안쪽으로 밀어넣고, 그 위로 온갖 잡다한 물건들을 쌓아올린 다음 핀으로 주머니를 싹 봉해버린다. 표를 안전한 곳에 보관하기 위해 최선을 다했다고 느끼면서 막 마음의 평화를 얻은 찰나 차장이 나타나는 바람에, 나는 나의 조심스러움을 만인 앞에 과시하며, 그리고 차장을 기다리게 만들고 있다는 사실에 안절부절 어쩔 줄 몰라 하며 그것들을 죄다 다시 끄집어내야 했다. 결국 표들을 내 앞 의자 등에 붙인 다음 한쪽 눈으로 계속해서 그 노란 고문의 도구들을 노려보지만, 옆자리에 앉은 신사와 수다를 떠느라 끝내 표의 존재를 완전히 잊어버린다. 혼자 여행을 하거나 낯선 사람이 말을 걸어올 때면 돌처럼 딱딱한 태도로 격식을 차리는 미국 여성들의 태도에 대해 이미 여러 번 불만을 들어왔기에, 타고난 괴팍한 성미를 발휘하여 나는 정반대의 태도를 취했다. 그가 뉴욕 퀸스의 리틀 아테네 출신이며 삼백예순다섯 명에 달하는 내 사촌 몇몇을 알고 있고 어느 모로 보나 점잖고 존경받을 만한 사회의 성원이라는 사실을 알게 된 나는 수줍음을 주머니에 넣어버리고 전쟁, 날씨, 음악, 토머스 칼라일, 스케이트, 천재, 치마 후프, 그리고 영혼의 불멸성에 대한 긴 대화 속으로 뛰어든 것이다.

저녁 열시. 잠이 한없이 쏟아진다. 어둠이 내려앉은 밖에는 아무것도 보이지 않는다. 안에는 몸을 뒤틀거나 웅크린, 또는 프레스콧 양이 자신의 보석을 묘사하며 표현했던 대로 "한 덩어리로 뭉쳐져"* 있는 가지가지 자세의 사람들뿐이다. 남자들은 모두 잠에 취한 다리를 큰 대자로 뻗고 있고, 여자들은 (나만 빼고) 모두 결국 누군가의 어깨에 자리를 잡을 때까지 머리를 끄덕이며 졸고 있다. 참나무를 얼싸안고 자라는 포도덩굴에 대한 영원한 비유가 사실임을 입증하는 새로운 증거라 할 만했다. 아이들은 몸을 배배 틀고 연인들은 속삭이고 노인들은 코를 골고 있으며, 등이 꺼지자 누군가 남몰래 브랜디를 홀짝인다. 실내로 확 퍼지는 향이 사람들을 깨우고 누군가는 마치 화약 냄새를 맡은 전쟁터의 말처럼 자리에서 벌떡 일어난다. 다시 불이 켜지자 모두가 웃으며, 코를 킁킁거리고 당신이요 하고 묻는 표정으로 주위를 둘러본다. 다만 뚱뚱한 신사 한 명만은 예외다. 그는 인상적이게도 장갑을 곱게 낀 두 손을 볼록한 포플린 셔츠 위로 포갠 채 깊은 잠에 빠져 있다. 그가 범인이 아니었다면 잠에서 깼을 것이 틀림없다. 킬킬거리고 서로를 쳐다보고 킁킁 냄새를 맡는 사람들로 가득찬 객실 안에서 그렇게 아기같이 잠이 들어 있는 것은 누가 봐도 말이 안 되는 일이었기 때문이다. 사람들의 의심은 즉시 그에게 쏟아졌다. 설사 라벨이 붙은 검은 술병이 발견됐다 해도, 이 근시안적 존재의 과도하게 점잖고 심오한 수면 상태보다 더 효과적으로 이 문제를 해결하지는 못할 터였다. 단정한 넥타이도, 정숙한 부츠도, 경건한 태도도 그에게 아무 도움을 주지 못했다. 그러나 눈을 감은 것은 잘한 일이었다. 주변 모든 사람의 눈동자와 놋쇠 못, 유리창 문에서 "거짓말쟁이!"라는 외침이 그를 향해 반짝이고 있었기 때문이다.

* 『애틀랜틱 먼슬리』 1859년 3월호에서 미국 여성 작가 해리엇 프레스콧이 다이아몬드를 '장엄한 흰색 덩어리'라고 묘사한 것을 이른다.

밤 열한시. 기차에서 알게 된 신사의 호위를 받으며 '시티 오브 보스턴'호에 도착해 선실로 들어왔다. 삶의 상당 부분을 배 안에서 지낸 것처럼 행동하려고 노력했지만 제일 먼저 무엇을 해야 하는지도 모른다는 사실을 씁쓸히 의식하지 않을 수 없다. 그래서 나는 한 부인이 다른 부인에게 "우선 침대부터 맡아야 해"라고 말하는 것을 들을 때까지 허리를 꼿꼿이 세우고 앉아 긴장한 시선으로 주위를 둘러보았다. 그리고 그 말을 듣자마자 곧장 달려가 침대칸을 하나 맡은 다음 여유롭게 망토를 벗으면서 다음에는 무엇을 해야 하는지 알아낼 때까지 대기했다. 부인 몇몇이 각자의 침대칸 앞에 반원 모양으로 걸려 있는 커튼을 닫았다. 그 즉시 나도 내 커튼을 보란 듯이 휙 잡아당겨 모은 다음 그다음에는 무엇을 해야 하는지 알아보기 위해 커튼 밖을 슬쩍 내다보았다. 파랗고 노란 커튼 위쪽 고리에 이웃들의 외투며 모자가 하나둘 나타났다. 더불어 그들의 신발이며 부츠가 상상 가능한 온갖 방식으로 자신을 주장하며, 마치 주인들이 단체로 자살이라도 한 것처럼 커튼 밑에 모습을 드러낸다. 요란스럽게 삐걱거리는 소리며 굴러가는 소리, 야단법석을 떠는 소리를 듣고 있자니 사람들이 계속해서 침대에서 떨어졌다 다시 올라갔다 하는 것이 아닌가 하는 생각이 들었다. 내 짐작은 사실임이 드러났다! 나 또한 그중 하나였고. 그러나 몸을 고정시키려 일곱번째 핀을 꽂다 말고, 나는 내가 물에 빠져 죽기 위해 태어났으며 이제 적당한 기회가 눈앞에 나타났다는 것, 또한 수장될 위기를 두 번이나 간신히 벗어났으니 한 번만 더 물에 잠겼다가는 틀림없이 내 생명의 불빛이 꺼지고 말 것이라는 사실을 기억해내며 동작을 멈추었다. 배는 새 배였지만 만약 폭발하거나 구멍

이 나거나 불이 붙거나 무엇인가와 충돌할 예정이라면 그 일은 틀림없이 바로 오늘밤 일어날 것이다. 운명을 실현하기 위해 내가 이 배에 타고 있으니 말이다. 나는 비극적이고도 침착한 자세로 운명에 나를 맡기고 핀들을 제자리에 넣은 다음, 손수건으로 지갑과 서류들을 한데 묶고는 구명대가 되어줄 내 치마 후프의 반경을 점검했다. 그런 뒤 물에 빠지는 그 순간이 닥쳐왔을 때 뭐라도 매달릴 것이 있는지 보려고 주위를 둘러보았다. 기운차게 발버둥 한번 쳐보지도 않고 팔짱을 낀 채 꼬르륵거리며 죽음에 굴복할 생각은 추호도 없었기 때문이다. 그러나 나무통이나 닭장, 휴대용 긴 의자, 마땅히 선실을 장식하고 있어야 할 구명구들은 전혀 보이지 않았다. 사납게 앞뒤를 훑어보았지만 희망의 불빛은 한 줄기도 찾아볼 수 없었다. 그러던 중 마침내 선실 안에서 경건하게 성경을 읽고 있던 통통한 늙은 부인과 부인의 큼지막한 수면모자가 눈에 들어왔다. 수영 교실에 다니던 시절 포동포동한 여자애들이 늘 물에 제일 잘 떴다는 사실을 기억해냈다. 그 순간 바로 계획이 짜였다. 최초의 경고가 발하면 나는 그 통통한 부인을 단단히 붙든 다음 물불 가리지 않고 매달려 있기로 결심했다. 수영을 시도했다가는 나의 오랜 적인 쥐가 다리를 공격할 것이라는 예감이 들었기 때문이다. 원하는 만큼 양호한 상태로 나와 내 짐이 저지시티에 도착하리라고 기대하긴 어렵지만 통통한 벗에게 매달려 있다보면 그사이 누군가에게 구조될 수 있을지도 몰랐다. 그렇지 않다 하더라도 최소한 노력은 했다는 사실과 건실한 벗과 함께 죽음을 맞는다는 사실이 위로가 될 터였다. 가엾은 부인! 풀을 빳빳하게 먹여 세운 수면모자를 쓰고 두 발을 온풍구에 안락하게 밀어넣은 채 이리저리 구르며 성경을 읽고 있는 저 부인은 자기 주위에서 얼마나 사악한 계획이 형성되고 있는지, 작지만 필사적인 두 눈이 갑자기 휙 감기고 말 때까지 얼마나 뚫어져라 그녀를 바라보고 있었는지 꿈에도 짐작하지 못했을 것이다.

졸음이 두려움을 이겼다. 잠이 어찌나 쏟아지던지 부츠까지 하품을 하는 것 같았고 못에 건 모자마저 머리를 끄덕끄덕 흔드는 것 같았다. 견디다 못한 나는 결국 굴복하고 말았다. 망토와 가방, 고무 덧신, 책, 그리고 우산을 아래칸에 쌓은 나는 잠에 취해 이층 선반으로 기어올라가다가 몇 번이나 굴러떨어지는 바람에 몸 여기저기 마디의 살갗이 벗어지는 참사를 겪었다. 위칸에서 잠들었던 아주 잠시 동안 열두 채의 깃털 이불과 배 전체가 몸 위에 놓인 것처럼 숨이 턱턱 막혀왔다. 결국 속에 있는 것들을 쏟아내고 말았다. 몇 번이나 연이어 쏟아내자 이웃 하나가 여승무원을 불러주었으면 하는지 물어보았다. 어찌어찌 짐을 위로 올리고 아래층으로 다시 내려오는 데 성공했다. 하지만 아래칸에서도 휴식은 허용되지 않았다. 침대 발치에 있는 작은 선반에서 이런저런 물건이 연달아 떨어졌으며, 때가 왔다고 생각하면서 벌떡 몸을 일으킬 때마다 정확히 바로 그 목적으로 그곳에 설치된 것이 틀림없는 위쪽의 작은 선반에 머리를 몹시 세게 부딪혔기 때문이다. 마침내 나는 밖에서 파도치는 소리를 들으면서, 기계에서 원래 이렇게 끽끽거리는 소리가 나는 건지 궁금해하면서, 내 침대칸 쪽으로 나 있는 옹이구멍을 빤히 바라보는 내내 눈을 떼면 그 구멍으로 곧장 죽음이 기어들어올 것이라고 확신하면서 잠에 빠져들었다. 그러고는 머핀 꿈을 꾸었다.

새벽 다섯시. 동쪽에서 불어오는 바람과 새벽안개를 즐기며 잠에서 깨어보려고 갑판 위로 나갔다. 해변 쪽에서 여명 비슷한 것이 밝아왔다. 곧 소기의 목적을 달성한 나는 해협을 통과해 돌진하는 배의 움직임을 즐기면서, 이쪽저쪽에서 지나가는 증기선들, 해변에서 춤추는 불빛, 자욱했던 안개가 천천히 물러나고 하늘이 희미한 분홍빛으로 물들어가는 모든 일출의 순간을 만끽했다.

아침 일곱시. 저지시티에서 기차를 탄다. 표에 뭔가를 끼적거리는 역무원, 표를 싹둑 자르는 역무원, 그 위에 '기록을 남기는' 역무원 등 차표를 놓고 호들갑을 떨어대는 사람들. 대단히 크고 더럽고 어둡고 침침한 역사에서 간단한 식사를 했다. 샌드위치에서 이렇게 냅킨 맛이 나지만 않는다면 한결 나을 텐데, 엉덩이로 깔고 앉아 조각나지만 않았더라면 생강과자 먹기가 한결 수월했을 텐데 따위의 생각을 하면서. 사람들은 아침 일찍 여행하는 것이 당최 자기 적성이 아닌 것처럼 굴었다. 아이들은 소리를 지르고 말썽을 피웠고, 남자들은 담배를 피우고 신경질을 냈다. 여자들은 추위에 떨며 짜증을 늘어놓았고, 짐꾼들은 욕을 해댔다. 짐을 잔뜩 싣고 언덕길을 오르내리는 커다란 짐마차의 말들. 모든 사람이 차량을 잘못 찾아 들어갔다가 다시 밖으로 굴러나오는 것처럼 보인다. 아이 셋과 개 한 마리, 새장 하나, 짐 꾸러미들을 건사하고 있던 한 남자는 자신과 자신의 소유물들, 그러니까 성인 남자 하나와 아이 셋, 개 한 마리, 새장 하나, 그리고 짐꾸러미들을 넣을 수 있는 모든 곳에 쑤셔넣었지만 그 결과에 전혀 만족하지 못하는 것처럼 보였다. 그들의 움직임을 관심 있게 지켜보았지만 그건 참말이지 피곤한 일이었다. 그들이 시야에서 사라진 후 겨우 휴식을 취하나 싶었는데 또다시 형편이 따라주지 않았다. 불굴의 의지를 지닌 한 여성이 망토도 숄도 없이 달랑 휴대용 컵 하나를 들고, 뒤에서 접이식 침대를 끌며 따라오는, 삶이 짐스러워 보이는 자그마한 짐꾼에게 큰소리로 고함을 지르며 열차 안을 가로질러 달려왔기 때문이다. "준비를 해두겠다고 그랬잖아. 이건 준비된 게 아니야. 물주전자가 있는 차량이어야 한다고. 창문은 꼭 닫혀 있어야 하고, 난로를 피워놨어야 하고, 블라인드가 내려와 있어야 한단 말이야. 아니, 이렇게는 안 되겠어. 기차를 죄다 돌아다녀서라도 제대로 된 차량을 찾아내고 말 거야. 준비를 해두겠다고 했잖아, 이건 준비된 게 아니야." 이러쿵저러쿵, 어쩌고저쩌고. 그녀는 아코디언 연주처럼 같은 말을 처음부터 반복했다. 그러면서 자신의 침대와 물컵과 혀를 모두 이끌고 마침내 기차가 출발할 때까지 온 차량과 역, 사무실과 짐칸을 헤매고 다녔다. 그녀와 그녀의 이름 모를 환자가 우리와 같은 차량을 타지 않았다는 사실을 알았을 때는 열렬한 감사의 마음이 내 영혼을 사로잡았다.

필라델피아. '끝이 뾰족한 예쁜' 보닛을 쓰고 길게 늘어선 노천시장에서 채소를 파는 네덜란드 여자들로 가득한 구시가. 사람들이 죄다 나와 집 앞의 하얀 층계를 문질러 닦고 있는 듯했다. 바깥쪽 셔터 때문에 집들이 모두 작은 감옥처럼 보였다. 몇몇 집 문고리에는 검은 상장喪章이 걸려 있고 수많은 집의 지붕이나 발코니에 깃발이 펄럭이고 있다. 남자들은 거의 눈에 띄지 않았고 여자들만 일을 하고 있는 것처럼 보였다. 필시 그 때문에 만사가 이토록 말끔히 처리된 것이겠지만. 훌륭한 건물들을 지나치기는 했는데 무슨 건물인지는 알 수 없다. 두 살이라는 어린 나이에 떠나왔기 때문에 희미한 기억으로만 남아 있는 나의 고향을 좀 둘러보고 싶은 마음이 들었다.

볼티모어. 염소와 거위와 흑인과 석탄으로 가득한, 크고 지저분하고 흥청거리고 어수선한 도시. 적어도 내가 본 지역은 그랬다. 폭동*이 일어났던 지점 근처를 지났다. 누군가에게 세게 돌이라도 던져 화풀이를 해야 할 것 같은 기분이 들었다. 연락선과 기차역 등 여기저기에 군인들이 길을 따라 서 있었다. 군부대로 하얗게 덮여 있는 한쪽 언덕, 말들과 사람들이 맹렬한 기세로 달리고 행진하고 뛰어오르고 붙어 싸우는 기병대 훈련소는 (진짜 명칭이 그런지는 잘 모르겠지만) 참으로 볼만한 풍경이었다. 한 무리의 영국인들이 기차 안으로 들어왔다. 옅은 갈색 머리카락과 똑같은 모양으로 다듬은 붉은색 구레나룻이 돋보였다. 투박한 회색 외투에 더없이 혈색 좋고 깨끗한 얼굴을 한 이 남자들은, 되는대로 내뱉는 우리 미국식 발음을 듣고 난 뒤에 들으면 특히 더 그럴듯하게 여겨지는 또박또박한 영국식 억양으로 말을 했다. 짐꾸러미를 단단히 묶기라도 하듯 가장자리에 모피를 두른 우스꽝스러운 두건과 체크무늬 숄로 온몸을 둘둘 싸맨 두 부인이 아무것도 놓치지 않겠다는 듯 주위를 샅샅이 둘러보고 있었다. 한 중년의 신사 존 불 씨**가 딸기코 배우자에게 헌신하는 모습은 참으로 인상적이었다. 별 매력이 없는 그녀는 신경질적인데다 쓸데없이 소란스럽고 어리석었지만, 친애하는 존 불 씨는 아내가 깨어 있을 때면 신문을 일절 읽지 않았고, 기

* 1861년 4월 16일, 남군을 지지하는 볼티모어 군중 일부가 워싱턴으로 이동중이던 북군 매사추세츠 제6연대를 공격한 사건을 말한다.
** 전형적인 영국인을 의미한다.

대어 자고 싶어하는 아내를 냉정하게 어깨에서 밀쳐낸 적도 없었으며, 사랑하는 아내가 바라는 것이라면 무엇이든 "그렇게 해요, 여보"라고 선선히 대답을 했다. 나는 이 놀라운 신사에게 감탄한 나머지 그저 호의를 표하고자 한두 가지 질문을 던졌다. 매우 정중하게 대답하기는 했지만 그는 대중교통 안에서 낯선 여자가 말을 거는 것에 익숙하지 않은 것이 분명했다. 영국에서는 나대는 젊은 여자를 어떻게 부르는지 모르겠지만, 그의 부인은 내가 부끄러움도 모르는 막 나가는 그런 여자라고 생각하는 듯 초록색 눈동자로 나를 쏘아봤다. 부부는 우리가 워싱턴에 도착하기 전 일행을 뒤로 하고 먼저 내렸다. 큼직한 체크무늬 옷을 입은 부인이 발그레하고 혈색 좋은 통통한 신사의 팔에 기대어 음산하고 무시무시한 모습으로 걸어가는 장면이 내가 본 부부의 마지막 모습이었다. 그 신사는 담요와 가방과 책을 바리바리 들고도 여전히 헌신적인 표정으로 만면에 미소를 머금고 열심히 손을 흔들며 인사를 보냈다. "잘 가요! 화요일에 윌러드 씨 댁에서 봅시다."

그들이 떠나고 얼마 되지 않아 사고가 있었다. 미국의 장거리 여행은 자고로 사고 없이는 완성되지 않는 법이니 말이다. 차량을 연결하는 쇠고리가 끊어지는 바람에 마지막 차량을 남겨두고 먼저 이동한 앞차들은 뒤차가 따라오기를 기다렸다. 뒤차가 결국 따라오긴 했는데 앞차에 쾅 하고 부딪치는 바람에 차 안에 있던 사람들이 너 나 할 것 없이 얼굴을 바닥에 부딪쳤고 나이든 부인 몇몇은 무시무시한 비명을 질러댔다. 신사들의 모자가 날아가고, 부인들의 보닛은 짓눌렸으며, 난로가 굴러가고, 전등은 떨어지고, 물주전자는 재주를 넘었다. 그리고 내가 앉아 있던 바로 그 자리 아래에 설치된 바퀴가 약간 망가졌다. 바퀴를 수리하는 동안 남자들이 죄다 내려 서로서로 앞을 가로막으면서 밖에 서 있었다는 것은 두말할 필요도 없다. 여자들은 모두 창문으로 머리를 내밀고 분별있는 한 사람에게 아흔아홉 가지 어리석은 질문을 던져댔다. 몇몇 현명한 여성은 호기를 틈타 더 좋은 자리로 이동했다. 그들은 자신들이 차지한 자리의 이전 주인들이 '뭐 잘못된 거라도 있나요?' 하는 표정으로 뚱하니 바라보는 시선에 감히 대적하지 못하리라는 사실을 잘 알고 있었다.

기차가 지나가는 지역은 조금 더 고른 평지에 약간 덜 추워 보였을 뿐, 내가 떠나온 곳과 그다지 달라 보이지 않았다. 여름이었다면 길가 울타리 주변에서 못 보던 꽃들을 보았을 수도 있고, 넓은 들판도 새로운 풍경을 선사했을지 모른다. 그러나 지금은 모든 것이 축 늘어져 시들어 있었고, 어디에서도 활력이라고는 찾아보기 어려웠다. 뉴잉글랜드의 농부가 이런 풍경을 봤다면 몹시도 분개하며 당장 '일에 착수해' 만사를 '제대로 돌아가게' 하고 싶은 강렬한 욕망을 느꼈을 것이다. 우리가 옥수수단을 쌓는 식으로 진흙과 대충 자른 막대기를 열십자로 쌓아올려 바깥에 굴뚝을 올린 황폐한 작은 집들이 메말라 보이는 들판에 서 있었고, 소와 돼지와 당나귀가 집집마다 문 앞에서 어슬렁거렸다. 몇 번이나 흑인들을 지나쳤는데 그들은 그림책이나 연극 무대에서 빠져나온 사람들 같았으며, 북쪽에서 내가 만났던 사람들과는 전혀 달라 보였다.

길가 군부대의 푸른색 코트와 반짝이는 단추 덕분에 들판과 길이 명랑하게 보였다. 울타리에는 빨아 널어놓은 군부대 옷들이 펄럭거렸고, 노천에 걸어둔 냄비는 김을 모락모락 피워냈으며, 열려 있는 천막 틈으로 온갖 종류의 풍경이 보였다. 소년들은 우리가 지나가는 곳 어디에서든 모자를 던지며 까불거렸다.

워싱턴. 우리가 도착했을 때는 어두워진 뒤였다. 또다른 친절한 신사가 곁에 없었더라면 분명히 자신이 가는 엉뚱한 곳이 나의 목적지라며 억지를 부리는 고압적인 첫번째 마차 마부의 무력한 희생양이 되고 말았을 것이다. 제대로 된 마차에 나를 태워 호위해준 그 신사는 긴 시간을 달리는 동안 마차가 지나치는 흥미로운 장소들을 알려주는 수고까지 마다하지 않았다. 워싱턴이 큰 도시라는 말을 자주 들었지만 그 거대함을 직접 눈으로 보자 헉 소리가 나왔다. 랜돌프를 인용해서 말하자면 실로 "광대한 도시"라 할 만했다.* 이 도시를 직접 본 누구라도 그렇게 느끼겠지만 말이다. 국회의사당은 여관이나 호텔에서 건국의 아버지가 뚫어져라 보는 맞은편 벽에 걸린 그림 속 국회의사당과 너무 똑같았기 때문에 별다른 감흥을 느끼지 못했다. 그저 신데렐라가 너무 쉽게 달아오르는 왕자와 결혼해 가정부 노릇을 해주러 딱 저런 집에 들어갔을 것이라고 생각했던 어린 시절이 잠시 떠올랐을 뿐이다. 물론 그 어린 나이에도 유리구두로 맺어진 관계가 과연 현명한 것인지 의심스러웠지만.

불 밝힌 백악관의 거대한 문으로 마차들이 덜그럭거리며 들고 났다. 나는 그 유명한 동쪽 방을 뚫어져라 바라보았다. 문틈으로 안을 들여다보고 싶은 마음이 굴뚝같았다. 다정한 나의 길동무 신사는 지치지도 않고 여기 봐라 저기 봐라 하며 안내를 계속했다.

---

* 작가가 염두에 둔 인물은 미국 정치인 존 랜돌프지만, 실제로 이 표현은 프랑스 출신의 건축가 피에르 샤를 랑팡이 한 것이다.

나는 그가 가리키는 것들을 보며 "근사해요!"라고 대꾸하면서도 속으로는 몇 번이나 정작 그가 가리킨 것은 놓치고 다른 것을 보면서 감탄하고 있는 것이 아닐까 의심했다. 불빛들이며 음악, 군부대, 북적거리는 사람들로 가득찬 펜실베이니아 대로에 도착하자, 바다를 건너 사육제가 열리고 있는 어딘가에 상륙한 듯한 기분이 들었다. 이렇다 할 명물이 없는 지역에 도착하자 길동무는 조용해졌다. 위에는 정장 모자를 쓰고 아래에는 술 취한 몸종을 데리고 있는, 흑인 감리교 목사같이 생긴 청동 영웅상을 지나친 나는 미국에서 예술이 얼마나 높은 경지에 도달했는지에 대해 사색하고 있었다. 영웅의 말은 오페라 무대의 무희처럼 한쪽 다리를 들고 거센 바람을 맞는 모양새로 서 있었는데, 그 바람은 참 특이하기도 해서 갈기와 거대한 꼬리가 서로 반대 방향으로 휘날리고 있었다.

"뒤죽박죽 병원입니다!" 하고 외치는 소리에 공상에서 깨어났다. 마차는 많은 건물이 모여 있는 어떤 곳에 멈췄고 그 앞으로 깃발이 휘날리고 있었다. 문에는 보초병이 있었고, 셀 수 없이 많은 남자가 주변을 돌아다니고 있었다. 심장이 평소보다 빠르게 뛰었다. 갑자기 집에서 굉장히 먼 곳에 와 있다는 생각이 들었다. 나는 암호를 몰라 건물에 들어가지 못하고 거리에서 밤을 보내게 되는 것은 아닐까 걱정하며 위엄 있는 태도로 마차에서 내렸다. 그러나 대담하게 계단을 올라가자 아무런 절차도 필요하지 않다는 사실을 깨달았다. 모자에 손을 올려 경례하는 보초들을 지나 한 군인이 열어준 문 안으로 들어갔다. 이윽고 문이 뒤에서 닫히자 흠칫하며 몸이 떨려왔다. 간호사 페리윙클의 임무가 시작된 것이다.

3
하루

"그 사람들이 왔어요! 도착했다고요! 자, 여러분, 서둘러요. 여러분 손이 필요해요."

"누가 왔다는 거죠? 남군들이요?"

나 같은 사흘차 신참 간호사에게, 어둑한 새벽 갑작스러운 호출은 다소 어리둥절한 것이었다. 천둥같이 요란한 노크 소리에 필요하다면 "여자의 몸으로 무장하고 성루에서 전사할"* 각오까지 하며 침대에서 벌떡 일어난 나와는 달리, 한방을 쓰게 된 동료는 대수롭지 않다는 듯 재빨리 몸단장을 하면서 당황해하는 나에게 알려주었다.

"신참님, 아니에요. 프레더릭스버그에서 온 부상병들이에요. 마흔 대의 부상병 수송차량이 문 앞에 도착했어요. 십오 분만 있으면

* 영국의 여성 시인 펠리샤 히먼스가 쓴 「이집트, 누비아, 에티오피아: 프랑스에서 온 다미에타의 마르그리트」의 한 구절.

정신없이 바빠질 거예요."

"우리가 할 일은요?"

"감히 예측을 해보자면 앞으로 석 달 동안, 씻기고 입히고 먹이고 따뜻하게 간호를 해주어야 해요. 우리는 병상 여든 개를 미리 준비해두고 이제나저제나 부상병들이 도착하기만을 기다렸답니다. 이제 진짜 병원생활을 경험하게 될 거예요. 온종일 잠깐 엉덩이 붙일 틈도 없는 건 물론이고, 자정에라도 침대에 들어간다면 운이 좋다고 생각하게 될 테죠. 준비가 되면 연회장*으로 와요. 제일 상태가 안 좋은 부상병들은 언제나 그쪽으로 오니까요. 와서 나를 좀 도와줘요."

기운 넘치는 이 작은 여성은 '거추장스럽지 않도록' 머리카락을 획 감아 올려 뒷머리에 꽂은 핀 속으로 잡아넣고, 여성스럽기 짝이 없는 피 재킷**에 몸을 끼워넣으며 총총히 사라졌다.

나는 병원생활이 안온하거나 황홀하기만 한 순간들로 점철되지는 않으리라는 사실을 진작에 알았다고 주저 없이 말할 수 있다. 지난 사흘, 사망한 환자를 수습하는 것으로 시작된 병원생활은 마흔 개의 침상이 있는 병동에 투입되는 것으로 이어졌다. 위탁금을 횡령한 사실이 들통나 쫓겨난 간호사 때문에 책임자가 급히 필요했던 것이다. 한쪽에는 폐렴 환자, 다른 쪽에는 디프테리아 환자, 또 그 맞은편에는 장티푸스 환자 다섯, 한 발로 뛰어다니거나 누워 있거나 이리저리 어슬렁거리는 한 다스의 애국자 등 모두가 엉망이 된 상태로 새로 온 '간호사'를 빤히 쳐다보았고, 나는 시간을 쪼

* 전쟁 당시 호텔 건물을 병원으로 사용하고 있었다.

** 선원이나 해병 등이 입는 두꺼운 모직 상의.

개 환자 얼굴을 닦아주고 급식을 먹이고 약을 챙겨가며 엄청 딱딱한 의자에 앉아 간호를 계속했다. 말 못할 고통을 겪으면서도 가능한 한 침착하고 용감하며 단호하게 고된 임무를 수행하는 독신 여성의 노고를 환자들이 알아주면 좋으련만. 별로 고마워하는 것 같아 보이지는 않았다. '무시무시한' 것을 좋아하는 나는 류머티즘, 간질환, 홍역 환자보다 비장해 보이는 부상병들의 도착을 내심 기다렸다. 소설이나 실화 등에서 하도 '타는 듯한 이마를 물로 적신다'라는 표현을 남용한 나머지 열병조차 그 매력을 잃은 터였다. 그러나 어둑한 도로에 늘어선, 첫눈에 무심코 짐수레라고 부르고만 환자 수송차량들이 건물 문 앞에 가슴 아픈 화물을 내려놓는 장면을 힐끗 내다보고 나자, 나보다 근무 경험이 많은 한 간호사에게 들은 온갖 이야기를 떠올리지 않을 수 없었다. 갑자기 열의가 싸늘하게 식어버렸다. 나는 다시 안전하게 집에 있었으면, 내 앞에 평온한 날들이 기다리고 있었으면, 홰에서 뛰어내려 부리로 깃털만 한번 가다듬고 나면 준비 끝인 암탉이라도 된 듯 황급히 떠밀려나가지 않아도 되었으면, 하는 지극히 반애국적인 소망에 사로잡혔다. 또다시 요란하게 문을 두드리는 소리에 비겁한 소망은 그만 꽁무니를 빼고 말았지만. 작은 곱슬머리 하나가 쏙 나타나더니 여섯 살짜리 콘트라밴드* 조이가 나를 찾았다.

"블랭크 양이 눈이 빠지게 기다리고 있어요, 지금 당장 와달라

* '밀수품', '금지품' 등을 뜻하는 이 단어는 남북전쟁 당시 '북군으로 도망친 노예'를 지칭하는 말이었다. 북군은 남부에서 도망친 노예들을 되돌려보내지 않고 적으나마 보수를 주며 일을 시켰는데, 당시 많은 흑인이 이 콘트라밴드 신분을 노예해방의 첫 단계로 여겼다고 한다.

고요. 사람들이 막 밀려들고 있거든요. 하나는 벌써 죽어 나갔어요. 제가 그 사람을 봤는데, 세상에, 진작에 죽어 있었더라고요!"

개구쟁이 소년이 활기 넘치는 소식을 전한 뒤 찌르레기처럼 흥얼거리며 종종걸음으로 사라지자, 나는 내 본래의 기백은 사라지고 말았으며 회복하려면 시간이 좀 걸릴 것 같다고 느끼면서 그뒤를 따라갔다.

제일 먼저 맞닥뜨린 것은 태풍처럼 콧속을 덮친, 지금껏 인간의 코를 공격한 것 중 가장 지독한 악취의 일개 연대였다. 일흔일곱 가지 지독한 냄새를 죄다 섞은 화장수도 이 악취에 비하면 꽃향기와 다름없었다. 무엇보다 암담했던 것은 모두가 딱 잘라 말한 대로 이 악취가 모든 병원의 고질적인 문제며 견딜 수밖에 없다는 사실이었다. 뭐, 견디기는 했다. 라벤더 향수로 무장을 하고. 얼마나 내 몸이며 주변에 향수를 뿌려댔는지 나의 벗 세어리*처럼 나도 곧 환자들 사이에서 '향수병 간호사'로 통하게 되었다. 흥분한 의사 셋에게 치였다가, 이리저리 움직이는 석탄통과 물양동이, 어린 소년 들과 부딪치고, 새로 채운 차주전자들이 떼로 달려드는 바람에 화상을 입을 뻔하는가 하면, 씻으러 달려가는 흑인 자매 무리와 한데 얽혀 뒤엉키기도 하면서, 나는 계단을 오르내리며 조금씩 전진해 마침내 중앙홀에 도착했다. 숨을 들이쉬고 주변을 살펴보았다. 그곳에 그들이, 신문에서 "우리의 용감한 군인들"이라고 부른 바로 그들이 있었다. 그것은 실로 마땅한 호칭이었다. 겁쟁이라면 총탄과 폭탄 파편으로 그렇게 벌집이 되고 찢어져 넝마가 될

---

* 찰스 디킨스의 소설 『마틴 처즐위트의 삶과 모험』에 나오는 수다스러운 주정뱅이 산파.

리 없으며, 이름조차 붙일 수 없는 고통을 그들 모두를 소중한 형제로 인정하게끔 하는 불굴의 인내로 불평 한마디 없이 견뎌낼 턱이 없을 테니 말이다. 그들 중 몇몇은 들것에 실려서, 몇몇은 다른 사람 팔에 기댄 채, 몇몇은 조잡하게 만들어진 목발을 짚고 위태롭게 비틀거리며 건물 안으로 들어오고 있었다. 한 전우가 빳빳하게 굳어진 몸에 천으로 얼굴을 덮고 누워 있는 누군가의 이름을 시체 안치소로 이동하기 전에 기록하고 있었다. 모든 것이 부산스럽고 혼잡했다. 절망에 빠진 사람들이 복도를 가득 채우고 있었다. 완전히 탈진한 사람들조차 정식으로 표를 발급받아 등록하기 전에는 침대로 갈 수 없었다. 앉을 수 있는 사람들은 벽을 따라 줄지어 앉아 있었고, 몸을 가눌 수 없는 사람들은 바닥에 누워 있었다. 계단과 출입구는 보조사들과 구경꾼들로 가득했다. 많은 사람의 목소리와 발소리가 평소라면 조용했을 그 시간을 한낮처럼 소란스럽게 만들었다. 그리고 이런 온갖 혼잡함 속에서 병원을 집처럼 느껴지게 해주는 수간호사의 자애로운 표정은 이 불쌍한 영혼들에게 그녀가 내주는 물약이나 그들 모두를 반기는 환영의 말보다 더 큰 위안이 되었다.

들것들이 팔다리가 없는 군인들과 치명적인 부상을 입은 군인들을 싣고 병동으로 들어오자, 내가 이곳에 온 이유가 공상을 하거나 눈물을 흘리기 위해서가 아니라 일을 하기 위해서라는 사실이 떠올랐고 반성하는 마음이 일었다. 그리하여 나는 감정을 억누르고 아직은 '가기 어려운 길'인 나의 본분으로 되돌아왔다. 원래 호텔이었던 이 건물 객실에 걸린 문패 중 상당수에는 여전히 그 시절의 이름이 적혀 있었다. 그중 몇몇은 뜻밖에도 그렇게 부적절한 것만도 아니었다. 이를테면 총상자들이 잔뜩 있었던 **무도회장**, 그러니까 내 담당 병동은 실로 **총탄방***이라고 부를 만도 했기 때문이다. 병동에 준비된 침상 마흔 개 중 대다수는 이미 군인들로 가득 차 있었다. 음식 냄새가 깨우기 전까지 내내 쓰러져 있을 지친 사람들이었다. 커다란 난로 주위에는 지금껏 내가 본 중 가장 참혹해 보이는 사람들이 몰려 있었다. 누더기가 다 된 옷에 핼쑥하고 창백한 얼굴을 한, 무릎까지 진흙으로 범벅이 된 채 다리에는 대충 감고 나서 전혀 살피지 않은 피범벅된 붕대를 감고 있는. 외투는 잃어버렸거나 입을 수 없을 만큼 해졌기에, 대부분이 담요로 몸을 감싸고 있었다. 그들 모두의 얼굴에 어린 의기소침하고 풀죽은 표정은 그 어떤 전보보다 더 분명하게 번사이드의 실수를 전해주고 있었다.** 이들을 더없이 가엾게 여기면서도, 군인들이 프레더릭스버그 진군 이래 겪은 그 모든 일을 떠올리며 가장 지치고 상처 입은 이에게 봉사하고 싶은 강렬한 열망을 느끼면서도, 나는 감히 그들에게 다가가지 못했다. 얼마 안 있어 블랭크 양이 한쪽 팔만 있는 셔츠, 한 짝만 있는 양말, 붕대, 면수건 더미 뒤에 숨어 있는 나를 잡아끌어낸 다음 무시무시한 지시들을 내렸다.

"이리 와서 되도록 빨리 군인들을 씻겨줘요. 양말과 외투와 셔츠를 벗으라고 하고, 타올로 잘 문질러 씻어준 다음 깨끗한 셔츠를 입혀줘요. 마무리는 간병인들이 해서 침대에 눕혀줄 거예요."

---

* 무도회장ball-room이라는 조어를 구성하는 낱말 ball은 무도회라는 뜻 이외에 총탄이라는 뜻도 있다.

** 1862년 12월 프레더릭스버그 전투중 북군은 앰브로즈 번사이드 지휘관의 명령으로 준비되지 않은 상태에서 무리한 공격을 감행했다가 유례없는 규모의 사상자를 내고 패배했다.

그들 모두에게 면도를 해주라고 하거나 난로 굴뚝 위에서 춤을 추라고 했다면 차라리 덜 놀랐을 것이다. 당장 한 무더기의 남자들을 문질러 닦아주라니, 그건 정말, 정말이지…… 그러나 불평할 시간 따위는 없었다. 게다가 이곳으로 자원해올 때 시키는 건 뭐든 다 하겠다고 결심했던 내가 아닌가. 나는 주저하는 마음을 대야 속에 익사시켜버린 다음, 단호하게 비누를 움켜쥐고 처음 눈에 든 꾀죄죄한 군인의 몸에 비눗물을 척척 찍어 발랐다. 필요하다면 강제로라도 임무를 수행하리라 마음먹으면서. 어쩌다보니 처음 붙잡은 군인은 늙고 쇠약한 아일랜드 출신 남자였다. 길을 내듯 감은 붕대와 가시덤불처럼 튀어나온 머리카락 때문에, 부상당한 그의 머리는 잘 구획된 정원처럼 보였다. 이 군인은 (그 자신의 표현을 빌자면 말이지만) 숙녀가 자신을 씻겨주는 영광에 너무도 압도된 나머지 눈동자를 굴리며, 도저히 거부할 수 없는 굉장히 익살스러운 방식으로 나를 축복했기 때문에 우리는 그만 함께 웃음을 터뜨리고 말았다. 내가 신발을 벗기려고 무릎을 꿇자 그는 '다리를 휙 차며' 내가 "그 더러운 신발 구멍"에 손을 대다니 안 될 말이라고 고집을 피웠다. "낮 동안 이런 일을 하셨으니 침대에 가셔서는 편히 쉬셔야 할 텐데 말입니다요! 어이구! 세상에, 거기 있네요. 뭐가 발이고 뭐가 신발인지, 뭐가 더 더러운지 구분도 못하겠어요." 그건 사실이었다. 만약 그가 먼저 알려주지 않았다면 나는 틀림없이 '발'이 신발인 줄 알고 계속해서 잡아당겼을 것이다. 바지, 양말, 신발, 다리가 모두 진흙과 엉겨 한 덩어리가 되어 있었기 때문이다. 이 희극적인 장면에 모두가 미소를 지었다. 이 상서로운 시작 덕분에 용기를 얻은 나는 여느 단정한 부모가 토요일 밤 아이들을 목욕시키

듯 군인들을 한 명씩 닦아주었다. 의식을 수행하는 중 몇 명은 졸린 아이처럼 지친 머리를 내게 기대었다. 몇몇은 근엄한 얼굴로 금기를 깨뜨리기라도 한 것 같은 표정을 지었고, 제일 거칠어 보였던 몇몇은 수줍은 소녀처럼 얼굴을 붉히기도 했다. 한 군인은 목에 더러워진 작은 주머니를 걸고 있었는데, 나는 상처난 그의 가슴을 닦기 위해 주머니를 움직이며 물었다.

"부적이 당신을 구해주지는 못한 것 같네요, 그렇죠?"

"아니요, 이게 나를 구했어요. 어머니가 걸어주신 이 캠퍼* 주머니가 아니었으면 총알이 일이 인치는 더 깊이 들어갔을 테니까요." 명랑한 철학자가 대답했다.

총알이 뺨을 관통한 어떤 군인은 거울을 부탁했다. 거울을 받은 그는 비통한 표정으로 부어오른 얼굴을 바라보며 중얼거렸다.

"세상에, 정말 지독하군요! 못생긴 얼굴은 아니었는데, 이제 끝났어요. 무시무시한 흉터가 남겠죠? 조세핀 스키너가 뭐라고 할까요?"

그가 간절히 애원하듯 한쪽 눈으로 나를 올려다보았기 때문에, 나는 유머감각을 억누르고 조세핀이 양식 있는 아가씨라면 그 명예로운 상처를 그가 적에 맞서 싸웠다는 영원한 증거로 여겨 존경할 것이라고, 여자라면 누구나 부상을 용감한 군인의 최고 훈장으로 생각한다고 말하며 그를 안심시켰다. 부디 스키너 양이 황급히 내뱉은 나의 견해가 틀리지 않았음을 입증해주기를 바라지만, 실제로 어떨지는 결코 알 수 없는 일이다.

---

* 녹나무를 증류한 뒤 얻은 액체의 결정. 독특한 향 때문에 벌레나 병마를 쫓는 용도로 흔히 활용되었다.

다음 군인은 잘생긴 청년이었다. 곱슬곱슬하고 풍성한 갈색 머리카락에 생강과자를 먹은 것처럼 입술 위로 갈색 자국이 어렴풋한 청년은, 그 흔적을 수염이라고 부르면서 이발사의 장난스러운 면도 제안을 단호히 거절했다. 그는 침대에 누워 있었는데 이미 한쪽 다리를 잃은 뒤였고, 완전히 짓이겨진 오른쪽 팔도 곧 같은 수순을 밟게 될 것이 틀림없었다. 그러나 이 어린 병장은 자신의 시련이 울고 한탄할 거리가 아니라는 듯 명랑하기만 했다. 나는 이렇게 젊고 튼튼한 사지가 이토록 처참하게 부서졌다는 사실에 끝끝내 눈물을 한두 방울 비눗물에 떨어뜨리고 말았다. 그러자 그는 입술을 가볍게 떨면서도 용감한 미소를 머금고 나를 올려다보며 말했다.

"나 때문에 우실 것 없어요. 여기 와서 정말 기쁜걸요. 요란한 호송마차에서 이리저리 구르고 흔들리면서 남은 몸마저 다 뭉개져 젤리가 될 뻔했는데, 이제 침대에 누우니 더 바랄 것이 없어요. 이런 곳에 와본 건 이번이 처음이에요. 이렇게 씻겨주시니 우리야 재미있지 뭐예요. 부인들은 아니겠지만요."

"이번이 첫번째 전투였나요?"

"아니요, 여섯번째였어요. 그래도 이번 전투 전에는 어디 한 군데 긁힌 적조차 없었어요. 하지만 이제 이걸로 완전히 끝난 것 같아요. 정말이지, 우리가 심판의 날 무덤에서 나오면 팔다리들이 얼마나 뒤범벅이 돼 있을지 상상할 수도 없어요. 팔다리를 다시 찾을 수나 있을지 모르겠어요. 만약 그날이 오면 내 다리는 프레더릭스버그에서 행군해와야 하고, 내 팔은 틀림없이 이 병원에서 출발해 내 몸이 있는 곳을 찾아와야 할 텐데 말이에요."

그 상상 덕에 무척 즐거워진 듯, 청년은 명랑하게 웃음을 터뜨렸다. 나도 그를 따라 웃음을 터뜨렸다. 이리저리 돌아다니며 환자들에게 당신들 모두는 썩어 사라질 몸에 병든 마음을 지닌 벌레 같은 존재라고, 오직 약속의 책을 읽고 또 읽어야 영혼을 구원받을 수 있다고, 그 외에도 여러 가지 기운을 북돋는 영적인 위로를 전하던 (군인들은 알코올의 위로를 더 선호했을 테지만) 군목은 이 장면을 보고 틀림없이 이 새로운 간호사를 경박한 마음의 죄인으로 간주했을 것이다.

"저기요, 부인!" 뒤에서 누군가가 나를 불렀다. 팔이 어깨까지 날아가버린, 투박한 미시간 출신 군인이었다. 나중에 그가 말해주어 알게 된 일이지만, 그의 몸안에는 두세 발의 총알이 아직 남아 있었다. 그는 신사라면 몸속에 흔히 그런 소소한 것들을 지니고 다닌다는 듯 그 사실을 아무렇지 않게 말해주었다. 나는 그에게 다가갔다. 그는 내가 물과 비누로 자신을 씻기는 동안 분노에 찬 목소리로 속삭였다.

"저기 저 빨간 머리 악마놈이요, 남군이에요, 망할 자식! 부인도 물론 동의하시겠죠, 그렇죠? 다리에 총상을 입었든지 다른 사람들처럼 칼침을 맞았을 겁니다. 저놈, 씻기지도 말고 먹이지도 말고 지쳐서 나가떨어질 때까지 비명이나 지르게 내버려두세요. 저 망할 자식들을 우리랑 같이 이곳으로 데려오다니, 이게 무슨 지랄 맞은 수작인지. 이런 문제를 결정한 더 높은 인사에게도 똑같이 말할 겁니다. 안 그러면 내가 벼락을 맞죠, 두고 봐요."

유감스럽게도 나는 그 자리에서 적을 용서해야 할 의무며 불경스러운 단어를 내뱉은 죄에 대해 도덕적인 훈계를 하지 못했다. 다만 열렬한 노예해방론자로서 어느 모로 보나 코퍼헤드*라 할 수 있는 그 키 큰 남군을 뚫어져라 바라보며, 그를 씻기게 된다면 눈에 비눗물을 집어넣고 코를 세게 문지르고 피부 껍질을 골고루 벗겨주리라 남몰래 다짐했다.

그러나 나의 다정한 의도는 좌절되고 말았다. 내 신념이 허락하는 만큼만 간신히 친절한 표정을 짓고 그에게 다가가 "조금 더 편안하게 해드릴까요?"라고 물었을 때, 그 모든 노력에 돌아온 대답이라고는 "됐소, 내가 직접 할 거요"라는 퉁명스러운 한마디뿐이었기 때문이다.

"그렇지, 모두 앞에서 남부의 기사도가 어떤 건지 보여주는군." 이렇게 생각하며 나는 배은망덕의 대가로 그에게 짤막한 세례의식을 안기고 싶은 강렬한 욕망을 억누르며—그의 거절에 선량한 와츠 박사를 추문에 휩싸이게 할 수도 있었을 강렬한 분노가 내 안에 일어났던 것이다—세숫대야를 그의 앞에 팽개치듯 내려놓았다.

그는 여러모로 실망스러운 존재였다(존경하는 와츠 박사 말고, 그 군인 말이다). 악마 같지도 않았고 낭만적이거나 가련한 존재도 아니었으며, 뭐 하나 흥미로운 데라고는 전혀 없었다. 그저 불타는 수풀 같은 머리에 완벽하게 무표정한 얼굴을 한, 키 크고 체격 좋은 남자에 불과했다. 그래서 나는 손톱만큼의 어려움도 없이 그를 미워할 수 있었고, 병원생활 나흘째인 그날 이후 그의 존재를 완전히 무시할 수 있었다. 그러나 물범벅이 된 바닥이 순식간에 입증해준

---

* 살무사, 붉은 머리, 남북전쟁중 남부에 동조한 북부 사람이라는 중의적 의미.

것처럼 그에게도 높이 살 만한 점이 하나 있기는 했다. 그가 어찌나 열정적으로 목욕재계를 수행했던지 그의 침대는 곧 비누거품 바다에 홀로 떠 있는 섬처럼 되고 말았으며, 그는 지느러미를 잃고 물을 뚝뚝 흘리는 인어처럼 보였기 때문이다. 정결이 신성의 가까운 이웃이라면 그 덩치 큰 남부군은 그날 내 병동에서 가장 신에 가까운 존재였다.

인간 빨래를 마치고 널어둔 다음 전투의 제2막이 성공적으로 시작되었다. 빵이며 고기, 수프, 커피를 담은 거대한 쟁반들이 모습을 드러냈고 간호사들과 간병인들은 먹을 수 있는 사람 모두에게 넉넉한 식사를 배달하는 급사로 변신했다. 내가 그 일에 얼마나 열심이었는지에 대해 내 앞치마를 소환해 증언을 들어도 좋을 것이다. 내 앞치마는 불과 십 분 만에 사람들이 먹고 있거나 이미 먹어버린 온갖 종류의 음식이 견본처럼 조금씩 묻어 있는, 걸어다니는 메뉴판이 되어버렸기 때문이다. 생기 넘치는 풍경이었다. 기다란 방에는 침대들이 줄지어 늘어서 있었고, 침대마다 물과 면도, 갈아입은 옷 덕분에 비참한 부랑자에서 회복중인 짧은 머리 영웅으로 변신한 군인들이 누워 있었다. 이리저리 바쁘게 뛰어다니는 간호사, 보조사, 회복중인 '장병' 들은 나이프와 포크로 전투를 벌였고 빈 접시들을 들고 후퇴하는가 하면, 한결같은 승리와 함께 진군했다가 반대 방향으로 되돌아오기도 했다. 그러는 내내 분주하게 움직이는 숟가락의 달그랑 소리는 우리 '경기병의 돌격'에 가장 고무적인 음악을 선사했다.

그들 정면에 침대들

그들 오른편에 침대들
그들 왼편에 침대들
그 누구도 허둥대지 않았지.
배고픈 영혼들의 환호
넘쳐흐르는 수프 그릇을 향한 흥분에 찬 비명
반 갈라 버터 바른
군용 빵의 더운 김.
포탄 더미 아닌 커피에
모두가 흡족해하리니,
산 사람도 죽은 사람도.
모든 인간이 경이를 표하는도다.*

일주일간 고통을 겪으며 한데서 자고 충분히 먹지 못한 군인들에게 이 넉넉한 식사는 실로 큰 기쁨과 위안이 된 듯했다. 음식과 온기, 휴식이 유쾌한 임무를 수행하자 어두웠던 얼굴들에 이내 미소가 떠올랐다. 직업 기자가 전할 수 있는 것보다 더 생생한 전투와 후퇴 묘사에 이어 "고마워요"라는 감사의 인사들이 뒤따랐다. 비극과 희극의 기이한 대조가 도처에 널려 있었고 우스우면서도 감동적인 일들도 그날 몇 번이나 일어났다. 포탄 파편이 부러진 한쪽 다리를 관통하는 부상을 입은 육 척 장신의 뉴햄프셔 출신 남자가 도움을 청해왔다. 관통한 자리가 얼마나 넓었는지, 직접 상처

* 상관의 무모한 작전으로 몰살하다시피 한 영국 기병대원들을 추모하기 위해 앨프리드 로드 테니슨이 쓴 시 「경기병의 돌격」의 일부 구절을 풍자적으로 고쳐 썼다.

를 보지 않았다면 그를 허풍선이라고 생각했을 것이다. 똑바로 앉아 먹을 수가 없었기에 그의 침대와 수염이 전부 수프로 축축하게 젖어 있었다. 나는 이 덩치 큰 젖먹이에게 수프를 숟가락 가득 연달아 떠먹여주면서 전투 때 기분이 어땠는지 물어보았다.

"그게, 첫번째 전투여서 처음에는 완전히 쫄았거든요. 뭐, 당연했지요. 난리도 그런 난리가 없었어요, 다른 것보다도 소음이 그렇게 견딜 수가 없었다고요. 그런데 동료였던 에프 실베스터가 머리에 총알을 맞고 쓰러지는 걸 보니까 열이 확 올라서, 그냥 벌떡 일어나서 달려들었어요. 우리 쪽 공격은 오래가지 않았어요. 그래서 상당수가 프레더릭스버그를 돌아다니며 집들 몇 곳을 헤집고 다녔지요. 그 난리통을 빠져나오라는 명령을 받기 전까지 말이에요. 명령을 듣고 몇몇은 겁이 나 부리나케 도망갔지만, 저는 뭐, 그럴 마음은 안 들더라고요. 그런데 바로 다음 순간 폭탄이 바로 앞에서 터지지 뭡니까. 무릎을 꿇고 몸을 낮췄는데 꼭 연처럼 높이 날아가는 기분이 들데요. 소리를 지르니까 동료들이 날래게 돌아오더군요. 하지만 방벽 너머로 나를 던질 때는 얼마나 조심스럽던지 말이에요, 진짜라니까요. 다음날에는 저기 몰래 접시를 핥고 있는 흑인만큼 시커멓게 돼버렸죠. 이거 아주 끝내주는 커피네요, 그렇죠? 한 컵 더 채워주시면 좋겠는데."

나는 그의 말대로 해주었다. 마지막 한 모금까지 모두 마신 그는 낡은 손수건으로 눈과 입을 훔치면서 말했다.

"이것 좀 보세요. 저한테 귀고리 한 쌍이랑 손수건 핀이 있는데, 괜찮다면 부인에게 주고 싶어요. 부인께서는 가엾은 에프의 아내, 더없이 정숙하고 고결한 올리지 실베스터와 다를 바 없으시니까요. 그래서 부인을 부른 거예요. 대단한 건 아니지만 남군 놈들을 추억할 만한 물건이 되어줄 겁니다."

그는 베개 밑으로 손을 넣더니 '잡동사니'라고 부르는 작은 꾸러미를 꺼내 한 쌍의 귀고리와 핀을 정중히 건네주었다. 귀고리는 통통한 포도다발 모양이었고 핀은 근사한 과일 바구니 모양이었는데, 동으로 만든데다 크기도 해서 조그마한 탕파湯婆로 사용해도 될 정도였다. 그렇게 의미 있는 기념품을 빼앗는 것이 편치 않아 나는 귀고리만을 받았다. 그러고는 다소 갑작스레 그 자리를 떠나야 했다. 나의 환우 한 명이 탕파를 지나치게 만끽하다가, 아니면 그 투박한 심장에 간직한 잃어버린 동료에 대한 애틋한 기억을 되새기며 꼭 안고 있다가 그만 잠옷 가슴팍 안에 밀어넣은 탕파가 빠지질 않아 고전했기 때문이다.

바로 옆자리의 환자가 식사를 전혀 건드리지 않고 내버려둔 것을 알아챈 나는 방금 이웃 환자에게 했던 것처럼 밥을 먹여주겠다고 제안했다. 그러나 그는 고개를 저었다.

"고맙습니다. 그런데 전 다시는 음식을 먹을 수 없을 거예요. 총알이 배를 뚫고 지나갔거든요. 하지만 너무 바쁘지 않다면 물을 좀 부탁하고 싶은데요."

나는 서둘러 물을 가지러갔다. 하지만 물 양동이가 바닥나 다시 채워오기까지는 시간이 약간 걸렸다. 기다리는 동안에도 나는 참을성 있는 나의 환자를 잊지 않았고, 양동이가 도착하자마자 컵 가득 물을 채워서 서둘러 되돌아갔다. 그는 잠이 든 것 같았다. 그러나 그 지치고 창백한 얼굴의 무엇인가에 이끌려 나는 그의 입술에 귀를 대보았다. 아무것도 느껴지지 않았다. 이마를 만져보았다. 차가웠다. 그제야 나는 깨달았다. 기다리는 동안 나보다 더 훌륭한 간호사가 그에게 더 시원한 물을 먹여주었고 치유의 손길을 베풀었다는 사실을. 이제 그 어떤 소음도 방해하지 못할 고요한 잠에 빠진 그의 몸에 나는 이불을 덮어주었다. 삼십 분 뒤 그의 침대가 비워졌다. 혼잡함 속에서도 외로웠던 병원 침대. 그가 감내한 그 모든 희생과 고통에 비해 보상은 너무도 초라했다. 바라봐주는 낯익은 얼굴 하나 없이, 잘 가라고 말해주는 다정한 목소리도 없이, 사자死者의 골짜기까지 다정하게 인도해줄 손도 없이. 수많은 여인이 그 물가에서 눈물짓는 붉은 바다에 더해진 한 방울의 피처럼, 그는 그렇게 사라졌다. 잠시 나는 생명의 가치와 죽음의 신성함이 이렇게 하찮게 취급되는 현실에 비통함을 느꼈다. 하지만 신성한 명부의 이름이 불리는 날, 훌륭한 업적으로 허황된 명예를 남긴 많은 사람보다 이름 모를 군인들이 더 높은 곳에 자리잡게 되리라고 생각하며 나 자신을 위로했다.

먹고 마시고 휴식을 취하는 일이 모두 끝나자 의사들이 회진을 돌았고, 나는 처음으로 상처에 붕대를 감는 기술을 익혔다. 어느 모로 보나 명랑한 풍경은 아니었다. 내가 보조한 P 박사가 얼마나 열정적이던지 나는 나 자신의 나약함을 인정하지 않을 수 없었다. 물론 당시에는 그 어떤 심문에도 그런 속내를 털어놓을 생각이 없었지만. 크림전쟁에서 복무했던 그는 내가 해어진 옷을 바라볼 때와 똑같은 태도로 망가진 신체를 보았다. 소맷단을 걷어올린 그는 아주 인상 나쁜 주부 같은 모습으로 숙련된 외과 재봉사의 열정을 발휘해, 자르고 꿰매고 조각들을 기우고 이어붙였다. 동시에 그는 이해하기 어려운 의학 용어들을 사용하며 치료 과정을 환자에게 설명해주었는데, 그 설명들은 물론 참말이지 환자를 안심시키고 그들의 기운을 북돋아주는 것이라 할 만했다. 신비로운 인체의 작용을 그렇게도 자신만만하게 파악하고 있다고 생각하는 그가 경이로운 인간의 몸을 들쑤시고 관찰하고 조사하는 모습은 기이하고도 눈을 뗄 수 없는 일이었다. 상처가 복잡하면 복잡할수록 그는 더 흥분하는 것 같았다. '능수능란한 후퇴' 도중 살짝 긁힌 상처를 입은 한 다스의 장군들보다, 두 다리를 잘리고 총알에 폐를 관통당한 이등병이 그에게는 훨씬 더 매력적인 존재였다. 누군가 온몸이 조각난 채 나타나서 다시 하나로 붙여달라고 부탁했다면 그는 그것을 대단히 특별한 기회로 간주할 것 같았다.

절단 수술은 다음날로 미루어졌다. 자비로운 마취제의 마법이 그날은 필요하지 않다고 판단되었기 때문에, 가엾은 영혼들은 온 힘을 다해 고통을 견디어야 했다. 사람들은 인내를 여성의 특징으로 자주 거론하지만, 육신의 고통을 견뎌내는 군인들의 조용한 인내는 참으로 놀라운 것이었다(애초에 얼마 주어지지도 않은 여성의 미덕에서 한 가지 덕목을 더 제외하려고 꺼낸 이야기는 맹세코 아니다). 마치 용기가 전염이라도 되는 듯 작은 비명조차 새어나오지 않았고, 환자들은 이마 위로 커다란 땀방울을 뚝뚝 흘리면서도 창백한 입술을 굳게 앙다문 채 자존심을 지켰다. 지독한 고통을 이기지 못해 바르르 떠는 몸을 지탱하는 침대가 흔들리는 동안, 정작 나 자신은 몇 번이나 그들을 대신해 신음하고 싶은 간절한 충동을 느꼈다. 아일랜드 출신 남자 한둘이 그들 고향 특유의 정직함을 드러내며 동정녀를 옆에 세워달라고 부탁해*—마치 그녀가 옆에 서 간병을 하지 않으면 볼기라도 한 대 맞아야 하는 그들 마누라라도 된다는 듯 말이다—

의사들을 기함하게 한 것을 제외하면 모든 일이 대체로 조용히 진행되었다. 이따금 붕대나 여타 도구, 반창고 등을 요청하는 낮은 목소리 내지 환자를 위로하는 간호사들의 작은 속삭임이 들렸을 뿐이다.

이런 조치들이 부분적으로라도 끝난 것은 정오가 한참 지나서였다. 지금까지 환자들의 몸을 미약하게나마 수습했다면, 이제 그들의 마음을 보살펴주어야 할 순서였다. 집에서 불안한 마음으로 기다리는 가족에게 편지를 써주고, 질문들에 대답해주고, 신문을 읽어주고, 돈과 귀중품을 걷기도 하면서 말이다. 마지막 조치는 우리 병원을 알록달록 장식하고 있던 흑인과 백인 모두로 말미암아 십계명 여덟번째 계율**이 위태로운 상황에 처했기에 마련한 대책이다. 포켓북, 지갑, 초상화, 시계 따위가 수거되었다. 봉투에 담아 봉한 뒤 이름을 적은 물건들은 그 소유주들이 집으로 돌아가거나 다시 전장으로 나갈 준비가 될 때까지 수간호사가 맡고 있을 것이다. 그날 오후, 내가 받아 적고 고쳐 쓴 편지들은 이 전쟁을 기록할 미래의 역사책에 더없이 훌륭한 한 장章을 구성할 수 있을 것이다. 새커리의 『허영의 시장』에 나오는 '기수 스푸니'가 워털루전투 직전 어머니에게 쓴 편지처럼, 이들의 편지 역시 "애정과 용기, 잘못된 철자들로 가득"했다. 거의 모든 편지가 전투에 대한 생생한 묘사를 담고 있었으며, 애국심에서 다소간 갑자기 먹을 것으로 화제를 돌리면서 "엄마", "매리 앤" 혹은 "피터스 고모님"에게 "출동이

* 성모마리아 그림을 옆에 놓아달라는 의미인 동시에 미혼 여성 간호사가 지키고 있어달라는 의미다.
** "도둑질하지 마라."

임박한" 조, 샘, 네드, 또는 아무개 앞으로 파이나 단것, 사과 등을 좀 보내달라고 부탁하는 말로 끝이 났다.

나의 어린 병장은 왼손으로 직접 편지를 쓰겠다고 기어이 고집을 부렸다. 참을성 있게 여섯 줄 남짓 상형문자를 적어넣는 데 성공한 그는 접어서 보내달라는 말과 함께 편지를 건네며 소년처럼 얼굴을 붉혔다. "소중한 제인에게"라는 첫 줄을 힐끗 볼 것도 없이, 그 모습만으로도 나는 이 영웅적인 소년이 전쟁의 신보다는 사랑의 신을 위한 전투에서 더 성공적이었음을 확신할 수 있었다. 간호사 페리윙클의 낭만적인 상상력은 즉시 아기자기하고 달콤한 사랑 이야기 하나를 마음속에 떠올렸다. 그러나 병장이 잠들었기 때문에 그 이상의 고백은 들을 수 없었다. 그 평화로운 얼굴로 짐작하건대 그는 아름다운 꿈나라에서 이곳에 없는 애인을 만나고 있는 것 같았다.

다섯시에 종이 크게 울렸다. 종소리가 한번 더 크게 울려 저녁이 준비되었음을 알리자 간병인들이 저녁을 돌리기 위해 쏜살같이 무기, 아니 쟁반을 향해 달려갔다. 그 소리에 새로 온 환자들이 깨어났다. 나는 곧 부상이 어지간히 심하지 않고서는 먹는 것에 대한 군인의 신념을 좀처럼 꺾을 수 없다는 사실을 알게 되었다. 몇몇은 정말 놀랄 만큼 많은 양을 먹어치웠다. 수간호사에게 장차 식량이 부족해지지 않을까 걱정을 전했더니 자애로운 부인은 이렇게 소리쳤다. "그들에게 축복을! 그렇게 먹는 것이 당연하지 않겠어요? 먹는 것이 지금 그들의 유일한 위안이에요. 그러니 모두 실컷 먹게 해줘요. 오늘밤까지 충분한 식량이 준비되지 않으면 내 몫을 군인들에게 주어서 주님의 일을 대신하도록 하지요." 부인은 자신의 커피 주전자와 토스트 접시를 집어들더니 아직 배를 다 채우지 못한 두세 명의 영웅에게 음식을 후하게 덜어줌으로써, 그들의 눈과 위장을 기쁨으로 빛나게 해주었다. 나는 위대한 마음을 지닌 또 한 명의 노부인이 즐겨 말했던 것처럼 그녀가 지금 물 위로 던진 빵*이 버터 바른 빵으로 돌아올 것을 손톱만큼도 의심하지 않았다.

그런 뒤 의사가 저녁 회진을 돌았다. 약을 먹이고, 열로 뜨거워진 얼굴을 닦아주고, 몸부림으로 구겨진 침대보를 정돈하고, 상처를 닦아주고, 자장가를 불러주고, 밤을 준비했다. 열한시, 마지막 사랑의 노동이 끝났다. 마지막 군인에게 "잘 자요" 인사가 건네졌다. 혹 그날의 노고에 대해 보상이 필요했다면, 간호사들은 틀림없이 그 보상을 받았다. 길게 늘어서 있는 얼굴들이 침묵 속에서 많은 이야기를 건넸으며, 창백하지만 평화로운 그들의 시선으로 우리가 침대까지 가는 길을 비춰주었기 때문이다. 밤과 자연의 섭리가 잠과 그보다 더 신성한 형제인 죽음이 지닌 그 치유의 마법으로 우리를 대신해 이 거대한 고통의 집을 지키는 동안, 우리는 더할 수 없이 포근하게 느껴지는 베개에 머리를 대고 세상에서 가장 달콤한 휴식을 취했다.

---

* 구약성경 「전도서」에 실린 비유로, 대가를 바라지 않고 한 선행을 뜻한다.

4
야간근무

자연의 조화 중 밤 쪽을 더 선호하는 취향과 '올빼미 놀이' 취미에 몰두할 수 있는 재능을 고루 갖춘 나는 곧 야간업무 자리로 승진했다. 새벽마다 나와 교대하는 동료 간호사는 눈동자가 검은 과부였는데 우리 두 사람은 불멸의 세어리와 벳시*처럼 '순서를 바꿔가며' 번갈아 병동을 돌보았다. 내 병동의 부상병들은 몸이 허락하는 한 최대한 명랑한 기분을 유지하려고 노력했다. 우울이라는 악마에 반대하는 간호사 페리윙클이 가장 많이 웃는 사람이 가장 잘 회복될 것이라는 굳은 신념을 지니고 있다는 사실이 널리 알려졌기 때문이다. 처음 왔을 때 병동에는 낙담과 침울함이 만연해 있었다. 간호사들은 불안하고 피곤해 보였고, 환자들은 슬프고 우울해 보였다. 이곳에서는 "무덤에서 들려오는 저 구슬픈 소리를 들

* 『마틴 처즐위트의 삶과 모험』에 나오는 세어리의 동료.

어봐!" 하는 식의 대화가 일반적인 것 같았다. 명랑하고 사교적인 뉴잉글랜드 마을 출신인 나는 다 죽어가는 마을에 초대받아 온 기분이 들었다. 그러므로 제1병동에 불어온 빠른 변화는 이들을 돕고 싶다는 박애주의적인 바람뿐 아니라 나도 좀 살고 봐야겠다는 자기보존 본능에서 비롯된 것이기도 했다.

그럴듯한 칭찬의 말보다 나를 더 으쓱하게 했던 것, 찬탄의 시선보다 훨씬 더 고마웠던 것은 내가 모습을 드러낼 때마다 환영의 미소를 보내며 환해지는, 얼마 전까지만 해도 낯설기 그지없었던 일렬로 누워 있는 얼굴들이었다. 그들의 환영에 여자다운 만족을 느끼며 그리고 그들 모두에게 일종의 모성애를 느끼며 나는 그 순간을 진심으로 향유했다. 저녁에는 환자들을 위해 책을 읽어주거나 편지를 써주고 각종 시중을 들며 즐겁게 해주는 한편, 아홉시 종이 울릴 때까지 매일 두 번 있는 P 박사의 저녁 회진을 보조하면서 여기저기 붕대를 새로 감아주기도 했고, 그날의 마지막 약을 나눠주거나 다가올 긴 밤에 대비해 환자들을 편안하게 해주었다. 종이 울리고 불이 꺼지고 나면 주간근무를 하는 간호사들의 임무는 끝나고, 야간근무, 나의 밤 모험이 시작되었다.

내가 담당한 병동은 이제 세 병실로 나뉘었다. 수간호사의 양해 아래 나는 환자들을 '의무의 방', '기쁨의 방', '슬픔의 방'이라고 부르는 세 병실에 적절히 배치한 다음 각각의 방에서 서로 다른 성격의 간호를 해나갔다. 첫번째 병실에는 두루마리 붕대와 반창고, 고정용 핀이 가득한 쟁반으로 무장하고 들어갔다. 또다른 병실에는 책과 꽃, 놀이거리와 이야깃거리를 가져갔고, 나머지 병실에는 찻주전자와 자장가, 위로의 말, 그리고 때로는 수의를 들고 들어갔다.

야간근무 때 나는 어느 병실에서든 가장 많이 아프고 가망 없는 환자 옆을 지켰지만, 병동 전체를 지키는 불침번이 난롯불과 물로 계속 적셔주어야 하는 상처를 보살피는 임무를 착실히 이행하고 있는지 확인하기 위해 이따금 다른 병실들도 둘러봐야 했다. 그러나 그런 목적이 아니라도 나는 꽉 닫힌 방에서는 구할 길 없는 신선한 공기를 찾아 이 병실에서 저 병실로 돌아다니곤 했다. 이 모든 해악을 야기한 알 수 없는 '누군가'의 어리석음 덕분에 위쪽 창문은 못으로 꼼꼼하게 고정되어 있었고, 아래쪽 창은 바로 밑에 환자들이 누워 있어서 아주 따뜻한 날이 아니면 열 수 없었던 것이다. 본부에 몇 번이나 하소연해도 소용없었고 게으른 보조들도 지시에 따르지 않았으므로, 나는 아쉬운 대로 여기저기 유리창 몇 군데를 확 깨버리자고 제안했다. 그러나 아무도 내 제안에 동의하지 않았고 못들은 내 손이 닿지 않는 저 높은 위치에 박혀 있었다. 박애정신으로 가득찬 이 병원의 혼란 상태라니. '백의의 천사'라고는 하지만 날개가 없는 나로서는 차라리 야곱의 사다리라도 청하는 편이 더 나았을지 모르겠다.

유령들이 출몰하는 그 밤 동안 나를 상대해준 위험하지 않은 유령들도 있었는데, 일종의 경외심까지 느껴졌던 경비원 댄도 그중 하나였다. 그렇게 긴 시간을 함께 보내면서도 얼굴 한번 본 일이 없고 낮에도 거의 만나지 못했지만, 나는 특유의 다리 생김새 덕분에 그를 알아볼 수 있었다. 작은 키며 커다란 외투와 목도리에 묻혀 있던 통통한 몸도 전반적으로 독특하기는 했지만, 그의 다리는 정말이지 남달랐다. 얼굴 아랫부분은 수염으로, 윗부분은 모자챙으로 가려져 있던 그가 나에게 내보인 것은 졸음에 겨운 두 눈과 대단히 부드러운 목소리뿐이었다. 그러나 어처구니가 없을 만큼 길고 가늘며 흐물흐물 휘어 있는, 껍질로 꽉 조인 회색 소시지처럼 생긴, 허벅지에서 종아리로 내려올수록 가늘어지는 예의 그 다리 실루엣이라고는 일절 찾아볼 수 없이 한결같은 굵기로 쭉 내려오다, 돛 내린 중국 범선처럼 너부데데한 한 쌍의 녹색 천 신발로 마무리되는 그 다리! 침침한 병실 사이로 미끄러지듯 소리 없이 이동하던 그는, 오래된 술집에 코르크스크루를 타고 나타나 이미 오래전 동이 나 처분된 술통 짝꿍들을 찾아헤매는 맥주통의 유령 같았다.

눈에 자주 띄었던 또다른 유령 하나는 슬픔의 방을 지키는 간병인으로 활약했는데, 그 충직한 영혼의 소유자는 열이 가라앉은 뒤 어린아이처럼 허약해져 돌아다니는 환자 두세 명을 보살폈다. 이 정 많은 인사는 스스로 커피라고 부르는 무시무시한 음료를 몇 잔 이고 만들어 나에게도 강권함으로써 야간근무의 지루함을 덜곤 했다. 커다란 사발에 담긴 진흙 수프 같은 그 음료는 혀를 델 만큼 뜨거웠고 크림은 전혀 들어 있지 않았으며 시럽과 탄내, 주전자의 쇠 냄새가 진하게 뒤섞여 있었다. 나는 넘치는 선의와 동료애로 끓여낸 그 정체불명의 음료를 차마 거절할 용기가 없어 언제나 감사 인사와 함께 컵을 받아든 다음, 그를 의식해 위선적이게도 만족스러운 표정으로 홀짝이다가, 그가 자리를 뜨면 곧바로 구정물통에 부어버렸다. 이러한 방법으로 나는 그를 만족시키는 한편, 가장 졸린 시간에 잠을 쫓아주는 웃음을 확보할 수 있었다. 이 과정에서 피해를 본 존재는 구정물을 처리하는 돼지들뿐이었는데, 돼지들이 '자신의 죄 많은 몸과 때 이른 이별'을 했는지 하는 질문은 조심스레 삼가고자 한다.

반은 잠으로 반은 워싱턴 탐사로 낮 시간을 채우고, 밤이면 붉은색 털목도리를 두른 거대한 케루빔처럼 잠든 아들들을 굽어살피는, 실로 기이한 생활이었다. 나는 그 생활이 좋았다. 그리고 그곳에서 흥미롭고 유익하고 재미난 것들을 여럿 발견했다. 그중 코 고는 소리는 중요한 연구 주제였다. 가볍게 드르릉거리는 사람부터 자기 코 고는 소리에 놀라 벌떡 일어난 다음 이웃을 비난한 뒤 관대하게 그를 용서하고는 자기 이불로 몸을 둘둘 감고 다시 천둥처럼 코를 골며 잠드는 사람까지, 저마다 각양각색으로 코를 골아댔기 때문이다. 이 한 무리의 연주를 한 주 동안 듣고 나자 코 고는 소리만 듣고도 누가 누군지 알아맞힐 수 있겠다는 확신이 생겼다. 심지어 존 브라운*이 가장 좋아했던 찬송 〈나팔을 불어라〉를 부르며 그 합창에 동참하고 싶은 유혹까지 느꼈다.

의식을 잃고 잠에 빠져 있을 때 실로 흥미롭게 달라지는 이 많은 군인의 얼굴을 보고 있노라면 상당한 대가를 치르고라도 소묘 기법을 익히고 싶은 마음이 간절했다. 몇몇은 진지하고 근엄한 얼굴로 변했다. 명령을 내리거나 통증 때문에 신음하거나 화를 내며 남군들을 저주하는 것을 보니 전쟁에 대한 꿈을 꾸고 있는 것이 틀림없었다. 몇몇은 몹시 불쌍하고 애처로운 모습으로 바뀌었는데, 마치 말없이 내내 참았던 통증이 낮 동안의 인내에 복수하며, 남자의 자존심으로 그토록 잘 숨겨왔던 고통의 본모습을 드러

* 남북전쟁 직전 노예제 폐지를 위한 무장봉기를 주장하며 버지니아 주 하퍼스 페리의 연방정부 무기고를 점거했다가 체포되어 사형당했다. 올컷과 올컷의 가족은 존 브라운의 열렬한 지지자였다.

내는 것만 같았다. 잠이 깊은 주름을 펴주고 그들의 진정한 본성을 풀어 보여줄 때면, 가장 거칠어 보였던 군인들이 젊고 사랑스러운 면면을 드러내기도 했다. 상당수의 환자가 마치 자는 동안 이야기를 하는 것만 같았다. 나는 낮 동안의 교류보다 야간근무를 통해 환자들을 더 잘 알게 되었다. 때로 이들은 나를 실망시키기도 했다. 불빛 아래에서 명랑하고 선량해 보였던 얼굴들이 어두운 그림자 속에서는 사악하고 교활해 보이기도 했기 때문이다. 말로 비밀을 털어놓은 것은 아니지만 나는 그들의 인생을 읽을 수 있었다. 환자들은 밤의 마법이 불러일으킨 간호사의 태도 변화에 어리둥절해하는 눈치였지만 나는 아무 말도 하지 않았다. 몇 명은 쉬지 않고 잠꼬대를 했다. 낮 동안은 아무리 설득해도 입도 뻥긋하지 않았던 북 치는 소년 하나는 자면서 달콤한 노래를 부르기도 했다. 몇 명은 그날 아침 자신들이 했던 말을 다시 한번 뱉어야 직성이 풀리는 듯했다. 병원은 결코 잠잠할 때가 없었기에, 운동 삼아 차가운 복도를 걸어다니는 일에도 그 나름의 즐거움이 있었다. 보초병들이 밤 내내 쿵쿵 발소리를 내며 순찰을 돌았고, 그들이 걸어다니거나 문 앞에 석상처럼 말없이 꼿꼿이 서 있을 때면 겨울 달빛에 반짝이는 소총을 들고 파수꾼이 지키는 요새, 이상한 사건들, 대담무쌍한 행적 등에 대한 낭만적인 공상을 마음속에 떠오르게 만들었다. 양키 생활 특유의 따분함을 잊게 하는 이런 전시戰時에는 상상력이라고는 일절 없는 사람조차 이 나라의 심장을 뒤흔든, 나라의 수도를 병원 주둔지로 만들어버린 흥분의 전율을 얼마간 느끼지 않을 도리가 없는 것이다. 아래층 복도를 헤매고 있노라면 종종 이층에서 비명이며 이리저리 급히 뛰는 발소리가 들렸고,

의사들이 뛰어올라가는 모습이며 사람들이 들것을 들고 내려오는 모습이 눈에 들어왔다. 들것에는 마지막 전투를 마친 사람의 길고 하얀 몸이 천으로 얼굴을 덮은 채 누워 있었다. 때로 나는 거리를 지나다니는 사람들이나 길 건너 첨탑 위로 반짝이는 달빛, 저 아래 드넓은 포토맥 강에 흰갈매기처럼 떠다니는 가물거리는 배 몇 척을 바라보기 위해 멈춰서기도 했다. 저 강물이 최고 유량으로 그 아무리 세차게 흐른다 하더라도 이제 이 나라의 피 얼룩은 결코 지울 수 없을 터였다.

내가 기록해두고 싶은 그 밤은 사소한 희극으로 시작되어 큰 비극으로 막을 내렸다. 신의 눈으로 세상을 볼 수 없는 사람들에게 덕망 있고 훌륭한 삶의 때 이른 마감은 언제나 비극으로 느껴지는 법이니까 말이다. 그날은 그 끔찍했던 토요일의 참혹한 경험으로 정신을 놓아버린 뉴저지 출신 군인의 옆자리를 본부 삼아 근무를 서고 있었다. 그가 병원으로 이송된 것은 경미한 무릎 부상 때문이었지만, 몸보다는 정신이 훨씬 더 큰 고통을 겪고 있었다. 섬세한 마음의 가닥들이 끊어질 듯 팽팽하게 긴장된 채 잊을 수 없는 장면들을 며칠이고 반복해 연주했고, 결국 그 고통은 딱하기 짝이 없는 두서없는 헛소리로 이어졌다. 나는 그의 곁에서 젖은 손으로 뜨거운 이마를 계속 만져주며 가엾은 그 마음을 진정시켜주려고 노력했다. 그는 침대에 누운 채 동료들을 격려하기도 하고 서둘러 돌아오라고 외치는가 하면, 옆에서 쓰러지는 동료들의 수를 세거나 터지는 폭탄 파편의 사정거리 바깥으로 끌어내기 위해 내 팔을 몇 번이고 움켜잡기도 하고, 쏟아지는 총탄 속에서 몸을 보호하려고 자기 머리를 감싸기도 했다. 열로 들뜬 얼굴에 눈동자는 번득였고 머리를 잠시도 가만히 두는 법이 없었다. 온 근육이 긴장으로 경직되어 있었다. 입술은 계속해서 호전적인 외침이나 속삭이는 경고 내지 한탄을 간헐적으로 내뱉었지만 너무 두서가 없어 알아듣기는 어려웠다.

열한시가 지났다. 그는 지친 나머지 조금씩 간헐적인 진정상태로 접어들고 있었다. 이런 간헐적 진정상태 중간에 갑자기 기이한 소리가 들려왔다. 어깨 너머로 내다보니 외다리 유령이 방 아래쪽으로 재빨리 콩콩 뛰어가고 있었다. 달려가보니 그는 펜실베이니아 출신의 군인이었다. 감염으로 인한 열이 점점 더 악화되는 바람에 혼을 쏙 빼놓았던 그 전투 후 남아 있던 얼마 안 되는 정신마저 잃고 만 그는 말 그대로 경쾌하게 춤을 추며 "집을 향해" 행진하던 중이라고 했다. 물론 실로 약식이라 할 만한 복장에 그와는 현저히 대조되는 군모를 만지작거리며 그가 온순히 설명한 바에 따르자면 말이다. 정신이 말짱할 때는 조금만 움직여도 아파서 고함을 지르고 요란한 저주를 퍼부었지만, 정신을 잃고 나면 사람이 완전히 바뀌어 상냥한 태도를 취했다. 나는 그에게 탈영으로 군사재판에 회부되고 싶지 않으면 침대로 돌아가라고 조언했지만, 그는 아랑곳하지 않고 명상에 잠긴 황새처럼 한 다리로 균형을 잡고 서서 전쟁이며 대통령, 라거 맥주, 엔필드 소총에 대한 열띤 토론을 이어갔다.

이보다 더 우스꽝스러운 장면은 상상하기 어려웠다. 발가벗은 것이나 다름없이 느슨히 걸친 흰색 내의, 한쪽 다리를 밀어넣은 파란색 양말, 밀어버린 머리에 건달처럼 비스듬히 쓴 더러운 군모, 평온하고 만족스러운 표정이 만면에 가득한 너부데데한 붉은 얼굴—그는 도무지 이 세상 사람 같지 않은 모습으로 요란하게 뛰어다니며 한 손에는 컵을, 다른 한 손에는 장화를 들고 흔들어대면서 그것들을 수통과 배낭이라고 우겨댔다. 이 인사를 대체 어떻게 해야 할지 알 수가 없었다. 댄은 자리에 없었는데, 댄을 찾으러 자리를 떴다가는 이 방랑자가 자신을 장식띠라도 되는 듯 창문 밖으로 늘어뜨리거나, 토가* 같은 저 의상에 불이라도 붙이거나, 이웃 환자들에게 엉뚱한 짓을 할지도 모를 일이라 꼼짝할 수 없었다. 휴가를 쓰고 온 간병인은 숨을 내쉴 때마다 향기로운 위스키의 위력을 과시하며 신성한 일곱 잠꾸러기**의 친척이라도 되는 듯 세상 모르고 잠에 빠져 있었고, 핀으로 쑤시지 않는 다음에야 깨어날 기미가 보이지 않았다. 이 미치광이 신사는 여전히 유려한 장황설을 늘어놓으며 내가 아무리 붙들고 애원해도, 나를 보지도 않고 내 말을 들은 척도 않은 채 이리저리 쿵쿵 뛰어다녔다. 그를 놔두고 문을 쾅 닫은 다음 달려가 도움을 청하려는 찰나, 역시 '온통 하얀' 옷을 걸쳤지만 정신은 말짱한 또 한 명의 유령이 나타나 나를 구원해주었다. 덩치 큰 프러시아 군인 모습을 한 이 유령은, 영어는 한마디도 못했지만 상황의 위급함을 꿰뚫어보고 이 활달한 부상병을 아기처럼 안아들더니 침대로 밀어넣었다. 프랑스어와 독일어가 기이하게 뒤섞인 말투 덕에 "여기 가만히 누워 있어"라는 그의 권위 있는 명령은 한층 더 무게감이 있었다. 그는 가만 있으라는 명령을 내리며 모자 쓴 머리를 경고하듯 가볍게 흔들었는데, 그 노란색 수

---

* 고대 로마 남성이 시민의 표적으로 입었던 낙낙하고 긴 겉옷.
** 로마시대에 기독교 박해를 피해 동굴로 들어가 기독교 박해가 끝날 때까지 백여든 해 동안 잠을 잤다고 전해지는 일곱 소년과 소녀.

면모자는 종에 달린 줄 같은 술 덕분에 무척 위풍당당해 보였다. 조금 전의 회유回遊로 다소 지친 펜실베이니아 출신 군인은 진정하는 눈치였다. 나와 협력자가 도저히 참을 수가 없어 함께 한바탕 웃고 난 다음 각자 자리로 돌아갔을 때 어디선가 흐느끼는 소리가 들려왔다. 우리는 나란히 늘어선 침대들을 훑어보았다. 구석에 있는 한 침대—그렇게 작은 침대라니!—에서 들려오는 소리였다. 그 옆에 가보자 눈물에 젖은 몹시 작은 얼굴이 우리를 올려다보았다. 열두 살짜리 북 치는 소년이 노래 대신 울음을 터뜨리고 있었던 것이다. 그러면서도 소년은 사기를 꺾는 그 소리가 혹 새어나가기라도 할까봐 남자답게 애써 울음을 억누르고 있었다.

"테디, 무슨 일이죠?" 내가 물었다. 소년은 복받치는 울음을 삼키며 눈물을 훔친 뒤 애처로운 목소리로 대답했다.

"오한이 나서요. 하지만 그것 때문에 우는 건 아니에요. 오한이야 늘 나는 거니까요. 키트가 여기 있는 꿈을 꿨는데, 일어나보니까 없잖아요. 견딜 수가 없었어요."

다른 부상병들과 함께 병원에 실려왔던 소년이 애도하고 있는 키트는 수송마차에서 이미 목숨을 잃어 도착하자마자 안치소로 실려 갔던 군인이다. 이해할 수 있었다. 프레데릭스버그에서 부상병들이 이송될 당시 소년은 아직 전장에 쓰러져 있었다. 그때 소년의 선량한 동료는 자신도 심한 부상을 입었으면서, 소년이 그런 순간 그런 장소에 보살피는 사람도 없이 버려져 있게 두지 않고 자신의 담요로 소년의 몸을 감싼 다음 두 팔로 안아 이송차량까지 데리고 갔던 것이다. 여기까지 오는 내내 소년을 보살핀 그는, 소년을 치료하고 보살펴줄 것이 틀림없는 병원 문 앞에서 죽음이 자신을 맞았을 때야 비로소 소년에 대한 책임을 내려놓았다. 열흘 동안 열과 오한으로 불덩이처럼 뜨거워졌다 추워서 떨었다 하는 내내 테디는 키트를 찾으며 울먹였다. 정작 자신의 목숨을 돌보지 못한 자비로운 보호자에게 감사의 인사조차 전하지 못한 소년을 어떤 위로로도 달랠 수 없었다. 생생한 꿈 때문에 아직 어린 소년은 새로운 고통으로 신음하고 있었다. 내가 눈높이를 맞추어 소년을 위로하며 따뜻하게 해주려고 말라빠진 두 손을 문질러주자, 자신의 손을 물끄러미 바라보던 그가 또다시 눈물을 터뜨렸다. 그의 마음을 괴롭히고 있던 자책 어린 두려움을 더이상 억누를 수 없었던 것이다.

"아! 내가 지금처럼 마르기만 했다면 키트는 안 죽었을지도 몰라요. 내가 너무 무거워서, 키트의 부상이 생각보다 더 심각해서, 그래서 죽은 거예요. 키트에게 작별인사도 못했는데."

소년은 이런 생각을 하며 남몰래 괴로워했던 것이다. 전우였던 키트가 결국 어떻게든 세상을 떠났을 수밖에 없었을 것이라는 위로는 이 자책 어린 쓰라린 슬픔에 거의 아무 도움도 되지 못했다.

이런 상황에서 정신을 놓은 뉴저지 출신 군인이 소리를 질러댔고 한쪽 다리만 남은 군인은 또다른 유랑을 시작할 듯 자리에서 일어났으며 테디는 전보다 더 슬프게 흐느꼈다. 넋이 나간 꼴로 망연자실해하는 여자가 있다면 이삼 분쯤 고장난 시계추처럼 세 침대 사이를 오갔던 간호사 페리윙클이 바로 그 여자라 할 수 있었다. 도움이 더없이 절실한 순간, 흰 다리 댄이 지원군처럼 모습을 드러냈다. 댄이 기운 넘치는 외다리 환자를 보살펴준 덕에 나는 다시 내 자리로 돌아갈 수 있었다. 프러시안 군인이 미소를 지으며 고개를 끄덕하더니, 테드를 자신의 침대로 데려가 덩치는 크지만 겸손한 한 마리 벌처럼 낮게 달래는 목소리로 그를 재워주었다. 나는 프리츠의 그런 점이 좋았다. 나중에 프리츠가 자기 식기에 조금 더 맛있는 것이 들어 있다거나 침대가 유난히 안락하다는 사실을 알아챘다면, 그날 밤 여럿이 목격했던 자신의 자애로운 행동에서 그 이유를 찾을 수 있었을 것이다.

그러나 내가 자리에 앉자마자 보조 간병인이 피할 길 없는 예의 그 음료수를 건네며, 예상하고 있었지만 듣고 싶지 않았던 소식을 전해주었다.

"존이 위독해요. 가능하면 부인을 만나고 싶다고 하네요."

"이 환자가 잠들면 곧바로 갈게요. 그에게 그렇게 말해줘요. 그리고 혹 내가 더 지체하면 안 되는 상황이 오면 알려주고요."

전령이 떠난 뒤 가엾은 쇼를 진정시키며 존을 생각했다. 그는 다른 사람들보다 하루이틀 늦게 도착했다. 어느 날 저녁 '슬픔의 방'에 들어간 나는 최근에 비워진 침대에 새로 배치된, 체구가 크고 흰 피부에 잘생긴 얼굴, 지금껏 본 적 없는 고요한 눈동자를 지닌 군인을 발견했다. 부상이 더 심한 전우들이 먼저 병원에 도착할 수 있도록 뒤에 남은 한 군인에 대한 이야기를 먼저 도착한 다른 군인에게 여러 번 들었던 터였다. 그 둘은 다윗과 요나단* 같은 사이인 듯했다. 지치지도 않고 존을 칭찬하며 초조하게 그를 기다리던 그 군인은 존의 용기와 침착함, 자제심, 한결같은 마음씨 등을

* 구약성서에 등장하는 인물. 이스라엘의 왕 사울의 아들 요나단은 다윗을 살해하려는 아버지의 계획을 다윗에게 알려 목숨을 구해주었다. 이들의 깊은 우정을 빗대어 막역한 친구 사이를 '다윗과 요나단'이라고 한다.

늘어놓은 뒤 언제나 다음과 같은 말로 이야기를 매듭지었다. "존은 어느 누구와도 비교할 수 없는 훌륭한 사람이에요. 직접 보면 아시겠지만요."

나는 호기심이 일었고 그 훌륭한 인물을 직접 만나보고 싶어졌다. 그가 도착한 후 서로 가까워지기까지 나는 하루이틀 밤 그를 지켜보았다. 사실 나는 큰 키에 맞춰 침대 길이를 늘려야 했던 이 건장하고 기품 있는 군인이 약간 무서웠다. 그는 좀처럼 말하는 법이 없었으며 불평하는 일도 없었고 동정을 바라지도 않았다. 그저 조용히 주위에서 일어나는 일을 관찰할 뿐이었다. 베개를 세워 머리를 높이고 누워 있을 때면 버지니아 출신의 이 대장장이는 죽어가는 그 어떤 정치인이나 전사의 초상화보다 더 완벽한 위엄을 드러냈다. 갈색 머리카락과 수염으로 싸여 있는 얼굴도 더할 나위 없이 매력적이었다. 잘생겼을 뿐만 아니라 아직 고통에 무릎을 꿇지 않은 생명력이 만연해 있었던 것이다. 사려 깊은 표정으로 주위 군인들의 고통을 지켜볼 때면 그는 자신의 고통은 완전히 잊은 듯 아름다운 연민의 표정을 얼굴에 떠올리기도 했다. 주름 속에 강인한 의지와 용기를 드러내는 그의 입매는 진지하고 엄격한 인상을 주었지만 미소를 지을 때면 여자 못지않게 사랑스러웠다. 눈동자는 어린아이의 그것과 같았고, 상대의 얼굴을 정면으로 응시하는 그의 맑고 거짓 없는 시선은 그를 신뢰하는 사람들을 실망시키는 일이 결코 없으리라는 사실을 보장하고 있었다. 삶이 의무와 환희로 가득하다는 듯, 마치 충만함의 비밀을 이미 깨우친 사람처럼 그는 삶을 꼭 부여잡고 놓치지 않으려는 것 같았다. 그가 딱 한 번 평온을 잃고 동요를 드러냈던 적이 있었다. 담당 의사가 존을 진찰하기 위해 다른 의사를 데려왔던 날이었다. 존은 불안한 표정으로 두 사람의 얼굴을 빤히 바라보다가 나이 지긋해 보이는 쪽을 향해 물었다. "제가 회복될 수 있을까요, 선생님?" "그러기를 바랍니다." 존의 시선이 그의 침대를 떠나버린 의사들을 뒤따랐다. 의사들이 그 강렬한 눈빛을 보았더라면 더 분명한 대답을 하지 않을 수 없었을 것이다. 잠시 그의 얼굴 위로 그늘이 스쳤다. 그러나 그 짧은 일식日蝕 동안 피할 수 없는 가능성을 받아들이기라도 한 것처럼 그는 곧 평소의 평온함을 되찾았다. 그는 아무것도 묻지 않았지만 모든 가능성을 열어둔 채 진정한 신심인 순종으로 신의 손에 문제를 맡겼다.

다음날 밤 P 박사와 함께 회진을 돌던 나는 무심코 병실에 있는 환자 중 제일 고통 받는 이가 누구인지를 물었다. 전혀 예상치 못하게도 의사는 존을 힐끗 보았다.

"숨을 쉴 때마다 단도로 찔리는 거나 진배없어요. 포탄이 왼쪽 폐를 관통하면서 갈비뼈를 부러뜨렸고, 다 나열할 수도 없을 만큼 여기저기를 건드리고 지나갔으니까요. 저 불쌍한 환자는 고통을 덜 수도 잊을 수도 없어요. 상처난 등을 대고 누워 있든지 아니면 숨쉬기를 그만둬야 하니까요. 고통스럽고 긴 싸움이 될 겁니다, 워낙 생명력이 대단해서 더 그렇겠지요. 하지만 절제와 인내로도 목숨을 구할 수는 없을 겁니다. 그럴 수만 있다면 좋겠지만."

"그럼 결국 죽는다는 말씀인가요?"

"가엾게도요. 손톱만큼도 희망이 없어요. 너무 늦기 전에 존에게 이 사실을 말해주는 편이 좋을 겁니다. 여자들은 그런 이야기를 수월하게 하는 기술이 있잖아요. 그러니 부인에게 맡길게요. 길어도 하루이틀 이상은 버티지 못할 거예요."

조금 더 한가한 시간을 위해 눈물을 아껴두는 지혜를 배우지 못했더라면 그 자리에 주저앉아 실컷 울었을지도 모른다. 이제 아무것도 할 수 없을 만큼 엉망진창으로 망가진 육신이 되어 누워 있는 주변의 환자 예닐곱 명조차도 쇠한 기력의 부스러기들을 어떻게든 그러모아 다른 이들에게는 짐이 되고 자신에게는 매일 후회가 될 삶을 필시 몇 년은 더 이어나갈 텐데, 존 같은 사람이 이렇게 삶을 끝내야 한다는 건 너무나도 가혹한 일이었다. 우리 군대에는 존처럼 신실하고 용감하며 충직한 사람이, 자유와 정의를 위해 몸과 마음을 다해 싸우는 주님의 진정한 군인들이 필요했다. 나는 이렇게 빨리 그를 포기할 수도, 아직 소명을 다하지 못한 이 훌륭한 창조물이 지금까지 벌써 숱한 생명을 앗아갔을 아둔하고 성급한 이들 때문에 영원의 세계로 사라진다는 사실을 받아들일 수도 없었다. "그에게 시간이 얼마 남지 않았다고 말해주세요." P 박사는 참 쉽게 말했지만 실제로 행동에 옮기는 것은 잔인하도록 어려운 일이었으며 그가 예의바르게 덧붙인 것처럼 "수월한" 일이 결단코 아니었다. 나에게는 아직 그런 일을 할 용기가 없었다. 그래서 나는 그 암울한 예언을 거스르고 무엇인가 희망적인 변화가 일어나기를, 그래서 내가 그 업무를 수행할 필요가 없어지기를 남몰래 소망했다. 몇 분 뒤, 내가 새 붕대를 들고 다시 돌아왔을 때 존은 부축해주는 사람 없이 일어나 앉아 의사에게 등을 치료받고 있었다. 그때까지 한 번도 그의 등을 본 적이 없었다. 나는 더 간단한 상처들을 돌보는 일을 맡았던데다 간병인의 충직함을 믿었기에, 힘과 경험이 필요한 존 같은 환자는 간병인에게 맡겨두는 편이 더 안전하고 바람직하다고 생각했던 것이다. 이 강인한 남성이 그 주변의 더 허약한 영혼 못지않게 부드러운 여성의 간호를 갈망하며 여성이 지닌 연민의 힘을 고대했을지도 모른다는 사실은 짐작도 하지 못했다. 의사의 말을 들은 뒤 나는 그간의 무심함을 자책했다. 실제로 의무를 무시한 것은 아닐 테지만, 향수에 시달리는 이 영혼을 위로하고 지금의 힘든 시간을 조금 더 편하게 견디게 해줄 작은 배려나 친절 따위에 마음을 쓰지 못한 것은 사실이었던 것이다. 고개를 숙이고 두 손을 무릎 위에 포개고 있던 존은 외롭고 버림받은 사람처럼 보였지만 겉으로 고통을 드러내는 신호는 아무것도 없었다. 그러나 조금 더 가까이 다가가자 마룻바닥 위로 뚝뚝 떨어지는 커다란 눈물 방울이 눈에 들어왔다. 내가 있던 병동에서는 처음 보는 광경이었다. 나는 그동안 숱한 환자가 고통스러워하는 모습을 지켜보았다. 욕설을 내뱉고 신음하는 환자들도 있긴 했지만 대부분은 조용히 견뎌냈을 뿐 눈물을 흘리지는 않았다. 그렇다고 해서 그가 나약해 보인 것은 아니었다. 그저 더없이 마음이 뭉클해졌다. 그 순간 두려움이 사라진 나는 마음을 열고 아기를 안아주듯 고개 숙인 그의 머리를 두 팔로 품으며 말을 했다. "존, 견딜 수 있도록 제가 도와드릴게요."

사람이 그렇게 순식간에 사랑스러운 표정을 지으며 얼굴 가득 고마움과 놀라움, 안도를 담아내는 것을 이전에는 한 번도 본 적이 없었다. 그는 말보다 더 많은 것을 이야기하는 표정으로 속삭이듯 대답했다.

"고맙습니다. 한결 좋네요! 누가 좀 이렇게 해주었으면 했어요!"

"그러면 왜 한 번도 부탁을 하지 않았어요?"

"성가시게 하고 싶지 않아서요. 부인은 너무 바빠 보이고, 저는 혼자서도 어떻게든 버틸 수 있으니까요."

"이제 위로에 목말라하는 일은 없을 거예요, 존."

그리고 나는 그 약속을 실천에 옮겼다. 이제 내가 그의 침대에 잠깐 들렀다가 가버리거나 아니면 고개만 끄덕하고 지나갈 때 종종 내 뒤를 따르던 그 상념 어린 시선의 의미를 이해했기 때문이다. 다른 환자들이 더 다급하게 나를 찾았기 때문에 나는 그보다 더 도움이 급해 보이는 환자들을 돌보느라 여념이 없었다. 그러나 이제 나는 다른 많은 환자처럼 존도 나를 부족하나마 어머니나 아내 또는 누이의 대역으로 여긴다는 사실을 깨달았다. 그는 나를 낯선 사람이 아니라 친구로 생각하고 있었던 것이다. 비록 지금까지는 무심하고 냉정한 친구였지만. 그러나 겸손한 그는 내가 무심했던 진짜 이유를 결코 짐작하지 못했다. 하지만 이제 상황은 달라졌다. 상처를 진찰하고 소독하고 붕대를 감는 그 지루한 시간 내내 존은 내 손을 꽉 잡고 나에게 기대어 있었다. 고통으로 눈물을 흘린다 해도 나 말고 볼 사람은 없었다. 그가 다시 자리에 누우면 나는 그 주위를 서성이며 얼굴을 닦아주고, '사랑스러운 갈색 머리카락'을 빗어주고, 침대 주변을 정리해주고, 깨끗한 베개 위에 히스와 헬리오트로프로 엮은 꽃다발을 놓아주었다. 이런 일들이라도 하지 않으면 후회와 자책을 견딜 수 없었기 때문이다. 그는 이런 나를 만족스러운 표정으로 바라보았고, 나는 그 표정이 무척 좋았다. 자그마한 꽃다발을 건네자 그는 그 큰 손으로 조심조심 받더니 주름진 이파리 한두 잎을 펴고는 진심으로 기쁜 얼굴로 바라보며 향기를 맡았다. 그러고는 초록색 잎 위로 반짝이는 햇살을 바라보며 기분 좋게 자리에 누웠다. 그는 나의 환자 마흔 명 중 가장 남자다웠지만 사내아이처럼 "네, 부인" 하고 대답했다. 그를 편안하게 해주기 위한 나의 제안들도 순식간에 번지는 환한 미소와 함께 온순히 받아들였다. 그의 침대 옆 테이블을 정리하고 있을 때면 내가 있는지 확인이라도 하려는 듯 내 치마를 부드럽게 만지는 그의 손이 느껴지기도 했다. 이런 자연스러움이나 솔직함은 한 번도 본 적이 없었다. 이 용감한 존은 용감한 것 못지않게 수줍음이 많았으며 동시에 훌륭한 자질과 높은 이상으로 가득했다. 말로 스스로를 표현할 방법을 찾지 못한 이 자질들은 그의 성격으로 발현되어 존을 지금의 그 자신으로 만들어주었다. 그에게 몇 번의 저녁이 더 남아 있는지는 알 수 없었지만, 그날 밤 뒤로 저녁마다 한 시간씩 존 곁에 머무르며 그를 편안하고 즐겁게 해주었다. 숨쉬기가 어려웠기 때문에 존은 많은 말을 할 수 없었다. 그나마도 속삭이듯 해야 했다. 그러나 뜨문뜨문 나눈 대화로 나는 존이라는 개인이 보낸 일생의 파편들을 주워들을 수 있었고, 덕분에 이전보다 더 그를 존경하고 사랑하게 되었다. 한번은 그가 나에게 편지를 써달라고 부탁했다. 종이와 펜을 가져온 다음 억누를 수 없는 여성 특유의 호기심을 반짝이며 물었다. "존, 부인께 쓸 건가요, 어머니께 쓸 건가요?"

"둘 다 아니에요. 아내는 없고 어머니께 보낼 편지는 회복된 다음 직접 쓰려고 하거든요. 이것 때문에 결혼했다고 생각한 거군요?" 그가 혼자 누워 있을 때면 이따금 생각에 잠겨 돌리던 무늬 없는 반지를 만지면서 물었다.

"그것도 그렇지만 그보다는 당신의 안정적인 표정 때문에 더 그런 생각이 들었어요. 젊은 남자가 결혼 전에 그런 표정을 짓는 일은 별로 없으니까요."

"그건 잘 모르겠지만, 난 별로 젊지 않아요. 5월이면 서른이 되는걸요. 부인이 안정적이라고 말한 표정은 십 년 전부터 지었던 거예요. 어머니께서 혼자되셨을 때 제일 나이 많은 제가 집안을 맡았거든요. 리지가 결혼해 자기 가정을 꾸리고, 로리가 장사하는 법을 배울 때까지 결혼을 미룰 수밖에 없었어요. 가정형편이 어려워서 동생들에게는 아버지 노릇을 하고 늙은 어머니께는 남편 노릇을 해야 했으니까요. 제 능력이 되는 한 말이에요."

"당연히 두 역할 모두 잘 해냈을 거예요, 존. 하지만 그렇다면 왜 전쟁에 나가게 된 거예요? 군대에 자원하는 게 결혼하는 것보다 더 나쁘지 않아요?"

"아니요, 저는 그렇게 생각하지 않았어요. 결혼은 나를 위해 하는 거지만 입대는 이웃을 위해 하는 거니까요. 자원하지 않을 수가 없었어요. 영광이나 급여를 바란 건 아니에요. 정의가 실현되는 걸 보고 싶었던 거예요. 신심이 있는 사람이라면 싸워야 한다고 모두가 말했죠. 그리고 하느님도 아시겠지만 전 신실한 사람이니까요! 하지만 결정을 내리기가 어려워 오랫동안 미적거렸어요. 무엇이 진짜 의무인지 알 수 없어서요. 제 고민을 눈치채신 어머니께서 반지를 주시면서 "가거라"라는 말씀으로 결정을 도와주셨어요. 그래서 이렇게 왔고요."

짧고 단순한 이야기였지만 존과 그의 어머니는 그 어떤 훌륭한 문장으로 묘사한 책의 장면보다 더 아름답게 그려졌다.

"이렇게 고통스럽게 여기 누워 있는 동안 한 번이라도 후회한 적이 있나요?"

"한 번도 없어요. 별로 큰 도움은 되지 못했지만 기꺼이 목숨을 내놓을 수 있다는 것을 보여줬으니까요. 어쩌면 정말 목숨을 내놓아야 할지도 모르고요. 하지만 누구도 원망하고 싶지는 않아요. 다시 한번 똑같은 일을 겪어야 한다고 해도, 그렇게 할 거예요. 앞쪽에 부상을 입지 못한 것이 좀 섭섭하긴 하죠. 등에 입은 부상은 비겁해 보이잖아요. 하지만 명령을 따른 거니까요. 어쨌든 결국은 상관없는 일이고요."

가엾은 존! 그것은 이제 정말 중요하지 않았다. 물론 정면으로 총을 맞았다면 그를 기다리는 이 긴 고통의 시간을 겪지 않아도 되기는 했겠지만 말이다. 존은 아무런 희망도 없는데 그토록 희망에 가득차 이야기하는 자신을 보며 곤혹스러워하는 내 마음을 읽어내기라도 한 것처럼 갑자기 물었다.

"이건 나의 첫 전투였어요. 의사 선생들은 이번이 내 마지막 전투가 될 거라고 생각하나요?"

"그런 것 같아요, 존."

살면서 그렇게 대답하기 어려웠던 질문은 없었다. 정직한 대답을 청하는 그 진실함, 나를 빤히 쳐다보는 그 투명한 눈동자 때문에 대답하기가 두 배는 더 어려웠다. 존은 처음에는 약간 놀란 것 같았다. 잠시 그 치명적인 사실을 곰곰이 생각한 그는 넓은 가슴과 그 앞에 뻗어 있는 단단한 근육질의 팔다리를 힐끗 보며 고개를 저었다.

"무섭지는 않아요. 하지만 곧이 믿어지지도 않는군요. 저는 굉장히 튼튼하거든요. 그렇게 작은 상처가 저를 죽일 수 있다니, 그런 일은 있을 수 없을 것 같은데 말이에요."

존이 말할 때 명랑한 머큐시오가 죽어가며 했던 말이 떠올랐다. "우물처럼 깊지도, 교회 대문처럼 넓지도 않지만, 이것으로 충분하네."* 자기 어깨 사이의 그 불길한 검은 구멍들을 직접 봤더라면 존 역시 같은 말을 했을 것이다. 그러나 그는 한 번도 자기 상처를 직접 보지 못했다. 그래서 그는 극심한 고통을 느끼면서도 자신의 상처가 그동안 목격했던 주변의 끔찍한 부상들보다 더 치명적이라는 사실을 믿을 수 없었던 것이다.

"어머니께 보낼 편지, 지금 쓸까요?" 이 갑작스러운 소식이 그의 계획과 목적을 바꾸었을지도 모른다고 생각하며 물었다. 그러나 그의 생각은 바뀌지 않았다. 존은 군인으로서 인간의 명령을 받았을 때와 같이, 말없는 순종으로 진군하라는 신의 사령관이 내린 명령도 받아들였던 것이다. 전자는 그를 죽음으로 이끌었지만 후자는 그를 삶으로 인도할 것이라는 사실을 틀림없이 기억하면서.

"아니요, 그냥 처음 마음먹었던 대로 로리에게 쓰겠어요. 로리가 어머니께 소식을 가장 잘 전할 수 있을 테니까요. 편지를 써주시면 어머니께는 제가 직접 한 줄 덧붙일게요."

그래서 나는 그가 불러주는 대로 편지를 받아썼다. 그동안 내가 받아쓴 그 어떤 편지보다 훌륭한 편지였다. 여기저기 소소한 문법 실수며 유려하지 않은 표현도 있었지만 남동생을 위한 훌륭한 조언들에 "어머니와 리지"를 맡긴다는 애틋한 당부와 담담해서 더 슬픈 작별인사까지, 그의 문장은 간결하면서도 많은 의미를 담고 있었다. 그는 동요 없는 필체로 몇 줄을 직접 적어넣더니, 내가 편

* 〈로미오와 줄리엣〉에서 로미오의 친구 머큐시오가 칼에 찔려 죽어가며 하는 말.

지를 봉할 때 인내가 담긴 한숨을 쉬며 말했다. "너무 늦기 전에 답장이 도착해서 볼 수 있으면 좋겠군요." 그러고는 소중한 가족과 이어진 그 모든 끈이 갑자기 끊어진다는 생각으로 동요된 감정을 감추려는 듯 시선을 외면하며 꽃다발을 입술에 갖다댔다.

여기까지가 이틀 전에 일어난 일이었다. 지금 존은 죽어가고 있는데 편지는 아직 도착하지 않았다. 살면서 여러 번 임종을 지켜보았지만, 나의 어머니가 (존처럼 조용한 인내와 평온 속에 떠나가는) 한 영혼의 마지막 순간을 위해 나를 불렀던 이래로 이번처럼 마음 아픈 임종은 없었다. 내가 들어가자 존이 두 팔을 뻗었다.

"오실 줄 알았어요! 이제 떠날 때가 된 것 같아요."

그랬다. 그것도 아주 금방. 그가 말을 하는 동안에도 인간의 손으로 걷어낼 수 없는 회색 베일이 그의 얼굴 위로 내려왔다. 나는 곁에 앉아 이마의 땀을 닦아주기도 하고 부채질로 주변의 공기를 순환시켜주기도 하면서 그가 떠날 수 있도록 도와주었다. 도움이 절실한 그에게 내가 해줄 수 있는 일은 너무 보잘것없었다. 의사의 예견처럼 강인한 그의 신체는 쉽게 굴복하지 않았다. 죽음을 향하는 걸음걸음 포기하지 않고 맞서 싸우는 그의 몸은 주먹을 움켜쥐며 발작하듯 숨을 들이쉬었다. '얼마나 더 견뎌야 하는 건가, 얼마나 더 참아야 하는 거야!'라고 탄원하는 듯한 표정으로. 몇 시간 동안 그는 고통을 조용히 견디었다. 한순간의 휴식도 없었지만 신음 한 번 들리지 않았다. 사지가 차갑게 식으며 얼굴은 온통 젖었고 입술은 창백해졌다. 실낱같은 무게조차 고통을 더하는 듯 그는 몇 번이고 가슴께의 이불을 걷어냈다. 그러는 중에도 그의 눈동자는 예의 그 완벽한 평온을 결코 잃지 않았다. 그의 영혼은 육신을 괴롭히는 고통에 위축되지 않고 온전히 자리를 지키고 있는 것 같았다.

하나둘 깨어난 환자들이 창백한 얼굴에 경외와 연민으로 가득한 눈으로 존을 응시하며 병실 안에 원을 만들었다. 이들은 이곳에서 처음 만났지만 모두가 존을 사랑했다. 병실에 있는 모든 군인이 존의 인내에 경탄했고 경건함을 존경했으며 용기를 우러러보았다. 그리고 지금 그의 고통스러운 죽음을 안타까워했다. 일주일이라는 짧은 시간 동안 그의 강직한 성품은 모두에게 깊은 인상을 남겼던 것이다. 곧이어 이 훌륭한 다윗을 그토록 사랑했던 요나단이 마지막 인사를 위해 자기 침대에서 기어나왔다. 목멘 소리와 꽉 쥔 주먹이 드러내듯 이 다정한 영혼은 완전히 슬픔에 사로잡혀 있었다. 하지만 눈물은 보이지 않았다. 그 간결함 때문에 이 벗들의 작별인사는 보는 사람의 마음을 더더욱 아프게 했다.

"이봐, 좀 어때?" 떨리는 목소리로 친구가 물었다.

"거의 끝난 것 같아, 고맙게도!" 상대방이 속삭이는 소리로 대답했다.

"어디에든 내가 해줄 일이나 전할 말이 있을까?"

"내 물건을 집으로 좀 가져가줘. 그리고 내가 최선을 다했다고 가족들에게 말해주게."

"그럼! 그렇게 하고말고!"

"잘 있어, 네드."

"잘 가게, 존. 잘 가!"

그들은 여자 친구들처럼 부드럽게 키스한 뒤 헤어졌다. 가엾은 네드는 도저히 그곳에 남아 동료가 떠나는 것을 지켜볼 수 없었던 것이다. 존의 생명이 천천히 꺼져가던 그 잠시 동안, 절단된 신체들에서 눈물 방울이 떨어지는 소리와 괴롭게 몰아쉬는 존의 숨소리 말고는 아무 소리도 들리지 않았다. 나는 이제 더이상 필요하지 않으리라 생각하며 부채를 막 내려놓은 참이었다. 그런데 갑자기 그가 침대에서 몸을 일으키더니 고통에 찬 비명을 내질러 침묵을 깨뜨렸다. 그 비명에 담긴 고통이 모두의 가슴을 섬뜩하게 만들었다.

"공기 좀, 제발!"

그것은 그의 고통과 죽음이 쥐어짜낸 유일한 비명이었으며 그의 입에서 나온 단 한 가지 부탁이었다. 그러나 누구도 숨을 불어넣어줄 수 없었다. 모든 바람을 다 몰아온다 해도 그에게 아무 소용이 될 수 없었던 것이다. 댄이 창문을 열어젖혔다. 새벽하늘의 여명, 떠오르는 태양의 전령이 잿빛 동쪽 하늘을 데우고 있었다. 여느 인간처럼 마지막 순간까지 빛에 대한 사랑을 놓지 않았던 존은 그 장면을 도움과 희망의 신호로 받아들인 것 같았다. 종종 자신의 마지막을 목도하는 사람들 눈에 드러나는, 그 어떤 미소보다 더 환한 신비의 표정이 그의 얼굴 가득 떠올랐기 때문이다. 그는 조용히 몸을 눕혔다. 그리고 더 풍부한 대기 속에서 달콤한 공기를 붙잡아 자신의 입으로 가져가려는 듯, 단단한 오른손을 내뻗으며 자비로운 무의식 상태로 빠져들었다. 이제 고통이 영원히 끝났다는 사실을 우리에게 확실히 알려주면서. 그렇게 그는 떠났다. 여전히 고통스러운 숨이 기도를 통과해 조금씩 올라왔지만 그 숨은 이제 침몰된 배에 부딪치는, 느낄 수 없는 썰물 같은 것이었다. 불멸의 존재인 항해자는 이제 미소와 함께 배를 떠났으므로. 그는 아무 말도 하지 않았지만 마지막까지 내 손을 꽉 잡고 있었다. 그가 의식을 잃을 때까지 내 손을 너무 단단히 잡고 있었기 때문에 나는 손을 다시 빼낼 수 없었다. 댄이 나를 도와 손을 잡아 빼주면서 산 사람과 죽은 사람의 살이 그렇게 오래 닿아 있는 것은 좋은 일이 아니라고 주의를 주었다. 내 손은 기이할 정도로 차고 뻣뻣했다. 다른 부위에 온기와 혈색이 돌아온 후에도 손등에는 하얀 자국 네 개가 그대로 남아 있었다. 그래도 나는 기뻤다. 그의 손을 잡고 있던 인간적인 연민의 빛이 분명 그 고통스러운 시간을 밝혀주었을 것이기 때문이다.

무덤으로 떠날 준비를 마친 뒤에도 존은 삼십 분가량 그대로 누워 있었다. 이렇게 분주한 곳에서는 좀처럼 기대할 수 없는 일이었다. 그러나 보편적인 경외와 애정의 감정이 그의 이야기를 들은 사람들의 마음을 압도하는 듯했다. 그가 죽었다는 소식이 병원에 퍼지자, 늘 분주한 이 병원에 있던 많은 사람이 그를 찾아왔다. 나는 이제 떠나버린 나의 환자에게 슬픈 자부심 비슷한 무언가를 느꼈다. 자신의 무덤 앞에 잠든 젊은 기사의 동상처럼 고요하고 위엄 있는 모습으로 누워 있는 존은 실로 영웅처럼 보였다. 고통스러운 표정은 곧 망자의 얼굴을 더없이 아름답게 만드는 평온한 표정으로 바뀌었다. 나는 그를 가장 사랑하는 사람들이 지금 그의 모습을 볼 수 있기를 간절히 바랐다. 죽음과 함께한 삼십여 분 동안 그들은 이미 친구가 되어 있었던 것이다. 우리가 서서 그를 보고 있는 동안, 병동 관리인이 어젯밤에 잊고 미처 전해주지 못했다며 편지 한 통을 건네주었다. 존에게 온 편지였다. 한 시간만 일찍 도착했다면 그토록 간절하게 기다리던 존의 두 눈을 기쁨으로 빛나게 해주었을, 너무 늦게 도착한 편지. 그래도 나는 편지를 그에게 건네주었다. 그의 어머니를 위해 그의 갈색 머리카락을 조금 자르고,

어머니의 부적이 얼마나 제 역할을 잘 해냈는지 말해주면서 되돌려주고자 존의 손에서 반지를 빼낸 다음, 어머니를 대신해 이 선량한 아들에게 키스하고 편지를 쥐여주었다. 그의 손은 내가 손을 빼낼 때의 모양 그대로 포개어 있었다. 나는 그가 편지를 가지고 가야 한다고 생각했다. 그렇게 함으로써 삶을 아름답게 만들고 죽음을 초월하는 사랑의 증표도 하나 없이 그가 이 외로운 '국립묘지'에 누워 있지는 않으리라는 사실에 나 또한 위안을 얻을 수 있을 터였다. 그런 다음, 나는 그토록 진실한 사람을 알게 된 것을 기뻐하면서, 이 용감한 버지니아 출신 대장장이에 대한 잊지 못할 기억을 간직한 채, 밤을 모르는 긴 하루의 여명을 기다리며 고요히 누워 있는 그를 뒤로하고 그 자리를 떠났다.

5
비번

"말 좀 들어요, 며칠 몸을 따뜻하게 하고 가만히 쉬지 않으면 병으로 드러눕고 말 거예요. 이제 군인들도 제법 안정되었으니 위드먼 부인 혼자 병동을 보살필 수 있잖아요. 다시 일을 시작할 수 있게 될 때 위드먼 부인에게 휴가를 주면 되고요. 제발 늦기 전에 조심해요. 내 환자 명단에 페리윙클을 추가하지 않게 말이죠."

나를 삼십 년 동안 세상 여기저기를 굴러다닌 우악스러운 노처녀가 아니라 보살펴야 할 어리고 연약한 숙녀로 생각하는, 마음씨 따뜻한 꼬마 신사이자 병원에서 가장 젊은 의사가 아버지 같은 태도로 나에게 충고했다. 그가 나를 발견했을 때 나는 계단에 앉아 있었고, 1월의 미풍은 세면실에서 흘러나온 인체에 유해한 증기를 복도 곳곳으로 실어나르고 있었다. '축복받은 아라비아'의 향수와는 실로 거리가 먼 악취들이 증기구름의 벗이 되어주었다. 발작하듯 기침을 해대느라 머리가 어찌나 흔들렸던지, 찬 기운이 필요해서뿐만 아니라 머리를 받치기 위해서라도 서늘한 층계 난간에 고개를 기대지 않을 수 없었다. 저 구석 어딘가에 폐렴이 숨어 있는 것이 틀림없다는 은밀한 확신과 함께 그렇게 기침을 해대는 동안, 나는 한바탕 바람이 불어 정신 못 차리게 날뛰는 호흡을 가라앉혀 주기를 기다리며 기운을 차리려고 애썼다. 한 주 동안 몇 명이나 나에게 같은 충고를 했고 나는 여자들의 풍부한 재능인 고집을 내세우며 거절했다. 하지만 지난 몇 시간 동안 몸 안팎에서 경각심을 불러일으키는 폐렴의 징후가 서너 가지 발전하더니, 대단히 신속히 명장다운 후퇴를 하지 않으면 아무 데나 쓰러져 전장에서 수치스럽게 실려나가게 될 것이라는 사실을 확신시켜주었다. 머리는 대포알처럼 무거웠고 다리는 땅바닥에 질질 끌리는 것 같았으며, 이따금 벽들이 대단히 어지럽게 물결치듯 흔들렸다. 사람들은 비정상적으로 커 보였고 '벽난로 선반 위의 바로 그 병들'이 눈앞에서 조롱하듯 춤을 추는 것 같았다. 이 모든 상황을 고려해본 나는 Z 박사를 향해 바보처럼 눈을 껌뻑거리며 피할 수 없다면 우아하게 퇴진해야겠다고 결심했다. 부상병들에게 고별사를 전하고 위드먼 부인을 따로 찾아가 부탁한 뒤, 영혼이 육신에서 이탈해 일을 할 수 있기를 열렬히 소망하며 비통한 마음으로 침실로 올라가자, 간호사 페리윙클의 비번 상황이 병원에 통고되었다.

애국적인 상상력과 열정으로 병원생활이 눈부신 광휘로 점철되어 있다고 믿는 소녀들을 위하여, 다소 피폐해진 상태로 기어들어간 내 은신처를 짧게 묘사할까 한다. 통풍에는 문제가 없었다. 의사들과 간호사들 모두 힘을 합쳐도 치료할 수 없는, 여기저기 겹겹이 금이 가 있는 유리창 다섯 장 덕분이었다. 창문 두 장은 천으로 가려져 있었다. 병원으로 사용되는 맞은편 교회 건물이 벽돌과 회반죽으로 만든 아르고스*처럼 생긴데다 수면모자를 쓰고 있는 시간 동안만은 사생활을 지키고 싶은 여성적 편향을 존중한 조치였다. 아무것도 깔려 있지 않은 바닥에는 두 개의 좁은 철제 침대가 놓여 있었고, 그 위로 반창고처럼 얇은 매트리스가 깔려 있었으며, 그 위로 소비의 마지막 단계에 속한 베개가 놓여 있었다. 부삽이나 집게, 창살이나 가리개 따위의 사치품이 일절 허락되지 않은 벽난로에는 너무 길어 한꺼번에 타지 못하는 통나무가 한 치 두 치 감질나게 타들어갔다. 그래서 한쪽 끝에서 불길이 타오르는 동안, 다른 쪽 끝에서는 하루에도 열두 번씩 걸려 넘어지고 밤이면 불을 쑤셔 일으키느라 열두 번씩 일어나야 하는 분노에 찬 내가 이글거리며 타올랐다. 머핀처럼 울퉁불퉁하고 딱 머핀 크기만큼 상을 반사하는 거울이(숙녀다움을 포기할 수야!) 양철 세면기와 푸른색 물주전자, 노란 머그잔 걸이 위에 걸려 있었다. 부상당한 두 개의 테이블과 마찬가지 상황의 의자 두 개가 여기저기 굴러다녔고, 벽장에는 모자와 병, 가방과 장화, 빵과 버터, 상자와 벌레 들의 다양한 수집품이 어우러져 있었다. 나에게는 그것이 늘 푸른 수염의 금지된 벽장 같았다. 언제나 쥐에 대한 두려움으로 몸을 떨며 벽장문을 열었고, 영혼의 고통을 느끼며 문을 닫았다. 시간도 공간도 내 소유가 아니었고 쥐들과 함께 무질서가 벽장 안을 지배했기 때문이다. 벽난로 선반은 인두와 성경, 촛대 없는 초, 라벤더 향수병, 거울로 사용해도 될 만큼 번쩍이는 새 양철냄비, 더 따뜻한 곳을 찾

* 그리스 신화에 나오는 세 개 또는 네 개의 눈을 가진 괴물. 온몸에 무수한 눈이 달려 있으며 엄중한 감시인을 상징한다.

아 침침한 구멍을 나온 통통한 검은색 벌레들로 장식되어 있었다. 여행용 가방이라고들 부르는 궤짝 두 개도 이 은신처에서 울고 웃고 자고 꿈틀거리는 두 사람의 세속적 소유물들을 담은 채 문 뒤에 잠복하고 있었다. 그리고 석회로 칠한 각자의 침대 위 천장에서는 그들에 대한 기억으로 '하나의 작은 방이 우주로 변하는' 그리운 얼굴들이 우리를 내려다보고 있었다.

하루이틀 정도는 식당에 모습을 드러낼 수 있었다. 인간이란 애벌레는 번데기를 거쳐 나비가 될 준비를 하는 동안 뭐라도 먹어야 하는 법이고, 아무도 두 층 위까지 올라올 시간은 없는 반면 내가 내려가는 것은 가능했으니 말이다. 그렇지 않아도 고생하는 조리장에게 원망이나 어려움을 보탤 마음은 일절 없다. 선임자와 비교하면 그는 넉넉함 그 자체라 할 수 있기 때문이다. 하지만 솔직히 털어놓자면, 나라 전체를 빚더미로 몰아넣지 않고는 식단을 개선할 여지란 당최 없는 것인지 좀 묻고 싶다. 세 끼 식사는 '그야말로 대동소이'하다고 할 수 있었다. 미국독립혁명 당시의 주역들을 위해 도축해두었던 것이 틀림없는 쇠고기와 거리에서 막 잡아 숙성시키지 않은 채 내놓은 돼지고기, 톱밥과 베이킹 소다로 만든 군용빵, 소금기둥이 된 롯의 아내가 만든 듯한 짜디짠 버터, 딱 설탕에 절인 바퀴벌레 같아서 상상력이 결여된 사람만이 즐길 수 있는 블랙베리 절임. 탁하고 밍밍한 커피뿐 아니라 정체불명의 이물질들이 떠다니는 물양동이에 말린 허클베리 잎 세 조각을 띄우고 라임을 곁들인 차에서도 위생관념을 찾기란 어려웠다. 생활의 향신료가 되어줄 다양함, 변화가 약간이라도 있었다면 과로에 시달리는 배고픈 간호사들이 얼마나 고마워했을지. 이 땅의 기름과 지상의 소금에 타고난 거부감을 가지고 있던 간호사 하나는, 워낙 소박한 식사에 익숙하긴 했지만, 곧 오직 빵과 물만으로 연명하고 있는 자신을 발견했다.

이곳 식사의 또 한 가지 특이한 점은 음식이 사라지는 놀라운 속도였다. 식사시간이 지나면 빵 한 조각 물 한 방울 구할 길이 없었다. 식사시간을 알리는 종이 울리자마자 우르르 달려가는 소리가 난다. 배고픈 영혼 스무 명 남짓이 식당으로 몰려들어 메뚜기떼처럼 식탁을 휩쓸고 나면, 십오 분 늦게 도착한 게으른 존재를 위한 음식은 한 조각도 남아 있지 않았다. 처음 이틀 정도 나도 환자들을 먹이느라 식사시간을 제때 챙기지 못했다. 그러나 몇 번쯤 참아주던 흑인 급사 이삭이 곧 운명처럼 엄격한 얼굴로 나를 바라보며 통보했다.

"부인, 한 말씀 드려야겠습니다요. 늦게 오시면 식사는 못 하십니다. 간호사들이랑 다른 사람들의 식사가 끝나면 의사 양반들을 위해 제대로 밥상을 차려놔야 하니까 말입지요. 그 양반들도 저도 기다리는 건 딱 질색입지요. 그러니 부디 여기저기서 군소리 나오지 않게끔 딱딱 시간 좀 맞춰 오셨으면 좋겠습니다요."

자연이 질색하는 진공 상태 중 하나*를 고통스럽게 의식하며 한 상 가득 차려진 식탁을 바라볼 때의 기분, 위장이 요란하게 요구하는 영양분을 제공하지 못하고 '뒤로 돌아' 명령을 받을 때의 기분, 그것은 이전에는 미처 몰랐던 감각이었다. 의사들은 언제나 우리

* 아리스토텔레스의 『자연학』 제4권에 나오는 "자연은 진공을 싫어한다"라는 문장을 빗댄 표현. 자연은 비어 있는 곳 없이 어떤 물질로든 충만해 있다는 주장이지만, 이 맥락에서는 비어 있는 위장을 가리킨다.

보다 잘 먹었다. 잠시, 양고기를 들고 튀거나 파이를 하나 징발함으로써 의사들을 일깨우고 싶다는 내면의 강렬한 충동이 일었다. 하지만 급사 이삭이 나를 보고 있었기 때문에 부끄럽지만 순순히 걸어나와 저녁식사를 거르고 말았다. 그 길로 시장에 간 나는, 환자들에 대한 책임을 소홀히 하지 않을 수 있도록, 그리고 물과 빵을 급히 삼키다가 소화불량에 걸리거나 아예 식사를 거르게 되는 사태를 막기 위해 약간의 크래커와 치즈, 사과를 비축해두었다. 하필 그 달에 내 운명을 지배하는 불운의 별이 높이 떠올라 내 '소박한' 비상식량에 악의 어린 영향력을 행사하지만 않았다면 계획은 큰 성공을 거두었을 것이다. 그러나 쥐들은 후식 삼아 치즈를 갉아먹었고 벌레들은 크래커 자루에 살림을 차렸으며, 세상의 다른 모든 재물과 마찬가지로 사과들은 날개를 달고 어딘가로 사라져버렸다. 몇몇 흑인 악동에게서 이 미스터리를 해결할 실마리를 찾을 수 있었지만, 사건의 고소인은 오랫동안 고통을 겪은 아프리카의 숱한 시련과 심판에 또하나를 추가할 마음은 추호도 없었다. 이 시도가 실패로 돌아간 뒤 나는 운명에 나를 맡기고 빵이 생명의 지팡이로 불린다는 사실을 기억하며 거의 전적으로 빵에만 의존했다. 그러나 그 지팡이는 의지할 만한 것이 아님이 곧 입증되었다. 이따금 감자와 몰래 홀짝거린 우유 정도로 변화를 준 이 수감자 같은 식사를 몇 주간 계속한 뒤 결국 병이 나고 말았기 때문이다.

병동을 보살피는 일을 그만두자 식욕이 뚝 떨어졌다. 먹는 일에 관심을 끊다시피 한 나는 그 대신 운동과 일광 치료를 시도했다. 시간은 얼마든지 있고 남자 인구 절반이 나머지 절반을 위병소衛兵所로 끌고가 버린 이 도시에서 여자 혼자 갈 수 있는 곳이라면 어디든 가서 보고 싶은 것을 볼 수 있다고 스스로를 격려하며 매일 아침 가볍게 여기저기를 산책했다. 1월의 낮은 봄처럼 온화했다. 그러나 나는 까불거리는 북풍과 이따금 몰아치는 눈보라가 더 마음에 들었다. 북풍이 지친 몸과 영혼을 상쾌하게 해주고 긴장감을 심어주었다면, 눈은 공기를 정화하고 아직 깊이 단잠에 빠져 있는 이곳 미국 수도의 침대 위로 희고 깨끗한 이불을 덮어주었기 때문이다.

한번은 산책중에 가장 청결하고 편리하고 효율적이라고 이름난, 천부적인 책임자에게는 영예를 안겨주고 구경온 다른 병원 간호사들에게는 질투심을 일으키는 무기고 병원에 들른 일이 있었다.

청결하고 따뜻하며 통풍이 잘 되는, 긴 병영풍으로 지어진 이 병원에서는 간호사실이 병동의 제일 끝에 배치되어 있었다. 춥고 비위생적이고 불편하며 계단을 오르내려야 하는데다 온갖 사람이 드나드는 위치에 간호사실과 숙소를 정한 병원에서 온 간호사 페리윙클은 한없이 감탄할 뿐이었다. K라는 병동에서는 바닥에 깔개가 깔린 난로 옆자리에 앉아 명랑하고 생기 있는 눈으로 책을 읽는, 하얀 앞치마를 두른 작달막한 부인을 보았다. 신선한 바람 한 줄기가 부인의 머리 위를 스쳤다. 한쪽에는 선반, 그리고 유리컵 등이 가득한 탁자가, 다른 한쪽에는 잘 정리된 커다란 약장이 있었다. 그녀가 해야 하는 일이라고는 이따금 환자에게 분량의 약을 먹이고, 잘 훈련받은 보조사들에게 지시를 내리고, 편안하게 누워 있는 톰이니 딕, 해리에게 조언을 하거나 그들을 다독이고 위로하는 것뿐인 듯했다. 그곳의 업무를 지켜보고 있자니 내가 겪어온 시련이 떠올라 두 병원을 비교하지 않을 수 없었다. 만약 비교 내용이 수뇌부에 보고되었다면 나는 때 이른 전역을 하게 되었을지도 모른다. 보기만 해도 흡족한 질서와 체계, 상식과 여유가 이곳을 지배하고 있었다. 그러나 무질서와 불편함, 관리 소홀과 공식 책임자의 부재 등 각종 문제가 뒤섞인 뒤죽박죽 호텔은 상황을 묘사하기도 싫을 지경으로 치닫고 있었다. 변명과 핑계가 난무했고 절차와 형식이 우리의 영혼을 고문했으며 한쪽의 쓸데없는 엄격함이 다른 쪽의 용인할 수 없는 허술함과 서로 견제하며 균형을 이루고 있었다. 이를테면 이런 식이다. 나는 샘 대머의 어깨를 치료하고 있었다. 총상을 입은 부위를 소독하고 젖은 사각형 아마포를 덮은 뒤 반창고를 찾았다. 반창고 상자가 쟁반 위에 없었다. 졸음에 겨운, 그 자신도 어느 정도는 환자인 간병인 프랭크도 반창고의 행방을 모르고 있었다. 우리는 온 데를 샅샅이 뒤졌다. 샘은 지친 나머지 있는 대로 신경질을 냈고, 프랭크는 어슬렁거리며 하품을 해댔으며, 주위의 군인들은 조언을 하기도 하고 이 난감한 상황을 보며 웃기도 했다. 뚜껑이 열린 기분이었다. 누구라도 걸리기만 하면 이 팔팔 끓는 찻주전자에 화상을 입었을 것이다.

"옆 병동에 가서 좀 빌려와요, 그리고 오늘 내로 우리 반창고를 찾아놓고요." 마침내 내가 지시를 내렸다. 잠깐의 정적 후에 프랭크가 발을 질질 끌며 돌아오더니 옆 병동의 메시지를 전했다. "페퍼콘 양도 없다네요. 그리고 자기 물건을 잃어버리고 다른 사람 물건을 빌리러 다니는 짓은 하지 말라고 했어요." 너무 많은 말을 하게 될까 두려워 나는 아무 말도 하지 않고 그냥 바로 사무실로 달려갔다. 담당자 토디페슬은 우리 병동 담당 의사에게 주문서를 받아오지 않으면 어떤 물품도 가져갈 수 없다고 말했다. 맙소사! 그가 어디 있는데? 나는 건물 전체를 오르내리며 여기저기를 마구 뛰어다닌 끝에 그를 찾아냈다. 그는 사층에서 복잡한 절단술을 집도하며 무아지경에 빠져 있었다. 그에게 용건을 전달하자 그는 "오 분만 기다려요"라고 대답하고 고개를 푹 숙이더니, 그 순간을 향유하고 있음이 분명한 표정과 피투성이가 된 두 손으로 동맥을 연결하고 뼈를 절단하고 절단 부위를 봉합했다. 오 분이 십오 분이 되었다. 프랭크가 나타나 대머의 상황을 전했다. "대체 언제까지 손가락으로 축축한 넝마조각을 누르고 있어야 하는 거냐고 아주 난리인데요?" P 박사가 잠시 수술대에서 몸을 떼더니 황송하게도 잠시 짬을 내어 주문서를 휘갈겼다. 나는 그 주문서를 들고 다시 아래층 사무실로 돌진했지만 이번에는 사무실 문이 잠겨 있었다. 문을 두들기고 있는데, 친구 두 명이 나를 만나러 복도에 와 있다는 소식이 날아들었다. 손님을 접대할 공간도 시간도 없는데 말이다. 수간호사가 자리를 비우며 자신의 응접실 문을 잠가놓는 바람에 내 침실 말고는 달리 접견할 장소가 없었고, 반창고를 손에 넣을 때까지 손님을 만날 시간을 낼 수도 없었다. 나는 일단 그 문제를 대충 수습한 다음, 밤이 되기 전에는 사무실을 떠나서는 안 되는 토디페슬을 찾기 위해 온 병원을 헤집고 다녔다. 그는 시체안치소에서 시가를 피우고 있었다. 사무실 선반을 채운 신령한 알코올음료 속에서 제법 시간을 보낸 뒤라 상태가 아까보다 훨씬 더 좋지 않았다. 만용을 거리끼지 않던 그가 내 분노의 불길을 폭발시킬 마지막 한 방을 터뜨렸다. 뚜껑이 완전히 열리고 만 나는 그를 제자리로 몰고 간 다음 주문서를 휙 집어던지고 필요한 물품을 가지고 나왔다. 손으로 키스를 날리는 그 어처구니없는 무능력자를 남겨두고, 노파 리글레스티가 사위 빌렉 잭우드*가 사는 "게을러터진 시골마을"에서 꼭 필요한 순간 보이지 않는 나뭇가지를 찾아 헤매다 마침내 발견했을 때와 같은 기분으로.

대머는 괜히 대머가 아니었다. 그는 자신의 이름을 누구라도 짐작할 수 있도록 온몸으로 구현하는 인물이었다.** 붕대를 마저 감는 동안 나는 하늘 무서운 줄 모르고 끊임없이 욕을 내뱉는 그의 입을 반창고로 붙여버리고 싶은 타오르는 욕망과 싸워야 했다. 바로 그때 프랭크가 부츠를 신으려고 들어올리다가 소리쳤다.

"아니, 이렇게 고마울 데가. 반창고 상자가 여기 있었군! 아침에 떨어지는 걸 봤는데, 그만 까맣게 잊고 있었네. 발꿈치로 밟는 통에 겨우 찾았어. 부인, 여기 있어요. 받으세요. 다음부터 장화 속으로 굴러들어가 있지 않게 경고문을 싹 다 돌리셔야겠어요."

만약 눈빛으로 누군가를 뭉개버릴 수 있다면 프랜시스 소스박스는 더이상 이 세상 사람이 아니었을 것이다. 그러나 현실은 그렇지 않으므로, 그는 불행한 한 여성의 영혼을 계속해서 괴롭히고 이번 일 못지않게 유쾌하기 짝이 없는 상황들에 기름을 들이부으며 여전히 살아 있다.

마음을 진정시키는 동안 건강한 몸에 기운이 넘치고 제대로 훈련받은 남자들 대신 회복기 환자들을 간병인으로 두는 것에 반대 의견을 제시하고 싶다. 다른 곳은 어떤지 모르겠지만 우리 병원에

---

* 존 타운센드 트로브리지가 노예제도 폐지를 지지하기 위해 쓴 소설 『이웃 잭우드』에 나오는 인물들.

** 댐Damn이라는 욕설과 대머Dammer라는 이름의 발음 유사성에 기초해 군인의 이름을 욕쟁이로 해석하고 있다.

서 이 무지하고 허약한 존재들은 자신보다 상태가 나쁜 동료들을 보살피고 몸을 일으켜 닦아주고 청소를 돕는 등의 업무를 수행하는 와중 지속적인 혼란과 문제를 일으키고 있었다. 그중 심장에 문제가 있던 환자 간병인 하나는 계단을 오르내리며 무거운 쟁반을 나르고 혼자 운신할 수 없는 환자들을 도왔다. 그는 업무를 수행하려고 노력했다. 그러나 곧 그의 상태는 처음 병원에 왔을 때보다 훨씬 더 악화되었다. 그는 회복기 환자 병원으로 행군하라는 명령을 받았지만 병원 모퉁이를 돌기도 전에 발작 비슷한 증세를 보이며 쓰러져 다시 실려왔고, 결국 사망했다. 말에서 떨어져 다친 또 다른 환자 간병인은 도우려고 애를 쓰긴 했지만 실제로는 전혀 도움이 되지 않았다. 병동 관리인의 분노는 간호사에게 떨어져서, 간호사는 혼자 힘으로 병동 전체를 문질러 닦든지 관리인의 잔소리를 견디든지 양단간에 결단을 내려야 했다. 그 간병인은 외견상 건장하고 건강해 보였으며, 관리인은 그가 통증으로 창백하게 질리는 모습을 본 적도, 잠결에 자세를 바꾸느라 회복되지 않은 등을 부딪쳤을 때 내는 신음을 들은 적도 결코 없었다. 임무를 수행할 수 없는 간병인들에 대한 불평이 계속 쏟아졌다. 열두 명 남짓 되는 간호사가 간병인의 몫까지 배로 일을 하다 견디지 못하고 쓰러지면 또 쓰러졌다고 비난을 받아야 했다. 혹 이렇게 운영하는 것이 현명하고 경제적인 처사라고 생각하는 병원 운영자가 있다면 누구에게든 녹초가 된 한 간호사의 입을 빌어 전혀 그렇지 않다는 사실을 분명히 밝히고자 한다. 그리고 부디, 연민에 젖어 자신도 인간이라는 사실을 잊은 채 이기적인 벗들이 원하는 것보다 더 빨리 불멸의 존재가 될지도 모른다는 생각은 못하는 간호사들을 가엾게 여겨주십사 간청을 드리는 바다.

한번은 산책을 하다 국회의사당에 들른 적이 있다. 내가 아는 소인배들보다 약간이라도 더 나은 인간들이 이 거대한 기구를 운영하고 있는지 내 눈으로 보고 듣고 싶었던 것이다. 그러나 너무 늦은 모양이었다. 의장석에는 열 살배기 흑인 신사가 앉아 있었다. 또다른 두 꼬마 신사는 바닥에 흩어져 있는 폐지들을 주워 가방에 넣으며 팝콘 문제를 둘러싸고 '선 채로' 격론을 벌이고 있었다. 몇몇 백인 소년이 책상을 도약대 삼아 뜀틀놀이를 하고 있었는데, 문득 나이든 의원들의 여흥보다는 소년들의 놀이가 한결 더 건전한 소일거리라는 생각이 들었다. 복도가 비어 있다는 것을 확인한 나는 회랑을 이리저리 오르내리며 그들처럼 뛰어놀았다. 섬너 의원 좌석에 앉아 머릿속으로 브룩스 의원을 호되게 후려갈겼으며, 최대한 그럴듯하고 무심한 태도로 윌슨 의원의 책들을 주르륵 검토하고,* 국가 소유의 난방 통풍조절 장치에 발을 녹였다. 여기저기 놓인 봉투들에 적힌 이름을 읽다가 내버려진 육필 원고 한두 장을 주머니에 슬쩍 집어넣기도 했다. 주위에서 벌어지는 다소 국회답지 않은 일들을 지켜보면서, 여기저기 온갖 문에서 점잖기 짝이 없는 용수철 인형처럼 튀어나오는 저 근엄한 신사들은 대체 누구일까 궁금해하기도 했다. 그런 뒤에는 컬럼비아 여사의 '호화 주택'

---

* 매사추세츠 주 상원의원이자 공화당의 급진파 지도자였던 찰스 섬너는 노예제도를 강경하게 반대한 인물이다. 노예제도를 옹호하던 사우스캐롤라이나 주의 상원의원 프리스턴 브룩스가 국회의사당 내에서 섬너를 구타해 중상을 입히며 노예제도를 둘러싼 갈등은 극으로 치달았다. 헨리 윌슨은 미국의 제18대 부통령으로 공화당 소속이었다.

으로 건너가서 아름다운 실내장식을 검토했다.* 그러나 여사가 깔끔한 주부인 것 같지는 않았다. 그리고 나는 그녀의 그림 취향에 좀처럼 동의할 수 없었다. 보는 눈이 없어서인지 나는 하나같이 헝클어진 셔츠, 찢어진 깃발, 포탄 파편, 군복 차림의 팔다리들이 만들어낸 소용돌이 속에서 경련을 일으키며 육신을 두고 떠나는 애국자들의 전사 장면에 곧 싫증을 느꼈다. 웅장하고 생생한 조각상도 감상하기에는 다소 지루했다. 신사들과 숙녀들의 거대한 얼굴이나 몸만 봐서는 그들의 정체를 가늠할 길이 없었기 때문이다. 그러므로 발육 좋은 다리에 군용 실내화 비슷한 신발을 신고, 부담스러울 만큼 커다란 코에 명상적인 표정을 짓고 있는 킬트** 차림의 인물이 콜럼버스인지 카토인지 비극 전문 배우 코켈로럼 티비인지는 내가 대답할 수 있는 문제가 아니었다. 시골 노파들의 표현처럼 '골골한' 상태였던 나는 여러 건장한 부인상에 특히 더 시선이 갔다. 그러나 누가 미국 여성이고 누가 포카혼타스인지는 알 길이 없었다. 모두가 느슨한 의상에 머리카락을 풀어헤치고 검과 화살, 창, 천칭, 그밖에도 요즘 젊은 여자들은 사용하지 않는 이런저런 장식품들로 치장하고 있었기 때문이다. 이 시대 여성들의 초상을 후대에 남겨야 한다면 그 그림에는 부채와 코바늘, 승마용 채찍과 양산, 가끔 펜과 연필, 밀대와 빗자루를 든 인물들이 담겨야 할 것이다. 아직 받침대가 준비되지 않아 진흙 바닥에 묻혀 있던 자

* 컬럼비아 여사는 미국을 가리키는 시적인 옛 표현이다. '호화 주택'은 당시 여전히 건축중이던 국회의사당 돔을 말한다. 돔 아래 홀은 애국적인 내용의 회화와 조각상으로 꾸며져 있었다.
** 스코틀랜드의 전통 의상으로 남자용 체크무늬 스커트다.

유의 여신상은 대번에 알아볼 수 있었다. 참으로 상징적이게도 그녀가 드리운 그늘 뒤로 어린 미국이 진흙으로 파이를 만들고 나무 조각으로 요새를 지으며 놀고 있었다. 그러나 이러쿵저러쿵 의견도 많은 이 어린 무리와 그들의 조잡한 계획들 위로 해가 환히 떠올라 자유의 여신상의 넓은 이마를 환히 빛내주었고, 여신의 손 위에 여름새 몇 마리가 둥지를 틀었다. 나는 이것을 상서로운 조짐으로 받아들였다. 1월 1일 발표된 「노예해방선언」은 인간의 손으로 조각하고 다듬은 그 어떤 대리석이나 화강암 조각보다 이 조각상을 더 고귀하고 영구불멸한 것으로 만들었다.*

조지타운 하이츠에 가본 적도 있다. 머리 위에서는 히말라야삼목이 한숨을 쉬고 발밑에서는 마른 나뭇잎이 바스락거리는 곳이었다. 상쾌한 길이 위에서 아래로 이어졌다. 작은 개울이 은색 뱀처럼 검게 타버린 프랑스 대사의 집터를 굽이돌아, 흑인 여성들이 세탁하러 모인 초라한 마당을 통과한 다음, 자장가를 나지막이 읊조리며 공동묘지를 지나 자신의 작은 공물을 바치고자 강으로 흘러들었다. 그러나 이 한갓진 산책을 마지막으로 나의 나들이는 끝이 났다. 다음날 비바람의 방해로 방에 갇혀 있는 상황이 나를 노리던 적에게 강력한 원군이 되어주었기 때문이다. 적군은 조용히 숨어 지내며 내가 늘 치카호미니 늪이라고 불렀던 주둔지**에서 나를 오백 마일 밖으로 날려버릴 준비를 하고 있었던 것이 틀림없다.

목소리는 안 나오고 기운은 없고, 읽을 책도 없이 방에 갇혀 있

* 올컷이 병원에 복무하던 1863년 1월 1일에 미국의 제16대 대통령 링컨이 「노예해방선언」을 공표했다.

** 당시 복무중이던 워싱턴 소재 병원을 의미한다.

던 그 한 주는 어떤 의미에서도 전혀 휴가라고 할 수 없었다. 음식이 아무 도움도 되지 않는다는 것을 깨달은 다음부터는 식당에 한 번도 내려가지 않았다. 이 참새도 무엇인가 가치 있는 존재라면 신께서 이대로 땅에 떨어지도록 내버려두지 않으실 것이라 믿으며. 다정한 까마귀떼처럼 동료 간호사들이 육신을 위한 음식뿐 아니라 영혼을 위한 따뜻한 말로 나를 채워주었다. 아사 직전이었던 나는 곧 방으로 날라주는 차와 토스트, 이런저런 위로와 보살핌을 받는 매우 '호사스러운' 처지가 되었다. 비록 기침과 두통, 늑막의 위치를 고통스럽게 의식하게 하는 통증, 그리고 인체의 뼈 마디마디를 이해하게 하는 몸살에 시달리기는 했지만 말이다. 언덕 위의 유쾌한 집, 워싱턴의 심장부에 자리잡은 저택과 윌러드 호텔에서 옛 친구들과 새로운 친구들이 마차를 타고 와서 와인과 선물 바구니, 안내장을 전해주었다. 그리고 우리의 플로렌스 나이팅게일*은 이 이방인을 위해 바쁜 일상 중 어떻게든 짬을 내어 매일같이 계단을 올라와 어머니처럼 자상하고 사려 깊게 나를 보살펴주었다. 그녀에게 축복이 있기를! 다른 사람들이 그녀를 어떻게 평가하건, 간호사 페리윙클은 그 고마운 보살핌을 결코 잊지 않을 것이다. 패배로 끝나버린 워싱턴의 전투가 내게 남긴 기념품 중 가장 소중한 것은 어느 암담했던 날 누군가 페리윙클의 머리맡에 놓아준 작은 책이었다. 책 안에 적혀 있던 머리글자 D. D.는 내게 신학 박사 Doctor of Divinity보다 훨씬 더 많은 것을 의미했다.

인간의 팔다리를 다루는 일에는 관여할 수 없었으므로 나는 면

* 간호사들의 책임 관리인이었던 도로시아 딕스로, D. D.라고도 한다.

제품들을 수선하며 마음을 달랬다. 창문가에 앉아 바느질을 하는 동안 창 아래 지나가는 움직이는 파노라마들을 지켜보며 소일 삼아 인상적인 것들을 기록으로 남기기도 했다. 아침부터 밤까지 군용마차의 긴 행렬이 끝없이 덜컹거리며 이어졌다. 의사들을 태운 환자 수송마차들이 분주히 덜거덕거리며 도로를 오갔고 바람을 쐬러 나가는 간호사들과 의족이며 의수를 맞추기 위해 무리지어 걸어가는 회복기 환자들도 보였다. "병원으로 가득한 이 도시에 대체 왜 우릴 위한 병원은 하나도 없는 거죠?" 말 못하는 짐승이긴 하지만 꼭 이렇게 이야기하는 것만 같은 서글픈 표정으로 말들도 줄지어 지나갔다. 때때로 조야한 관 몇 개를 실은 마차도 지나갔지만 그뒤를 따르며 애도하는 사람은 없었다. 커다란 쌍두 사륜마차 안에서 부상당한 장교들이 이리저리 구르고 있었고, 예쁘장한 아이와 흑인 마부, 하인, 하녀 들을 잔뜩 실은 마차도 지나갔다. 외출한 여자들은 삼층 높이의 보닛과 보닛을 발코니 삼아 그 위로 치렁치렁 늘어진 꽃으로 뒤덮인 나머지 매력을 제대로 드러내지 못했다. 내가 말할 수 있는 것이라고는 그들이 형편없는 패션감각을 지녔다는 점과 오리처럼 걸었다는 사실뿐이다.

그럴싸한 볼거리를 연출하는 것은 남자들이었다. 어찌나 멋을 내고들 다니는지 워싱턴 시 전체가 거대한 가장무도회처럼 보일 정도였다. 스페인식 모자와 주황색 단을 댄 망토, 검과 장식띠, 롱부츠와 번쩍이는 박차, 턱수염과 콧수염 덕에 평범한 얼굴은 잘생겨 보였고 잘생긴 얼굴은 영웅처럼 보였다. 이런 육신의 허영 덕분에 푸줏간 주인과 빵집 주인, 촛대 주조자는 화려한 치장으로 원래보다 훨씬 더 근사해 보이는 말들의 용맹스러운 기수로 변신했다.

한 다스씩 되는 이런 인물들은 움직이는 꽃밭 같은 모자를 쓴 숙녀들을 위해 슬쩍슬쩍 박차를 가하며 온종일 보도 위를 지나다녔다. 이런 부류 중 일부는 보고 있기 괴로울 만큼 꽉 끼는 제복에 작은 모자를 쓰고 다녔는데, 딱 콧등까지 내려와서 절대 떨어지지 않는 그 모자는 새로운 중력 법칙의 영향을 받는 것만 같았다. 속을 채워넣은 닭이나 칠면조 같은 이 신사들은 나라의 안위가 오직 자신들의 속도에 달려 있다는 듯 비장하게 말을 몰았다. 뚱뚱하고 나이든 장교들일수록 더 멋을 부리고 위엄 있게 측대보側對步*로 행진했다. 뒤따르는 전령들은 앞서 가는 뚱뚱보 무리와 상관없는 사람처럼 보이려고 노력하며 요란하게 제 나름의 반회전 동작을 과시하며 행진했다.

노새를 관찰하는 일은 나의 특별한 즐거움이었다. 한 시간가량 계속해서 지나가는 노새들을 관찰한 결과 나는 꽤 많은 특징을 알게 되었다. 이 작고 특이한 동물 여섯 마리가 한 팀이 되어 군용 짐차 한 대를 끌었는데, 그들은 거리를 따라 가만히 흐르는 진흙 개천 속을 개구리처럼 폴짝폴짝 뛰며 지나다녔다. 교태를 부리는 노새는 작은 발에 잘 다듬어진 꼬리를 술처럼 달고 귀를 꼿꼿이 세운 채 몇 번이고 새침하게 고개를 갸우뚱 젓히는가 하면 뻬기는 걸음새로 총총 걸어갔다. 방울을 달고 있거나 뭐라도 장신구를 좀 달고 있으면 어느 미녀 못지않게 뽐을 냈다. 도덕적인 노새는 탄탄한 체구에 언제나 있는 힘껏 짐을 끄는 성실한 일꾼이었다. 그 녀석은 종종 다른 노새들이 끌기를 멈춘 후에도 계속해서 짐마차를

* 승마 보법 중 한쪽의 앞·뒷다리가 같은 방향으로 동시에 움직이는 걸음걸이.

끌었으며 전군全軍의 식량 배급이 자기 어깨에 달려 있다는 지사적 환상을 품은 채 기를 쓰고 일을 했다. 나는 이 부류의 노새들을 높이 샀다. 물에 젖은 양배춧잎이라도 하나 있었다면 훌륭한 모범을 보여준 것에 감사하며 입에 대주었을 것이다. 역사적인 노새는 멜로드라마의 네 발 달린 배우 같았다. 부주의한 도약과 사나운 돌진으로 사람들을 놀라게 하는가 하면 고집스러운 고개를 사납게 흔들어대고 심술궂게 뒷발로 서서 발길질을 해대기도 했다. 이따금 바닥에 납작하게 쓰러져 필시 숲에서 죽어가는 장면일 모습을 연출했다. 길이 다 막히고 마부들이 죄다 악당 모자를 쓴 악마처럼 욕설을 퍼부을 때까지, 그리고 발길질과 주먹질, 고삐 당기기로 주연배우가 금방 다시 무대로 돌아오지 않을 수 없을 때까지 버티며 할딱이고 꿈틀거리고 털퍼덕 몸을 던지기도 하면서 말이다. 마지막 숨이 그의 몸을 떠나는 것처럼 보일 때, '의사도 아무런 도움이 되지 않을' 그때, 그러나 그놈은 갑작스럽게 부활했다. 만약 조소어린 승리의 웃음을 지을 수 있는 노새가 있다면 이놈이 바로 그 녀석이 틀림없었다. 그는 천천히 일어나 느긋하게 한번 몸을 털고 나서 "성공, 대성공이야! 세상에서 제일 멍청한 동물이 한 다스나 되는 인간들을 속아 넘겼으니. 자, 어디 보자! 대체 왜 이러고들 서 있는 거야?" 하고 말하는 것 같은 시선으로, 태연히 흥분한 군중을 바라보았다. 측은한 노새는 가장 흥미로운 존재였다. 여섯 마리 중 제일 작고 마른 이 노새를 늘 기운 없어 보였지만 큰 장화에 꼬리가 긴 코트를 입고 묵직한 채찍을 든 좌마左馬 기수는 언제나 어김없이 기죽은 이 노새, 처량한 눈빛에 거칠고 진흙 범벅인 털, 수치스러운 뭉툭 꼬리에 고개를 숙이고 쓰러질 듯 간신히 걸어가는 이 노새 위에 올라탔다. 유순히 비참함을 견뎌내는 이 동물의 모습은 실로 돌로 된 심장이라도 움직이게 할 만했다. 명랑한 노새는 통통하고 태평한, 작은 말 모양 고깃덩어리였다. 곤봉으로 두들겨맞든 애무를 받든 심각하게 받아들이는 법이 없었고 장난기 가득한 눈을 반짝이며 천천히 거리를 산보했다. 할 수만 있다면 주머니에 두 손을 넣고 휘파람을 불며 걸었을 것이다. 도랑에 버려진 건초 한 줄기나 버려진 순무, 사과 찌꺼기를 발견하기라도 하면 이 마크 테플리*는 결코 놓치는 법이 없었지만, 이놈의 그런 주전부리질에 신경질을 내는 주인은 아무도 없는 듯했다. 나는 이 노새가 아마도 다른 노새 모두의 친구이자 중재자이며 신뢰할 수 있는 이야기 상대였을 것이라고 생각한다. 그 노새의 얼굴에는 대단히 마음을 끄는 "이봐들, 기운 내라고, 내가 다 끌고 갈 테니" 하는 식의 표정이 담겨 있었기 때문이다.

돼지들 역시 눈길을 끌었다. 대다수의 인간 시민들보다 더 큰 자유를 누리는 것처럼 보이는 이 돼지 시민들의 고상한 마음과 태도를 관찰할 기회가 워싱턴에 오기 전에는 한 번도 없었기 때문이다. 차분하고 진지한 얼굴의 땅딸막한 돼지들은 뭔가 생각에 골몰한 표정으로 친구들에게 낭랑한 목소리로 인사를 건네며 매일 아침 서둘러 일터로 달려갔다. 꼬리가 특별히 더 말려올라간 고상한 돼지들은 쌍을 지어 이리저리 산보하며 한가로운 신사들처럼 여기저기에서 점심을 먹었다. 난폭한 돼지들은 행인들을 길가로 밀어내며 돌진했다. 술 취한 돼지들은 "아침까진 집에 안 가"라고 돼지 말

* 『마틴 처즐위트의 삶과 모험』에 나오는 인물로, 아무도 못 말리는 명랑한 하인.

로 소리치는 것처럼 시궁창에서 딸꾹질을 해댔다. 새침 떠는 젊은 돼지들은 진흙 속을 사뿐사뿐 걸어다녔다. '피어리빙글 부인'*처럼 그들은 발목까지 성장盛粧을 하고 스타킹을 말쑥하게 유지하는 데 특별히 더 신경을 썼다. 엄마 돼지들은 흥미로운 가족을 이끌고 햇빛 속을 유유히 걸어다녔다. 종종 아기처럼 보이는 분홍색 새끼 돼지들은 인간이 본받아 마땅한, 신의 섭리에 대한 신뢰 속에 드러누워 곤히 낮잠을 자기도 했다.

그러나 장교와 숙녀, 노새와 돼지 들보다 더 흥미로운 것은 나의 흑인 형제자매들이었다. 이들은 도덕적인 도시 보스턴에서 만난 존경할 만한 사회 성원들과 너무도 달랐기 때문이다.

워싱턴에서 나는 그들의 진면모를 보았다(사실 진면모라고는 할 수 없다. 진정한 흑인을 만나려면 아프리카로 가야 할 테니 말이다). 내가 만난 흑인은 여러 세대에 걸친 노예제도가 만들어낸 존재—아부에 능하고 교활하며 게으르고 무지하지만, 정이 많고 명랑하며 손톱만한 형제애일지라도 이내 알아보고 끌어안는 그런 존재였다. 흑인과 백인 모두의 자유를 위한 이 위대한 전투에서 백인이 흑인과 손잡는 법을 차츰 배울 수 있었던 것은 바로 그 형제애 덕분이다.

아버지 에이브러햄 링컨의 존경받는 코 바로 앞에서도 분리론자들이 설쳐대고 있으니 노예제도에 대해 이야기할 때는 너무 흥분하지 말라는 경고를 들었던 터라 나는 거친 성미를 억누르고 조신하게 다니려고 애를 썼다. 다만 언제나 주위를 유심히 살피며 나중을 위해 관찰 결과를 저장해두었다. 워싱턴에 온 지 일주일도 되

* 찰스 디킨스의 중편 『난로 위의 귀뚜라미』의 등장인물. 부인은 특별히 신경을 써 말쑥하게 스타킹을 갖춰 입고 물을 긷다 다리에 물을 쏟는다.

지 않아, 주위의 많은 흑인의 얼굴에 어려 있던 될 대로 되라는 표정, 그간 주목하지 못했던 그들의 표정이 백인의 몸을 보살피는 일은 그만두고 흑인들의 영혼을 보살펴달라는 다급한 호소로 다가왔다. 게으른 흑인 사내아이들과 건방진 여자아이들 때문에 적잖이 괴로움을 겪기도 했지만 나는 이 아이들이 좋았고, 약간의 관심과 친절한 태도가 더없이 비참하고 수치스러운 생활 속에서도 살아남은 미덕을 끌어낼 수 있다는 사실을 발견했다. 나는 그들의 명랑함이 좋았다. 해로운 증기 속에서 종일 걸레질을 하는 더할 수 없이 음울해 보이는 노파조차 밤이 되어 고단한 일에서 벗어나면 환하게 웃으며 수다를 떨었다. 여자아이들은 구릿빛 피부의 애인과 까불며 장난을 치고 애정과 자부심 담긴 표정으로 아기를 안아 올리기도 했는데, 그럴 때면 평범하기만 한 그 얼굴이 모성애로 아름다워 보였다. 남자들과 소년들은 종일 노래와 휘파람을 불었다. 밤에 근무를 서고 있노라면 종종 거리에서 들려오는 노래소리, 천국에 대한 노래든 옥수수빵에 대한 노래든 강렬한 선율로 채워진 그 소리가 달콤하게 밤의 정적을 깨뜨렸다. 노래를 듣고 있을 때면 그토록 부당하고 슬픔으로 가득찬 세월을 보내는 동안에도 그 놀라운 재능을 놓지 않은 그들을, 마지막 순간에 대한 희망을 버리지 않은 채 참을성 있게 기다리고 지켜보며 음악으로 스스로를 위로해온 이 인종을 결코 의심하거나 단념해서는 안 된다는 생각이 들었다.

워싱턴에 오기 전에는 흑인에 대해 편견을 가지고 있다는 비난에 대해 나를 방어해야 할 것이라고 생각했는데 사실은 그 반대였기 때문에 나 자신도 놀랐다. 주변 사람들은 백인과 흑인을 똑같이 대하는 내 모습을 보고 되려 경악했다. 남자들은 '검둥이'라는 욕에 기역까지 하나 덧붙여 껌둥이라고 지껄이면서, 그런 쓰레기들에게 무엇 하나 쓸 만한 것이 나올 리 없다며 흑인 인권 옹호자들을 비웃었다. 간호사들은 흑인의 도움은 기꺼이 받으면서도 감사를 표하거나 칭찬하지도, 거리에서 알은척을 하지도 않았다. 그런 광경을 보고 있자니 두 세대에 걸친 노예해방론자 집안의 피가 끓어올랐고, 건수가 생기자마자 튀어나와 열정적인 폴섬*처럼 강경하게 자유 발언의 권리를 주장했다.

언젠가 병동의 몇몇 환자를 위해 유동식을 만들려고 부엌에 내려갔다가 간호사 부엌을 아장거리며 걸어다니고 있던 장난꾸러기 흑인 아기를 안아준 일이 있었다. 그러자 옆에 있던 한 버지니아 여성이 용인할 수 없다는 듯 콧방귀를 뀌더니 얼굴에서 가장 두드러진 부위를 들어올리며 소리쳤다.

"세상에, 페리윙클 양, 어떻게 그런 짓을? 나는 반년 동안 이곳에 있으면서 부지깽이로도 그 두꺼비 새끼를 건드린 적이 없는데."

"부끄러워해야 할 사람은 부인 같은데요." 이것이 페리윙클 양의 대답이었다. 그리고 양키 특유의 괴팍한 성미를 발휘해, 그 일격 직후 '두꺼비'에게 열렬한 키스까지 해주었다. 아기 엄마가 클로에 아줌마**처럼 주전자 물을 적셔 얼굴을 닦아주었는지 앞치마로 문질러주었는지, 아기의 얼굴은 상서롭게도 깨끗하게 반짝였다. 한 손으로는 아픈 미국을 위한 죽을 쑤고 다른 손으로는 어린 아프리카를 안아든 채 보인 이 성급한 행동과 해방 연설은 내가

* 발언의 자유를 주장한 미국의 노예해방론자, 페미니스트.
** 『톰 아저씨의 오두막』에 등장하는 톰 아저씨의 부인.

철없이 기대했던 고무적인 결과를 불러오지 못했다. 그날 이후 동료는 나를 위험한 광신자로 취급했고, 나의 귀염둥이는 아무 때고 내 침실로 이어지는 계단을 기어오르다 흑거미 새끼처럼 사람들 발에 밟혀 죽을 뻔했기 때문이다.

나는 그 어느 때보다 간절히 새해를 기다렸다. 선물은 없었지만 내 주변의 누군가를 위한 정의가 늦으나마 실현된다는 사실만으로도 가슴이 벅차올랐다. 자정을 알리는 종이 울리자 나는 침대에서 춤추며 뛰어나가 창문을 열고 손수건을 흔들어 룸메이트를 깜짝 놀라게 만들었고, 저 아래 거리에서 들려오는 흑인 남자 무리가 외치는 소리에 소심한 외침으로 응답했다. 이들은 밤새도록 나팔을 불고 거리를 행진하며 폭죽을 터뜨리고 "할렐루야, 영광"을 부르는 등 그들 나름의 방식으로—가엾은 사람들 같으니!—기쁨을 나누었다. 하늘은 맑았고 달은 온화하게 빛났으며 강 위로 순풍이 일었다. 온갖 상서로운 징조들이 머지않아 환한 대낮이 될 것이 틀림없는 그날의 새벽을 열어주고 있었다. 단 한 번의 정의로운 행위로 불멸의 존재가 된, 말 못할 비난을 받고 시련을 겪은 그 신사*를 기리기 위해 흑인들이 손을 잡고 백악관 주위를 돌며 환호성이라도 몇 번 내질렀다면, 그것은 분명 그 어떤 대통령도 누리지 못한 가장 근사하고 자랑스러운 접견이었을 것이다.

밖에서 이런 풍경과 소리가 이어지는 동안 안에서도 흥미로운 장면들이 벌어지고 있었다. 나는 훌륭한 간호사가 되기 위한 최고의 방법 중 하나는 그 자신이 병원의 환자가 되는 일이라는 사실

* 에이브러햄 링컨.

을 배우고 있었다. 환자가 되어봐야 환자의 고통, 한숨의 이유, 환자의 마음을 움직여 얻는 방법, 또 우리가 주위 사람들에게 얼마나 중요한 존재거나 사소한 존재인지를 알 수 있기 때문이다. 그리고 그제야 처음으로 나는 이곳에 오는 것에 동반된 위험이며 잠깐의 경험을 위해 값비싼 대가를 지불해야 할지도 모른다는 사실을 직시하게 되었다. 모두가 대단히 친절했다. 병동의 간병인들은 담당 환자들의 경과를 보고하고 장작을 채워주고 환자들이 보낸 전언이나 선물을 전해주기 위해 자주 침실에 와주었다. 간호사들도 매일 밤 몇 명씩 지친 발을 이끌고 높은 계단을 올라 난로 앞에서 담소를 나눠주거나 내가 밤을 편안히 보낼 수 있도록 보살펴주기 위해 찾아왔다. 의사들도 매일같이 와서 폐렴에 걸리지 않았는지 확인하기 위해 내 가슴을 두드렸다. 그러고는 이름이 적혀 있지 않은 약을 한 무더기씩 주고 떠났다. 그러나 그들이 다녀갔다고 해서 병에 대해 더 알게 되는 일은 없었다. 오히려 의사들이 왔다 가면 마음이 더 불편해졌다. 시간이 헷갈리기 시작했고 사람들이 기묘하게 보였으며 괴상한 얼굴들이 방 안을 떠도는 것 같았다. 밤이면 지루함과 통증으로 긴 전투를 치러야 했다. 집에서 온 편지는 온통 걱정으로 도배되어 있었고, 의사들은 눈썹을 불길하게 일그러뜨리며 고개를 끄덕였다. 친구들은 "여기 더 있어서는 안 돼"라고 말했고, 내 안의 반역자도 그 말에 찬성했다. 그러나 석 달도 채우지 못한 채 이대로 포기하는 것은 완전히 패배하기도 전에 항복을 선언하는 것처럼 느껴졌다. 그래서 "떠나라"는 모든 조언에 나는 "싫어요"라고 대응했다. 그러나 어느 맑은 아침, 은발 신사가 내 방 화롯가에 그리운 유령처럼 모습을 드러내자 결심은 그만 무너졌고, 내 심장은 환자들을 배신하고 말았다. "집으로 가자"라는 그의 말에 나는 "네, 아버지"라고 대답했고, 그것으로 종군간호사 이력은 끝이 났다.

가시적인 것들만 나열하자면 그 실험이 남긴 것은 장티푸스와의 한판 난투, 십 달러, 가발이 전부지만 나는 그곳에 갔던 일을 결코 후회하지 않을 것이다. 한 달뿐이긴 했지만 실로 많은 것을 경험하고 배웠기 때문이다. 한바탕 호되게 병을 앓고 나자 건강의 소중함을 알게 되었고, 큰 위기를 겪고 나자 성질이 한풀 가라앉았으며, 자기희생이라는 아름다운 덕목도 배우게 되었다. 나는 나처럼 이 임무에 힘을 보태고자 진심으로 희망하는 사람들이 두려움 때문에 지원을 미루는 일은 절대 없었으면 한다. 삶의 가치란 그 인생을 채운 경험에 달려 있는 법이며 이 일은 결코 잊을 수 없는 경험이기 때문이다. 모든 여자와 남자가 품은 가장 아름답고 용기 있는 마음은 이런 순간에 드러나는 법이다. 병원은 고된 학교지만 병원이 주는 교훈은 준엄하고 유익하다. 초라하고 내세울 것 없는 학생들도 신심만 깊다면 그 학교에서 신과 자신에 대한 더 지극한 믿음을 얻게 된다. 할 수만 있다면 나도 '다시 한번'이라는 신념에 따라 내일이라도 돌아가고 싶다. 한 달 동안 내가 얻은 기쁨과 교훈이 그후의 모든 고통을 보상해주기 때문이다. 너무 소녀 같은 감상이라 유감스럽긴 하지만, 더불어 나는 조국의 제단에 머리를 바치지는 못했을망정 머리카락은 바칠 수 있었다는 사실에서 얼마간 만족을 느낀다.* 그것은 적어도 『일리아스』에서 헬레네가 남편

* 올컷은 이때 앓은 병으로 머리카락을 잃어 가발을 써야 했다.

이 죽었을 때 행동했던 것보다는 더 큰 희생이라 할 만하다. 헬레네는 곱슬머리 끝을 약간 잘라 유골 항아리에 넣었을 뿐이니까 말이다. 이제 내 경험이 지금보다 더 기록할 만한 가치가 있는 것이 아니라는 사실에 유감을 표하면서 이 짧은 병원 스케치를 마감하려 한다. 그리고 한 편의 보석 같은 시를 덧붙여 '간호사 페리윙클'의 때 이른 죽음에 대한 애석함을 달래고자 한다.

오, 저 작은 구멍 안에 누워 있는 그녀
대리석을 올려 덮는다.
대리석에 새겨진 죽 숟가락이
'간호사'가 너무 일찍 떠났음을 알리니.

6
후기

친애하는 S에게

『병원 스케치』를 재미있게 읽어준 독자 분들이 벗 S와 비슷한 질문을 보내왔기 때문에, 책 뒤에 일종의 후기를 첨부함으로써 S와 독자 분들 모두를 위한 답장을 대신할까 한다. 먼저, 이런 질문이 있었다. “병원에서는 임종 때나 일요일에 예배를 보지 않나요?”

대부분의 병원에서는 예배를 볼 것이다. 그렇게 믿고 싶다. 그러나 우리 병원에서는 환자들이 죽으면 전선에서처럼 대개 추모하는 과정 없이 곧바로 실려나갔다. 내가 목격한 최초의 죽음도 해치우듯 처리되었다. 경외심, 슬픔, 경건한 위로 같은 것들은 거의 찾아볼 수 없었다. 그래서 나는 죽은 동료 옆에 누워 있던 메인 출신 군인이 퉁명스레 내뱉은 의견에 전적으로 동의하지 않을 수 없었다. 죽어가는 그 군인 옆에는 그를 가엾게 생각하는 한 여성과 죽어가는 개신교 형제의 영혼을 위해 무릎을 꿇고 구교 특유의 열정으로 묵주기도를 올리는 다정한 아일랜드 출신 군인 이외에는 달리 도와주는 이가 없었다. 그걸 본 메인 출신 군인이 이렇게 말을 했던 것이다. "고생이란 고생은 다 하고도 패디의 기도 말고는 의지할 것 하나 없이 이렇게 죽게 내버려지다니, 워싱턴에는 기독교인이 드문 모양이에요."

나도 그의 견해에 동의했다. 동료 블랭크 양이 몸뿐 아니라 영혼도 보살필 수 있기를 갈망하며 군목에게 몇 차례 부탁해봤지만 달라진 것은 없었다. 듣기로는 다른 목자는 독실한 신심으로 매주 국회의사당을 정화하고 있다는데,* 우리의 군목은 자기 양떼를 품지도 먹이지도 않았고, 도움이 필요한 사람을 결코 외면하지 않는 선한 사마리아인의 살아 있는 예가 되어주지도 않았다.

언젠가 우리의 비헌신적인 군목이 남부의 대학 교수였다는 이야기를 들었다. 그 자신은 남부의 분리주의를 지지할 마음이 전혀 없다고 주장했지만 나는 그가 자신과 목자의 의무를 틀림없이 분리했다는 사실을 증명할 수 있었다. 아니면, 그가 자주 쓰는 말처럼 할 일을 팽개치고 내뺐다고 표현해도 좋겠고. 점잖지는 않지만 딱 맞는 표현이니까 말이다. 그는 에머슨을 읽고 칼라일을 인용하며 목사직을 수행하려고 애썼지만, 드러난 결과로 미루어 짐작하건대 나는 그가 아직 반란군이 있는 남부의 옥수수가루 단지를 그리워하는 것은 아닌지 의심스럽다.

가끔 일요일 오후에 예배를 원하는 간호사, 장교, 보조사, 환자들이 한 시간가량 연회장에 모일 때가 있었다. 그럴 때면 설교보

---

* 국회의사당에도 담당 목사가 있었다.

다는 찬송이 그나마 좀 위안이 되었다. 강하고 지혜롭고 사랑 넘치는 말들이 가장 필요한 순간이 있다면 바로 그때인 것 같았다. 필멸의 인간들이 영혼을 계몽하고 밝혀줄 살아 있는 성경을 마주할 수 있는 곳이 있다면 바로 이곳이 그 장소였다. 우리의 심장이 가장 열렬한 자기희생을 실행에 옮긴 적이 있다면 그것은 우리를 다름 아닌 바로 이 임시 예배당에 모이게 만든 바로 그 전쟁이었다. 그러나 우리의 목자는 일종의 영적 마비 상태에 빠져 있는 것처럼 보였다. 위험과 고통을 겪고 난 후 군인들은 흔히 무생물처럼 무감각한 상태가 된다. 많은 군인이 멍한 갈망과 허기로 가득한 얼굴로 그를 바라보았지만 그들에게 주어진 것은 신성의 껍데기뿐이었다. 알갱이는 그들보다 절실하지 않은 사람들, 알갱이를 얻으려면 어디를 봐야 하는지를 아는 추수자秋收者들에게 돌아갔다. 생생한 상상력을 발휘해 회화적인 화법으로 이야기한다면, 당대의 어떤 역사 못지않게 실감이 날 아름다운 구약의 이야기들조차 건조한 설명과 축자적인 해석으로 그 매력을 잃고 말았고, 허약해져 아버지 손 안의 어린애들처럼 온순해진 군인들에게 즐겁고 유익한 교훈이라고는 조금도 제공하지 못했다.

지독히도 따분한 사자굴에서 유순한 다니엘이 설교를 하고, 사드락, 메삭, 아벳느고가 불타는 용광로를 느긋하게 걸어 통과하는 동안,* 이런 말을 해서 유감이지만 우리 몇몇은 진심으로 그들이

* 구약성경 「다니엘서」에 등장하는 세 친구. 비빌론의 왕 느부갓네살이 신상을 만들어 절하라고 하자, 이들은 자신들은 이스라엘 민족의 유일신을 섬기므로 절할 수 없다고 거부했다. 이에 왕은 그들을 불타는 용광로에 넣었지만 그들은 조금도 다치지 않았다고 한다.

차라리 영원히 그곳에 있는 편이 낫겠다고 생각했다. 솔로몬의 성전이 부지런히 지어지는 과정의 온갖 잡다한 세부사항, 성직자의 옷에 달린 종과 석류의 개수까지 낱낱이 묘사되고 있는 동안 나는 내 주위의 생기 없는 얼굴들을 둘러보았다. 설교가 시작될 때 생기 없던 얼굴들이 끝날 때도 아무런 생기가 없었다. 그러나 영혼을 고무하는 익숙한 찬송가가 시작되면 바로 그 순간 졸린 눈들이 반짝였고 어슬렁거리던 사람들이 몸을 반듯하게 세웠으며 가엾은 많은 군인이 침대에서 몸을 일으키거나 찬송가 책을 집으려고 손을 뻗었다. 그리고 모두가 진심 어린 목소리로 노래를 불렀다. 마치 가장 버림받은 사람의 마음속 어딘가에도 아이의 마음에서 우러나는, 음악 속에 살아 흐르는 타고난 신심의 잔재가 여전히 빛나고 있다는 사실을 입증하는 것 같았다. 심지어 덩치 큰 남군조차 천둥처럼 큰 저음의 목소리로 "구원의 메시지여 울려퍼져라"라고 노래하며 기세 좋게 합세했다. 마치 그 명령이 신속히 이행되기를 간절히 바라는 듯 힘 있고 기운차게.

한 시간의 예배중 이때가 참으로 즐거운 순간이었다. 이곳이 행복한 곳, 집처럼 느껴졌다. 남자들은 노래하며 어깨 너머로 서로를 바라보았고 몇 명은 조용히 침대에 누워 있었으며 한 여성은 여기저기에서 조용히 해야 할 일들을 수행하며 노래를 따라 불렀다. 그럴 때면 나는 나 자신의 만족을 위해 방 가운데 있는 안락의자에 내가 아는 진정한 목사를 닮은 상상의 인물이 앉아 있다고 생각했다. 버림받은 모든 자의 손을 잡아주고, 어떤 모습으로 나타나든 악마를 알아보고 물리치며, 이탈리아의 무덤에서도 여전히 우리에게 말을 거는, 위대하고 따뜻한 심장에서 우러난 최고의 지혜로 곤경에 처한 사람들의 영혼을 위로해주는 그 목사의 모습으로 말이다.* 그 상상의 인물로 내 그림이 완성되었다. 나는 여러 번 병원의 일요일을 사실적으로 묘사할 수 있기를 바랐다. 안식일에도 계속되는 노동과 읽을 만한 책의 부족, 아무런 열매도 맺지 못하는 메마른 설교 같은 아쉬운 점들에도 불구하고 그날은 다른 여섯 날과 전적으로 달랐기 때문이다.

집에서 배운 것을 잊지 않은 우리의 뉴잉글랜드 소년들은 주일을 주일처럼 보내기 위해 최선을 다했다. 많은 사람이 성경을 읽었다. 제일 좋아하는 찬송가를 낮게 부르는 소리가 여기저기서 들려왔으며 내가 이런저런 도서관들에서 긁어모아온 책들을 읽기도 했다. 몇몇은 아무 일도 하지 않고 누워서 잠을 자거나 수다를 떨었다. 내가 조용히 저녁 대화를 나누기 위해 다가가면 그들은 곧잘 솜씨 있는 말로 자유롭게 스스로에 대해 이야기했고 이런 시련들이 '그들에게 도움이 되기를, 강건한 사람으로 만들어주기를' 바라는 희망을 주저하며 털어놓기도 했다. 목멘 소리로 안녕히 주무시라는 말을 한 다음 어머니, 아내, 집을 그리기 위해 고개를 벽 쪽으로 돌리는 일도 왕왕 있었다. 이런 인간적 끈이 아직 그들이 알고 있는 가장 중요하고 살아 있는 종교인 것 같았다. 평소에 수면모자를 쓴 채 침대에 누워 있고, 마치 머리카락이 아닌 모자에서 힘이 나오는 새로운 삼손인 듯 신문을 읽을 때도 사과를 먹고 편지를 쓸 때도 퀘이커 여인처럼 언제나 모자를 쓰고 지내던 사람들 중 몇몇도 이날만은 수면모자를 쓰지 않았다. 주님께서 일주일에

* 노예제도 폐지를 주창한 개혁주의 목사 시어도어 파커를 말한다. 1859년 이탈리아에서 죽고 그곳에 묻혔다

한 번 순시를 도는 병동 관리인인 것처럼, 그래서 모든 것이 가장 바람직한 상태로 준비되어 있어야 하는 것처럼 그날은 대부분이 소설을 읽지 않고 욕을 적게 했으며 더 조용하고 예의바르고 명랑한 태도를 유지했다. 가엾은 내 환자들, 투박한 그들의 이런 모든 행동이 나는 좋았다. 스펀지와 찻주전자를 내려놓고 그 자리에서 바로 짤막한 강론이라도 펼치고 싶은 마음이 들기도 했다. 향수鄕愁와 고통으로 그들의 마음이 부드러워져 있는 그때, 이 세상이 아니면 저세상에서라도 꽃을 피워 열매를 맺을 좋은 씨앗을 뿌릴 수 있도록 말이다.

다른 병원은 모르지만, 뒤죽박죽 병원에서는 환자 간호를 위한 친지들의 방문을 허락하지 않았다. 그러나 한 번, 결코 의지를 꺾지 않는 한 어머니가 의사들과 수간호사, 페리윙클 간호사의 제지를 뿌리치고 병동으로 쳐들어와 자리를 잡은 적이 있다. 당연히 규칙에 어긋나는 일이었다. 게다가 죄인은 냉정하고 쌀쌀맞은 여자였다. 안달복달하며 수선 피우는 그녀 없이도 아들은 얼마든지 잘 지낼 수 있었으며 병동 전체도 한결 편안했을 것이 분명했다. 그러나 그녀의 완고한 헌신에는 거부할 수 없는 무엇인가가 있었고 누구도 그녀를 쫓아낼 만큼 모질지 못했다. 그녀는 바닥에서 잠을 잤고 한마디 불평을 하는 일도 없었으며 대단히 무례한 농담들도 참아냈다. 아들을 위해 매일 바구니를 귀한 음식들로 채우면서도 자기는 좀처럼 제대로 식사를 하는 법이 없었다. 그리고 참으로 아름다운, 결코 실패하는 법이 없는 인내로 요구 많고 까다로운 그 환자를 보살폈다.

그러나 그녀에 대해 다음과 사실을 밝히는 데 나는 마음에 한

점 부끄러움도 느끼지 않는다. 그녀는 분명 자기 새끼에게는 완벽한 펠리컨이었지만 다른 사람들이 자신의 영역을 침범하면 실로 난폭하게 쪼아대며 소리를 질러댔다(펠리컨이 실제로 이런 식으로 감정 표현을 하는지는 모르겠다). 그리고 "조지의 차 비스킷", "조지의 발 목욕물", "조지의 홍역", "조지의 엄마" 운운하며 내 병원생활을 고달프게 만들었다. 마침내 수간호사와 한판 설전을 벌인 뒤 그녀는 씩씩거리며 자신의 비스킷과 아들, 그리고 자기 자신을 꾸린 다음 마지막 순간까지 비난을 퍼부으며 환자 이송용 마차를 타고 병원을 떠났다.

이건 그래도 재미있는 경우라 할 수 있고, 무거운 장면은 묘사하기가 더 어렵다. 아무리 잠깐이라도 죽어가는, 혹은 이미 죽은 환자의 침대 옆에 서 있는 가족이나 친구의 존재는 한 발 떨어져 보고 있는 사람에게 언제나 시험으로 다가온다. 어떻게 하면 가장 잘 위로할 수 있는지를 알 만큼 가깝지는 않고, 그렇다고 해서 간호사의 귀에 남기고 간 마지막 말을 전해듣고, 애틋한 사랑과 갈망이 담긴 그 유품들을 간호사에게 전해받는 데서 유일한 위안을 얻는 그들의 슬픔에 등을 돌릴 만큼 먼 사이는 또 아니기 때문이다.

그 슬픈 장소에서 내가 본 가장 마음 아픈 장면은 상처 감염으로 죽어가는 아들 옆을 몇 시간이고 지키고 앉아 있던 회색 머리 아버지의 모습이었다. 아버지는 건장하고 원기왕성했는데 젊은 아들은 아무런 가망 없이 죽어가고 있었다. 그러나 그의 생명력을 사그라뜨리는 미세한 열이 그의 볼을 붉어지게 하고 마치 색욕처럼 눈동자를 이글거리게 만들었으며, 생명보다 죽음 속에서 오히려 그를 더 잘생겨 보이게 만드는, 슬픈 거짓 원기를 그의 얼굴과 모습에 빌려주었기 때문에 그가 죽어간다는 사실을 믿기는 어려웠다. 그의 침대가 우리 병동에 있지 않았지만 나는 이따금 그곳에 갈 일이 있었다. 하루이틀 그들은 대개 아무런 말도 없이 서로를 바라보기만 하면서 거의 모든 시간을 함께 보냈다. 노인은 자기 존재가 짐이 되지 않도록 책을 읽거나 편지를 쓰면서 바삐 지내려고 노력했다. 한번은 그가 필시 집에서 애를 태우고 있을 아들의 어머니에게 편지를 쓰고 있었는데, 아들이 안타까움과 체념이 뒤섞인 시선으로 아버지를 빤히 보고 있는 것이 보였다. 어떻게 하면 슬프지 않게 긴 작별의 인사를 할 수 있을지 골똘히 연구하고 있기라도 한 것 같았다. 아버지는 또 아들이 자기를 보았던 것처럼, 자고 있는 아들의 모습을 빤히 바라보았다. 무거운 얼굴에는 아무런 변화도 없었지만 베개 위 머리카락을 쓰다듬는 거친 손과 회색 머리를 숙이고 있는 모습이 큰 소리로 우는 것보다 더 처연하게 느껴졌다. 아들은 죽었고, 아버지는 그가 탄생시켰던 생명의 희미한 흔적들을 가지고 집으로 돌아갔다. 그는 간호사에게 약간의 돈을 건네었다. 고마운 마음이야 한정 없었지만 가난한 그가 할 수 있는 물질적 보상은 그것이 전부였다. 물론 그녀는 그 돈을 받지 않았다. 그리고 노인의 진심 어린 다음과 같은 단언으로 돈보다 더 커다란 보상을 받았다.

"아들애가 집에 있었다고 해도 이보다 더 잘 보살핌을 받을 수는 없었을 겁니다. 저는 아무것도 해드리지 못하지만 하느님께서 보답해주실 거예요."

내 첫번째 환자가 죽었을 때 나 역시 이런 종류의 경험을 했다. 그가 실려 나가자마자 부인이 병실로 들어왔다. 그녀는 바로 익숙한 침대 쪽을 바라보았다. 침대는 비어 있었다. 받아들이기 어려운 현실을 직감하며, 그러나 아직은 믿지 못해하면서 그녀가 결코 잊을 수 없는 표정으로 소리쳤다.

"어떻게 된 거예요, 이매뉴얼은 어디 간 거죠?"

나는 그전에 그녀를 본 적이 없었고 내가 하루밖에 간호하지 못한 그 남자와 그녀가 무슨 관계인지도 알지 못했다. 그래서 막 그가 죽었다고 그녀에게 말하려던 참이었는데, 앞서도 말한 적이 있는 마음씨 고운 아일랜드 출신 군인 맥기가 밝은 목소리로 "그이, 더 좋은 곳으로 옮겨갔어요"라고 말하며 내 옆을 지나 부드럽게 그녀의 팔을 잡더니 수간호사에게 그녀를 데리고 갔다. 수간호사는 그녀에게 그 무거운 소식을 전한 다음 과부를 위로했다.

한번은 고역스러운 일을 하고 나서 오 분쯤 쉬면서 신선한 공기를 마시려고 내 방으로 뛰어올라갔다가 다부진 체격의 젊은 여성 하나가 내 침대 위에 앉아 있는 것을 발견했다. 그녀의 얼굴에는 그때쯤 나 역시 익히 알게 된 비통한 표정이 어려 있었다. 그녀를 보자 밤새 환자가 하나 죽었는데 그의 여동생이 아침에야 도착했다는 이야기를 들은 것이 생각났다. 그녀가 바로 그 여동생임에 틀림없었다. 나는 진심으로 그녀를 동정했다. 내가 무슨 말을, 무엇을 해줄 수 있단 말인가? 그런 순간에 말은 언제나 부적절한 것처럼 느껴졌다. 나는 죽은 남자를 알지 못했다. 그 여자 자체는 흥미를 끄는 면도 없었고 그녀의 슬픔에는 우아함도 없었다. 그러나 나 역시 누이의 아픔이 무엇인지를 배워 알고 있었기 때문에 이렇게 낯선 장소에서 슬픔에 빠져 있는 그녀를 혼자 두고, 말 한마디 없이 떠날 수는 없었다. 마음도 아프고 가족도 그립고 달리 무엇을 해야 할지도 모르겠고, 그래서 나는 그저 그녀를 안은 다음 아무 말도 하지 않고 엉엉 울어버렸다. 눈물이라는 사치를 누릴 수 있을 때가 거의 없기에 기왕 한번 울 때 실컷 울고 싶었다.

그러나 그보다 더 좋은 위로는 없었음이 드러났다. 말은 한마디도 오가지 않았지만 서로의 연민을 느낄 수 있었고 침묵 속에서 우리의 손수건은 말보다 더 많은 것을 표현했다. 그녀는 곧 울음을 멈추고 잠잠해졌다. 쉬는 것을 잊었고 손 대신 얼굴을 씻긴 했지만 한바탕 눈물을 쏟아낸 덕에 마음이 한결 가벼워진 나는 그녀를 침대에 두고 다시 일을 하러 내려갔다. 간호사들 중 혹 누구라도 이 비슷하게 마음의 상처를 보살펴야 하는 상황에 처했을 때 도움이 될까 하여, 이 성공적인 실험을 효능이 확인된 한 가지 처방으로 여기 공개하는 바다. 차나 냄새 맡는 약병, 시편이나 설교보다 이 방법이 더 효과적이라는 사실을 발견하게 될 것이다. 다정한 손길, 함께 울어주는 벗은 여자들에게 모든 위로를 다 결합한 것 같은 효과가 있으며 진실하기만 하다면 이 어려운 시기에 많은 사람이 겪고 있는 날카로운 고통의 탁월한 치료제임이 드러날 것이다.

나의 어린 병장이 여러 독자에게 사랑을 받았다는 사실을 알게 되어 기뻤다. 그러므로 이 자리를 빌려 그에 대한 소식을 알려달라는 여러분들의 요청에 기꺼이 응답하고자 한다. 내가 직접 들은 정보는 이미 다섯 달 전의 것이긴 하지만 말이다. 내가 손에 꼽은 훌륭한 군인들의 명단에서 병장의 이름은 선량한 존—저 멀리 버지니아 그의 무덤 위 잔디가 푸르기를!—의 바로 옆에 있었다. 나는 명랑한 마음을 지닌 이 소년과 여러 번 즐거운 대화를 나누었다. 가엾은 팔에 붕대를 감을 때면 그는 뭔가 재미난 이야기를 하고 싫어했다. P 박사가 상처를 들쑤시고 감는 동안, 완강한 그의 저항을 저버리고 밀어버린 그의 갈색 머리카락의 남은 일부를 빗어주며 나는 최선을 다해 잡다한 이야기들을 계속했다. 그동안 병장은 기이한 표정을 짓고 소리를 지르는가 하면, 쓸데없는 잡담으로 통증을 잊을 수가 없을 때면—그럴 때가 자주 있었는데—이렇게 애원하기도 했다.

"어쨌든 소리를 질러야 한다면 우는 것보단 웃는 편이 좋아요. 그러니까 제발 디킨스 이야기를 조금 더 해주세요. 그러면 남자답게 견딜게요." 그는 약속을 지켰다. "클러핀스 부인", "채드밴드", "샘 웰러"*가 언제나 그가 고통을 이겨내도록 도와주었기 때문이다. 그리하여 나는 내가 숭배하는 우상의 신전에 또 한번 사랑과 존경의 공물을 바치지 않을 수 없었다. 그가 너무 많은 보석을 달고, 상스러운 말들을 사용하는 신이긴 했지만 말이다.**

이웃들을 이름 대신 부상이나 통증으로 부르는 유행도 이 병장에게서 시작되었다고 생각한다. 군인들이 대단히 유쾌하게, 심지어 새로운 놀이를 무척 즐기면서 서로 이런 언급들을 주고받는 것을 보고 나는 다소 충격을 받았다.

"어이, 발작 그놈 또 일어났구먼!" "류머티즘 씨, 기분은 어떤가?" "갈비뼈, 나랑 사과 바꿔 먹겠어?" "발가락 없는 사람, 거기나 좀 봐. 우표 하나 좀 빌려주지그래. 좋아, 고마워" 등. 병장 자신

---

* 디킨스의 소설 『피크위크 페이퍼스』와 『블리크 하우스』에 나오는 희극적인 인물들.

** 올컷은 디킨스의 열렬한 팬이었다. 그러나 1866년 디킨스를 직접 만난 올컷은 디킨스가 다이아몬드 장식이 달린 넥타이핀, 반지, 단추 등을 달고 있는 것을 보고 실망을 표현한 바 있다.

은 '아기 B'로 불렸다. 그가 작은 베개 위에 다친 팔을 눕혀 보살피며 그것을 자신의 아기라고 불렀기 때문이다.

B 병장은 먹는 것에 대해 무척이나 까다롭고 요구사항이 많아서 그가 밥을 먹고 있을 때면 보조사들이 몇 번이나 왔다갔다 움직여야 했다. 그러나 그렇게 사랑스럽고 거절할 수 없는 떼쟁이는 한 번도 본 적이 없었다. 나는 대부분의 마음 약한 부모들처럼 계속해서 그의 청을 들어주는 나 자신을 발견했다. 단지 그의 갈색 눈이 반짝이고 명랑한 입술이 미소를 지으며 한 손으로 무척 사랑스럽게 작고 유쾌한 경례 동작을 하는 것을 보는 즐거움을 누리려고 말이다. 물론 그의 회복과 건강을 위한 것이긴 했지만, 나는 간호사 페리윙클이 이 설득력 있는 젊은 신사와 장난질을 치면서 자신의 권위를 훼손하지나 않았을까 우려스럽다. 그러나 "사내애들이 다 그렇지 뭐"라는 표현은 이 상황에도 완벽하게 적용될 수 있다. 나이와 성, 우리에게 권장된 '점잔 빼는' 행동 수칙들이 있긴 했지만 나는 언제나 남자들에게 동료의식을 느꼈으며 내가 남자가 아니라 여자로 태어난 것이 불만스러웠기 때문이다.

병원을 떠난 후 믿을 만한 소식통으로부터 병장이 집으로 돌아갔으며 내가 그를 처음 만났던 날 봉오리 상태였던 그의 작은 로맨스가 다음 단계로 활짝 꽃을 피웠다는 이야기를 전해들었다. 이제 나는 "사랑하는 제인"이 한때 내가 보살폈던 상처를 보살피고 내가 쓸어주던 헝클어진 고수머리를 빗어주며 내가 사랑했던 그 놀라운 청년을 사랑해주고 있을 것이라고 생각한다. 그리고 마침내 자신의 옆에서 한 다리로 씩씩하게 행진하는 병장과 함께 결혼식장을 향해 걸어가는 모습을 상상해본다. 만약 그녀가 이 모든 것을, 그리고 끝없이 더 많은 것을 해주지 않는다면 나는 그녀를 결코 용서하지 않을 것이다. 그리고 연인들을 지켜주는 수호성인에게 '아기 B'가 구애에 성공하기를, 그리고 그의 이름이 이 땅에서 오래오래 이어지기를 기도할 것이다.

생기 넘치는 병원생활 풍경 중 하나는 연대로 복귀하거나 회복기 환자 부대로 이동할 만큼 상태가 호전된 군인들의 왕왕 있는 행군이다. 병동 책임자가 곧 수가 줄어들 방의 문 앞에 와서 일련의 이름을 부르고 그 이름의 주인들에게 호출에 대비해 신속하게 준비를 마치라는 명령을 내린다. 그가 나가고 나면 병동은 말로 다 할 수도 없는 혼란 상태에 빠진다. 군인들은 군화에 구두약을 칠하고, 박차가 있는 이들은 닦아서 윤을 내고, 배낭을 점검하고 필요한 물품들을 챙겨 받고, 잘 있으라는 작별의 인사를 할 때면 때로는 키스—안 될 이유라도 있단 말인가?—도 받는다. 여자들의 마음은 도움과 위안을 구하며 자신에게 의지했던 그 어떤 대상에게든 연민을 느끼는 법이니까 말이다. 짧은 복무 기간 때문에 이 경험을 세 번밖에 하지 못했지만, 나는 내 작은 가족이 쪼개지는 이 절차를 결코 좋아할 수 없었다. 그러나 군인들이 악수를 청할 때면 말할 수 없이 커다란 보람을 느꼈다. 악수에 담긴, 뭐랄까, 마음을 아프게 만드는 그 애정이 내 수고가 헛된 것이 아니었음을 확인해 주었기 때문이다. 덩치 큰 프러시아 출신 군인이 감사의 뜻이 담긴 표정으로 악수를 청하려는 듯 노란 콧수염을 쓰다듬으며 내가 이해할 수 없는 말로 "안녕히 계세요"라고 인사를 건넸지만 그 이상은 진행하지 못했다. 다른 누군가가 우리의 대단히 문제 많은 병원을 칭찬하며 걸어나와 먼저 커다란 갈색 손을 내밀었기 때문이다.

"부인, 우리는 가보겠습니다. 되게 섭섭하네요. 병원이 이렇게 즐거운 곳일 줄은 몰랐거든요. 어디 안 아픈 데 슬쩍 다쳐가지고 돌아와서 다시 보살핌을 받고 싶어요. 비겁하죠, 그렇지 않나요?"

나는 그렇게 생각하지 않았다. 그러나 불명예스러운 안이함에 대한 연설은 그 상황에 적합하지 않았으므로 나는 그냥 놀란 표정을 지으려고 노력했지만 보기 좋게 실패하고 말았다. 그래서 나는 그가 "세상에서 제일 귀여운 움직이는 작은 기계"라며 감탄하곤 했던 통통한 바늘겨레를 그에게 선물함으로써 나 자신을 위로했다. 그다음 그들은 병원 앞에 줄을 지어 섰다. 몇몇은 여전히 창백하고 허약해 보였지만, 힘차게 걸어나가며 줄을 맞춰 행진하려고 노력했다. 그러나 배낭의 절반은 호위병들이 들고 갔고 몇 명은 총 대신에 지팡이에 의지해 걸었다. 저 아래 거리에서 우리 창문 밑을 지나갈 때면 그들 모두가 위를 올려다보고 미소를 지으며 손을 흔들고 모자에 손을 댔다. 그리고 시야에서 멀어져갔다. 몇몇은 이 세상 집으로, 그리고 몇몇은 다음 세상 집으로. 그러고 나면 그날 내내 나는 빈 침대를 보고 익숙한 얼굴들을 그리워하면서 마치 자식들을 잃고 곡을 하는 라헬*이 된 기분이 들었다.

절단이나 그 비슷한 수술을 참관하는 것도 간호사의 의무인지 묻는 독자들도 있었다. 굳이 본인이 원하는 경우가 아니라면 그렇지 않다. 수술중 환자들은 마취 상태며 의사들이 가장 잘 수행할 수 있는 그런 조처들 이외에 다른 보살핌은 필요하지 않기 때문이다. 우리의 일은 환자가 제정신을 차렸을 때, 아파하고 기절하고

* 구약성경에 등장하는 야곱의 둘째 부인. 자식을 잃고 통곡하는 구절이 있는데 이 때문에 흔히 자식 잃은 어머니의 상징으로 사용된다.

알 수 없는 통증과 환각, 불쾌한 감각과 환영으로 시달리며 헛소리를 할 때 시작된다. 그때 우리가 나서서 통증을 덜어주고, 부축해주고, 상처를 보살피고, 지켜보고, 위안의 말을 하고, 잠과 시간이 그들의 용기와 통제력을 회복시켜줄 때까지 인내하며 기다리는 것이다.

나는 수술을 몇 번인가 참관했다. 나의 가장 야심찬 목표는 전선으로 가는 것이었기 때문에 끔찍한 장면들에 미리 익숙해져 있으면 더 쓸모가 있을 것이라고 생각했던 것이다. 내 동료들 몇은 못 하겠다고 물러섰다. 마음이야 의욕이 넘쳤지만 우리의 육신은 불편하게도 나약한 것이기 때문이다. 음울한 분위기의 한 여성이 간호사로서 자신의 역량을 시험하고 싶다며 온 적이 있었다. 그러나 짧은 대화를 나누는 동안 그녀는 피 보는 것을 두려워하고 무서워서 혼자 야간근무를 설 수 없으며, 착란 상태의 환자를 돌볼 수 없고 감염이 될까봐 걱정된다고, 그리고 너무 피로한 상태는 견디기 어렵다고 자신에 대한 정보를 누설했고, 부드러운 말로 돌아갈 것을 권고받았다. 그녀가 자신의 분야를 찾았기를 희망하지만 그녀의 요구사항들을 가장 잘 충족시키는 자리는 높은 선반 위 안락한 모자 상자 안이 아닐까 싶기는 하다.

Z 박사가 해부 때 들어오면 어떻겠냐는 제안을 했지만 나는 한 번도 그 초대에 응하지 않았다. 나의 담력은 산 사람을 위한 것이지 죽은 사람을 위한 것이 아니며 의사 교육을 받기 전에 간호사 교육을 마치는 편이 더 낫다고 생각했기 때문이다. 그러나 기이한 모양의 상자들을 손에 들고, 뭔가에 몰두한 표정으로 성큼성큼 복도를 걸어가는 그 작은 남자를 볼 때마다 나는 틀림없이 시체 안

치소에서 한 무리의 정선된 의사들이 해부중일 거라는 짐작을 하지 않을 도리가 없었다. 그 대상이 내가 간호했고 좋아했던 환자라는 걸 알게 될 때면 내 심정은 적잖이 복잡해졌다.

그러나 이런 말을 듣고 의사들이 불필요하게 잔인하고 무감각한 사람들이라고 생각하는 일은 없었으면 한다. 사실 그중 한 명이 유감스럽다는 듯 나에게 그 직업이 자신의 감각을 무디게 만들었으며 타인의 고통에 무심해지게 만들었다고 털어놓은 일이 있기는 하지만 말이다.

실제로 그런 경우들이 없지는 않았다고 생각한다. 예를 들어 P는 대단히 훌륭한 의사요 싹싹한 사람이었지만 인간의 신체가 겪는 여러 가지 질병을 오랫동안 접하면서 환자와 그의 상처를 별개의 존재로 간주하는, 다소간 받아들이기 어려운 태도를 보였다. 그리고 자신에게 치료를 받는 동안 환자가 상처에 대해 뭔가 의견을 표현하거나 모종의 권리를 주장하면 기분 나빠하는 것처럼 보였다. 그는 반창고를 확 잡아뜯기도 하고 조심성 없이 팔다리를 아무데나 움켜쥐기도 했는데, 물론 전적으로 과학적인 지식에 기대 한 행동이었겠지만 이런 행동들은 환자를 진정시키기보다 놀라게 만들었고, 환자가 새로운 고통에 대비해 마음의 준비를 하도록 돕는 방법으로는 전혀 적절하지 않았다. 그는 또 진찰하는 동안 환자가 직접 자잘한 절차들을 거들기를, 그리고 그동안 아무런 감정도 드러내지 않기를 기대했다.

"자, 옳지, 내가 조금 볼 수 있게 이렇게 잡고 있도록 해요." 부상당한 팔을 괜찮은 쪽 손으로 잡고 있도록 올려주며 그가 어느 날 프리츠에게 했던 말이다. 그런 다음 그는 지옥의 기계 같은 총이나 대포 등속의 화약 무기가 만들어낸 붉고 검은 구멍 속의 뼛조각이며 다 보이게 드러난 근육을 들쑤셨다. 여자 앞에서 약한 모습을 보이기 싫었던 가엾은 프리츠는 도저히 더는 말없이 견딜 수 없을 때까지 음울한 죽음의 신처럼 그것을 견뎌냈다. 그러나 결국 몇 번쯤 억눌린 신음을 내더니 마치 "엔간하면 견뎌보려고 했는데요"라고 말하기라도 하는 듯 애원하는 눈으로 나를 한번 보더니 조용히 기절하고 말았다.

P 박사는 고개를 들고 안됐다는 듯 혀를 차더니만 나를 고갯짓으로 불러 "신경쓰지 말고, 끝날 때까지 이것 좀 잡고 있어요"라고 짤막하게 한마디하고 나서 전보다 더 바삐 손을 움직이며 상처를 들쑤셨다.

P 박사의 저 불쾌한 칼과 가위 몇 개를 의사 몸속에 쑥 밀어넣은 다음 기분이 어떠신지 묻고 싶은 강렬한 욕망을 느끼면서 나는 의사 말에 따랐다. 물론 실로 불경하고 어리석은 생각이었다. 그는 할 수 있는 일을 하고 있었을 뿐이고, 그의 치료를 받고 팔은 잘 회복되었으니 말이다. 그러나 사람의 마음은 편견을 갖기 마련이다. 프랑스 사람처럼 프랑스어를 구사하고 움직이는 기요틴처럼 인간의 다리를 절단하는 매력적인 남성이긴 했지만, 나는 그가 다른 곳으로 발령을 받았을 때 안도감을 느꼈다는 사실을 고백해야겠다. 그리고 필시 환자들 몇몇도 아마 활기차게 아침 회진을 돌기 위해 들어오는 P 박사를 남군의 포대보다 더 무서워했을 것이라고 짐작해본다.

우리에게 대조의 기쁨을 주기 위해서인 듯 P 박사 후속으로 온 Z 박사는 자신이 환자들을 아프게 한다는 사실 때문에 오히려 직접 고통을 겪는 환자들보다 더 큰 고통을 겪었다. 그는 진찰을 하다 자주 "아픈가요?"라고 묻기 위해 멈췄고 그의 염려를 느낀 군인들은 언제나 "견딜 만해요. 어서 마저 하세요, 선생님"이라고 대답했다. 이 사려 깊은 거짓말을 할 때 그들의 입술은 통증으로 하얗게 질려 있었지만 말이다. 가끔 상처를 소독하고 치료할 때면 우리는 환자가 이야기에 정신이 팔려 통증을 잊을 수 있도록 그 상황과 상관없는 주제들에 대해 대화를 나누었다. 크리스마스 전야에도 우리는 이렇게 시간을 보냈다. 의사가 병장의 팔을 감는 동안 나는 등불을 들고 있었다. 우리 셋은 병원 아닌 다른 어떤 곳에 있는 것처럼 내내 웃으며 이야기를 나누었다. '아기 B'가 "아!"하고 소리를 치거나 의사가 "등을 조금 더 높이 들어주겠어요?"라고 갑자기 부탁을 하거나 페리윙클 간호사가 "거의 다 끝나가요"라고 격려하는 말을 할 때만 간간이 대화가 끊어졌을 뿐이다.

전해들은 바로는 O 박사는 뒤죽박죽 병원의 불쌍한 사병들을 보살피기 위해, 아니면 전선으로 가 전투의 영광에 동반된 무시무시한 공포 속에서 밤낮없이 일을 하기 위해, 월급도 더 많고 지위도 높은데다 일은 더 적게 하는, 모퉁이를 돌면 있는 장교 전용 병원의 자리를 거절했다고 했다. 나는 그 사실이 무척 마음에 들어 그 조용한 갈색 눈동자의 의사를 특별히 더 존경하고 사랑했다. 그리고 내가 환자가 되었을 때 다른 의사들을 다 합한 것보다 그의 말을 더 신뢰했다. 그 역시 나에게 집으로 가라고 충고했고, 도움이 되기는커녕 문제만 일으킨 약을 처방했지만 말이다.

의사들 이야기를 하다보니 생각났는데, 뒤죽박죽 병원의 온갖 단점들을 이야기했으니 그것들을 보충하는 장점을 하나 밝혀 칭찬을 하는 것도 좋을 성싶다. 오기 전에 다른 사람들 말을 듣고 의사들이 간호사들을 무척 무시할 것이라고, 발 닦는 깔개나 벌레, 그밖에 바닥에 놓여 밟히는 것이 본래 소명인 미천하고 굴종적인 물건 취급을 할 것이라고 예상했다. 간호사들은 사실상 하인 취급을 받았고 제일 낮은 임금을 받았으며, 내 생각에는, 노새를 제외하면 군대 내의 누구보다 더 고된 일을 담당하고 있었다. 그러므로 의사들이 나를 매우 공손하고 친절하게 대하는 것을 보고 무척 놀랐다. 나는 재빨리 조심스럽게 준비해온 유순함과 복종을 선반 위에 올린 다음 하나의 극단에서 또다른 극단으로 움직였다. 그리고 내가 수행해야 하는 쉽지 않은 의무의 이런저런 사안들에 대해 몇 번이나 반대 의견을 피력했다.

어쩌다보니 간호사 여덟 명이 한꺼번에 병가를 내는 바람에 우리는 이 신사들의 미덕을 실험할 최고의 기회를 갖게 되었다. 적어도 나의 개인적인 관찰에 따르면, 나는 그들이 이 시험을 놀랄 만큼 잘 통과했다고 말하지 않을 수 없다. O 박사의 청진기는 결코 그 주의를 늦추는 법이 없었고, S 박사의 셔츠 단추는 의료용 시계같이 규칙적으로 하루에 두 번씩 내 방에 모습을 드러냈으며, Z 박사는 내가 결코 비운 적이 없는 작은 병들로 내 탁자를 채우고 브라우닝을 읽으라고 처방하는 한편, 나를 향수로 적셔주고 성베드로대성당의 촛불처럼 결코 꺼져서는 안 된다는 듯 내 방 난로의 불이 잘 타고 있도록 신경써주었다. 어느 추운 날 밤, 난로의 마지막 불꽃이 사그라져 꺼졌을 것이라고, 그러니 이후 몇 시간 동안의 기침은 예정된 것이라고 확신하며 잠에서 깬 나는 붉은 불빛이 벽에서 너울거리고 불길이 기세 좋게 굴뚝을 향해 타오르는 것을 보고, Z박사가 나무토막을 깎으며 난로 앞에 무릎을 꿇고 앉아 있는 것을 보고 깜짝 놀라지 않을 수 없었다. 일어나서 그 자리에서 감사를 표해야 옳았겠지만 그가 남몰래 선행을 하는 것을 좋아한다는 것을 알고 있었기 때문에, 나는 그가 마음 착한 유령이라도 되는 듯 마침내 완벽한 모성애로 무장한 간호사처럼 모든 것을 편안하고 안락하게 만든 후 내 방을 떠날 때까지 기척 없이 그를 몰래 바라보았다. 그가 떠난 후 나는 누구 말처럼 "자는 동안 천사가 나를 지켜봐주기라도 한 것 같은" 기분이 들었다. 물론 그 들새*가 울로 만든 양복에 안경을 쓰고 나타나지는 않지만 말이다. 나중에 나는 그가 추운 1월의 한밤중에 직접 나무를 쪼갰으며 비참한 굴에 누워 있는 불쌍한 간호사들을 위해 불을 피웠고, 또 살리느라 방들을 돌아다녔다는 사실을 알게 되었다. 그 때문에 나에게는 그가 꼭 난롯불 때문만이 아니더라도 밝고 빛나는 존재로 느껴졌다. 결국 그에게 해야 할 감사의 인사를 전하지 못했으므로 이 자리를 통해 공식적으로 그 사실을 기록해두고자 한다. 그리고 만약 그가 최고의 의사이자 신사가 아니라면 대체 그보다 더 훌륭한 사람은 누구인지 알고 싶다는 말을 더해, 그 겸손한 의사를 더 몸 둘 바 모르게 만들어주고 싶다.

이 모든 일이 일어난 장소를 궁금해하는 이들에게는 공손히 답변을 거부하는 바다. 뒤죽박죽 병원은 이제 더이상 병원이 아니기 때문이다. 모든 죄악을 머리말에 내려놓고, 아니 차라리 굴뚝 위에 내려놓고라고 하는 편이 옳겠지만, 그곳이 편히 쉬도록 내버려두

---

* 날개 달린 천사라는 의미.

기로 하자. 간호사들이 병들고 의사들은 떠나고 환자들이 회복됨에 따라 그 기관이 천천히 사라졌을 것이라고, 아니면 더 성공적인 다른 기관으로 통합되었을 것이라고 생각한다. 부디 그곳에서는 삼백 명의 환자들을 병원 안에서 씻기지 않았기를, 음식이 먹을 만한 것이었기를, 평범한 여인이 마치 천사처럼 그 어떤 인간적인 요구 없이 살아가거나 짐마차 말처럼 묵묵히 모든 것을 참아내도록 요구받지 않았기를 희망해본다.

서둘러 쓴 이 수기가 출판된 뒤 옛 동료 몇 명이 연락해왔다. 그들의 승인 덕분에 글 속에 갇히면 흔히 도망을 치곤 하는 연민과 상상력이 나처럼 내빼지 않았다는 사실을 확인할 수 있었다. 같은 대상이라도 보는 사람에 따라 모두 다르게 느끼기 마련이다. 병원 생활에 대한 이 묘사는 전적으로 나의 렌즈를 통해 그려진 것이며 오직 그런 것으로만 읽혀야 할 것이다. 분명히 밝혀두고 싶은 것은 그 무엇도 악의를 품고 말한 것은 아니라는 점이다. 이 스케치의 일부에서 드러나는 경박한 말투에 반감을 느끼는 진지한 독자들도 있을 터이다. 그러나 존경하는 토머스 무어처럼 "주님 안에서 기뻐하는" 것이 지혜라고 믿는 나로서는, 인생의 밝은 면을 추구하고 어두운 면은 알아서 표류하다 사라지게 두는 것이 내 신앙의 일부라는 사실을 밝히는 것 이외에 달리 할 수 있는 일이 없을 듯하다.

바라건대 이다음에 가게 되는 병원은 흑인 부대를 위한 병원이었으면 한다. 그들은 백인 형제들의 존경과 따뜻한 보살핌을 받을 권리가 있음을 입증하고 있기 때문이다. 백인들은 그들에게 너무 큰 빚을 졌다. 다만 얼마라도 그 빚을 갚는 데 일조하게 된 것을 실로 자랑스럽게 생각한다.

밝은 날이 오리라는
굳은 신념을 담아
당신의
트리불레이션 페리윙클

나의 콘트라밴드*

My Contraband

* '밀수품', '금지품' 등을 뜻하는 이 단어는 남북전쟁 당시 '북군으로 도망친 노예'를 지칭하는 말이었다. 40쪽 주 참조.

의사인 프랭크 박사가 들어왔을 때 나는 자리에 앉아 톰이 단정한 모습으로 무덤에 묻힐 수 있도록 구멍난 낡은 셔츠를 깁고 있었다. 새 셔츠는 산 사람들의 몫이었고, 없는 살림을 쥐어짜 간신히 마련한 아들의 훌륭한 장례식을 묘사하며 한 여인이 말했던 것처럼 "주님을 만나러 가는 그애를 보기 좋게 단장해줄" 어머니나 아내가 이곳에는 없었으니까.

"데인 양, 제가 난처한 상황에 빠졌는데요." 그는 '부탁을 하나 하고 싶은데, 데인 양이 먼저 좀 물어주면 안 되겠어요'라고 묻는 것이 역력한 표정으로 이야기를 꺼냈다.

"제가 그 상황을 벗어나도록 도와드릴 수 있을까요?"

"그럼요! 저도 이런 부탁을 하고 싶지는 않지만, 데인 양께서 마음만 있으면 도와주실 수 있고말고요."

"그러면 말씀하세요."

"방금 남군 하나가 장티푸스로 의식을 잃고 실려온 것 알죠. 어느 모로 봐도 좋지 않은 경우예요. 돼먹지 못한 건달 나부랭이 대위인데 누가 쓸데없이 생포해온 거지요. 그런데 아무도 그자를 간호하고 싶어하지 않아요. 병동은 만원이고 과로로 죽기 일보 직전인 부인들은 우리 쪽 애들을 보살피고 싶어하지, 남군 때문에 목숨을 걸고 싶어하지는 않으니까요. 데인 양은 열병도 벌써 앓았고, 특이한 환자들을 좋아하잖아요. 원래 맡았던 병동은 당분간 데인 양 파트너에게 맡기고, 제가 훌륭한 보조 간병인도 찾아드릴게요. 그 녀석 오래가진 않을 거예요. 알다시피 그래도 어떻게든 치료를 좀 해야지 이대로 죽게 둘 수는 없으니까요. 그 환자는 다른 병동들에서 떨어져 있는 서관 사층에 눕혀두었어요. 바람도 잘 통하고 조용하고 편안한 곳이에요. 저도 그 병동에 있답니다. 데인 양을 위해 제가 도울 수 있는 일은 뭐든 다 할게요. 자, 어때요, 가줄 수 있겠어요?"

"물론이죠. 흔한 자비심 때문이 아니라 괴팍한 성미 때문에라도 가겠어요. 어떤 사람들은 제가 노예해방론자라고 해서 신도 믿지 않는 인간이라고 생각하는데, 그 사람들에게 제가 적을 사랑할 수는 없어도 기꺼이 보살펴줄 수는 있다는 것을 보여주고 싶네요."

"고마워요. 데인 양이 가줄 거라고 생각했지요. 노예해방 이야기를 하니까 생각났는데, 원하신다면 콘트라밴드를 하인으로 둘 수 있어요. 잘생긴 물라토*인데, 전투가 끝난 후 자신의 남군 주인을 묻고 있는 걸, 얼굴에 심하게 베인 상처가 있는 채로 말이에요.

* 흑인과 백인 사이에서 태어난 사람.

우리 장병들이 발견해서 데려왔더군요. 그애를 쓰시겠어요?"

"그러고 말고요. 다른 일에 대해서도 마찬가지지만, 그 부분에 대해서도 제 신념은 흔들림이 없으니까요. 그런 흑인 아이들이, 제가 도움을 받기는커녕 외려 시중을 들어야 하는 게으름뱅이 백인들보다 훨씬 더 충직하고 일을 잘한다는 신념 말이에요. 그런데 그 아이 몸은 충분히 회복된 건가요?"

"네, 일을 도울 수 있을 만큼은요. 데인 양 마음에 들 거예요. 얼굴을 그렇게 다치기 전에는 틀림없이 아주 잘생긴 청년이었을 거예요. 내 얼굴보다 특별히 더 검지도 않아요. 감히 단언하지만 백인 주인의 아들일 겁니다. 백인의 피를 받은 탓인지 뭔가 좀 오만하고 도도한 데가 있어요. 여기에 왔을 때 상태가 몹시 좋지 않았는데도, 아래층 흑인들과 섞여 있느니 차라리 거리에서 죽겠다고 하더군요. 그래서 문제를 일으키지 않도록 서관 위층으로 보냈지요. 그애가 오전 내내 대위를 보살폈어요. 데인 양은 언제 올라가 볼 수 있지요?"

"톰을 안치하고, 스키너를 옮기고, 헤이우드를 씻기고, 마블에게 붕대를 감아주고, 찰리를 문질러 닦아주고 다운스를 일으켜주고, 업햄을 눕힌 다음 마흔 명 모두에게 밥을 먹이는 대로 가볼게요."

프랭크 박사는 시체 안치실로 가는 길이었고 나는 무릎에 수의를 올려놓은 채였지만 우리는 둘 다 웃음을 터뜨렸다. 병원에 있다 보면 우리를 구원하는 것은 명랑함이라는 사실을 배우게 된다. 고통과 죽음의 분위기에 마음이 짓눌리면, 웃음이라는 축복받은 선물을 빼앗기면, 일할 힘을 잃고 말기 때문이다.

한 시간 이내에 나는 새로운 임무에 착수했다. 열아홉 혹은 스무 살가량 되어 보이는, 기력이 소진된 얼굴의 청년이 외떨어진 작은 병실에서 헛소리를 하며 신음하고 있었다. 이어진 병실에 있는, 예의 그 콘트라밴드 말고는 주위에 아무도 없었다. 나는 백인 환자보다 흑인 청년 쪽에 훨씬 더 강렬한 관심을 느꼈지만, 그가 "오만하고 도도하다"라던 의사의 말을 떠올리며 공기정화제를 뿌리고 일하기 편하도록 주변을 정돈하면서 슬쩍 한번 쳐다보기만 했다. 숱한 콘트라밴드를 보아왔지만 이렇게 매력적인 인물은 처음이었다. 이 사내애—모든 흑인 남자는, 설사 머리카락이 하얗게 셌다 하더라도 전부 '사내애들'이라고 불렸다—는 적어도 스물다섯은 되어 보였다. 튼튼한 사지에 남자다웠고 강제노동에 시달렸다거나 학대를 받아 위축된 기색은 전혀 찾아볼 수 없었다. 그는 아무것도 하지 않고 침대에 앉아 있었다. 주변에는 책도, 파이프도, 펜이나 종이도 전혀 없었다. 그럼에도 그의 표정과 태도에는 내가 일찍이 본 적 없는 도도한 무심함과 무상함이 깃들어 있었다. 그는 허리를 꼿꼿이 세우고 앉아 있었다. 손은 양쪽 무릎 위에 놓여 있었고 시선은 텅 빈 맞은편 벽에 고정되어 있었다. 무엇인가에 사로잡혀 생각에 깊이 빠진 나머지 그는 내 존재를 의식하지 못했다. 문도 활짝 열려 있었고, 내 움직임이 조용한 것이었다고는 결코 말할 수 없었는데도. 고개를 돌리고 있어 얼굴이 반밖에 보이지 않았지만 나는 즉시 프랭크 박사의 심미안을 인정했다. 내 쪽에서 보이는 옆얼굴에는 혼혈인에게 흔히 나타나는 모든 매력이 다 드러나 있었기 때문이다. 그는 물라토보다 쿼드룬*에 가까웠고 색은 족

* 백인과 물라토 사이에서 태어난 사람.

의 특징들을 두루 지니고 있었다. 스페인 사람처럼 햇볕에 태운 듯한 피부색, 입술과 볼의 홍조, 물결치는 고수머리, 이런 남자들 특유의 우수 어린 눈동자—태어난 순간 그들의 암울한 운명을 결정지은, 이제는 끝장난 그 법에 언제나 묵묵히 저항하는 듯한 그 눈동자까지. 대체 무슨 생각을 하고 있는 것일까? 아픈 사내는 욕설을 내뱉으며 헛소리를 하고 있었고, 나는 치맛자락 소리를 내며 이리저리 오갔으며, 문 앞을 지나는 사람들의 발소리도 들렸다. 벨이 울리는가 하면 도로에서는 군용마차의 단조로운 바퀴 소리도 들려왔다. 하지만 그는 여전히 미동도 하지 않았다. 나는 '억울해서 부루퉁해 있는 흑인'이라고들 부르는 흑인들을 본 적이 있다. 그럴 때 그들은 여러 날 동안 웃거나 말하는 법이 없으며 음식도 거의 먹지 않는다. 하지만 그에게는 그 이상의 무엇인가가 있었다. 사소한 억울함이나 부당한 처사를 멍하게 되새기고 있는 것처럼 보이지는 않았기 때문이다. 그는 온통 마음을 빼앗긴 어떤 사실 내지 환영이 마치 벽에 새겨진 듯 벽을 뚫어져라 바라보고 있었다. 나에게는 공백에 불과한 그 벽을 말이다. 기억, 혹은 무력하기만 한 후회로 인해 여전히 잊을 수 없는 깊은 슬픔이나 억울한 사연이라도 있는 것일까, 마지막까지 충성을 바쳤던 주인의 죽음을 애도하고 있기라도 한 것일까, 아니면 그가 빠져나온 그 지옥에서 여전히 시들어가고 있는 가깝고 소중한 사람들에 대한 생각 때문에 지금 그가 누리는 자유의 달콤함이 반감되기라도 하는 것일까, 나는 알고 싶었다. 생각이 여기에 이르자 문득 그가 측은해졌다. 그에 대해 알고 싶어졌고, 그를 위로하고 싶었다. 그 순간의 충동에 순응하며 나는 그에게 다가가 어깨에 손을 얹었다.

그 순간 남자는 사라지고 노예가 나타났다. 그에게 복된 변화를 일으킬 자유는 아직 그에게 너무도 생소한 선물이었던 것이다. 그가 온순한 목소리로 "네, 아씨" 하고 대답하며 한 손을 관자놀이에 올리고 몸을 벌떡 일으키자, 그 주위를 떠다녔던 모든 낭만적인 공상이 한순간에 사라졌다. 슬픈 것들 중에서도 가장 슬픈 사실만을 살아 있는 사람의 모습으로 내 눈앞에 남겨둔 채. 남성다움만 사라진 것이 아니었다. 처음 나를 사로잡았던 그의 아름다움 역시 함께 사라졌다. 그가 고개를 돌리자 볼과 이마에 움푹 파인 섬뜩한 상처가 드러났기 때문이다. 부분 부분 아물어 있는 상처는 이제 붕대 대신 길고 투명한 반창고 조각들로 봉합되어 있었는데, 시선이 상처에 닿을 때마다 그것이 연상시키는 일련의 장면 때문에 몸을 떨지 않을 수가 없었다. 그의 검은 머리카락 일부는 면도되어 있었고 한쪽 눈은 거의 감겨 있었다. 고통으로 그렇게 처참히 일그러지고 잔인한 칼날에 그렇게 깊이 상처를 입은 그의 다른 쪽 얼굴을 바라보자, 미켈란젤로의 청동 죄수상보다 더 충격적으로 인간사의 고통과 부당함을 드러내면서 마치 아름다운 메달이 갑자기 확 뒤집어지기라도 한 것 같은 기분이 들었다. 나는 갑자기 목적을 바꾸었다. 우리가 자신을 얼마나 이해하지 못하는지 종종 깨닫게 하는, 그런 설명할 길 없는 행동 중 하나였다. 친구로서 그를 위로하러 다가간 것이었지만 그보다 신분 높은 여성의 위치에서 그저 명령을 내렸던 것이다.

"창문을 좀 열어주겠어요? 이 환자에게는 공기가 더 필요해요."

그는 즉시 내 말에 복종했다. 그가 빡빡한 창의 문짝을 천천히 들어올릴 때, 아름다운 옆얼굴이 다시 보였다. 또다시 그의 첫 인상에 너무 강하게 사로잡힌 나는 부지불식간에 "고마워요"라고 인사를 하고 말았다.

착각일지도 모르지만, 나를 바라보는 그의 얼굴에 놀라움과 책망, 그리고 감사의 빛이 어린 기쁨의 흔적 비슷한 무엇이 떠오른 것 같았다. 그러나 그는 이 가엾은 영혼들이 그토록 금방 익히는, 주눅든 공손한 목소리로 대답했다.

"저는 백인이 아닌데요, 아씨. 콘트라밴드입지요."

"네, 알고 있어요. 하지만 콘트라밴드는 자유인이죠. 진심으로 축하합니다."

그는 내 말에 기뻐했다. 얼굴이 환해진 그는 어깨를 쭉 펴고 고개를 들어 내 눈을 정면으로 바라보았다. 그리고 생기 있는 목소리로 대답했다.

"고맙습다. 더 도와드릴 일이 있을깝쇼?"

"프랭크 박사는 당신이 이 환자의 간호를 도와줄 거라고 했어요. 환자는 많고 간호사와 보조 간병인 수는 적으니까요. 열병을 앓았던 적이 있나요?"

"아니요, 아씨."

"당신을 이곳으로 보내기 전에 그 문제를 먼저 고려했어야 하는데. 외상이 있는 사람은 열병 환자와 한곳에 있으면 안 돼요. 당신을 다른 곳으로 보내도록 조치하지요."

그가 갑자기 웃음을 터뜨렸다. 그가 백인이었다면 나는 그 웃음을 모욕으로 받아들였을 것이다. 그러나 그의 피부색이 나보다 약간 더 짙다는 이유로 나는 그것을 건방진 태도로, 적어도 예의 없는 태도로 간주했다.

"상관없습니다요. 아래층에서 흑인들하고 같이 있느니 여기에서 열병 환자랑 있는 편이 더 좋습지요. 게다가 여기 말고 달리 저를 받아줄 데가 있는 것도 아니고 말이죠."

가엾게도! 그건 사실이었다. 그를 받아들여 제일 비천한 백인 환자 옆에라도 눕게 해줄 병실은 이 병원을 통틀어 어디에도 없었다. 이솝우화에 나오는 박쥐처럼 그는 양쪽 인종 어디에도 속하지 않았다. 한 편의 오만과 다른 한 편의 무기력이, 이 땅에 암울함을 드리웠던 거대한 죄의 중간지대에서 그를 홀로 맴돌게 했다. "그렇다면 이곳에 있어요. 나도 게으른 잭보다는 당신을 데리고 있는 편이 훨씬 더 좋으니까요. 그런데 건강과 기운은 충분히 회복한 건가요?"

"그럴 거라고 생각합니다, 아씨."

그는 담담한 목소리로 대답했다. 설사 회복되지 않았더라도 별로 상관없다는 듯, 혹은 그렇다 하더라도 뭐 특별히 기뻐해줄 사람도 없다는 듯이.

"그래요, 나도 그러리라고 생각해요. 당신을 어떻게 부르면 되죠?"

"밥이라고 부르세요, 아씨."

모든 여자는 나름의 괴벽을 가지고 있게 마련이다. 내 괴벽 중 하나는 이 남자들을 존중하는 태도로 대함으로써 그들에게 자존감을 가르치는 것이었다. 친숙한 애칭으로 불리는 것을 좋아하는 어린 소년들이야 톰, 딕, 해리 등으로 불러도 무방하겠지만, 내 아버지뻘 되는 남자들을 그런 식으로 부르는 일은 나의 구식 예의범절 관념에 결코 부합하지 않았다. '밥'이라는 이름은 내 기준에서 볼 때 절대 받아들일 수 없는 것이었다. 비극적인 표정으로 앉아 있는 나의 콘트라밴드를 연 꼬리를 연상시키는 이름으로 부르는 것은 목사님을 '구스'*라고 부르는 것만큼 마음 불편한 일일 것임이 분명했다.

"성은 뭐예요?" 내가 물었다. "난 나와 일하는 보조사들을 이름보다는 성으로 부르는 편을 더 좋아하거든요."

"성은 없습니다요, 아씨. 저희는 주인 성을 쓰든지 아니면 성 없이 사니까요. 제 주인은 죽었고, 저는 이제 주인나리와 관련된 거라면 뭐든 더는 쓰고 싶지 않으니 말입지요."

"좋아요, 그럼 전 당신을 로버트라고 부르겠어요. 자, 이제 이 주전자를 좀 채워다주세요. 부탁해요."

그가 자리를 떴다. 노예로 살아온 적지 않은 시간 동안 몸에 익은 고분고분한 복종의 태도는 여전했지만, 나는 그의 아버지가 그에게 물려준 도도한 기상이 꺾이지 않았다는 사실을 알 수 있었다. 주인의 성을 거부할 때 그가 보인 표정이며 몸짓은 7월 4일**을 위해 준비한 그 어떤 웅변가의 연설보다도 더 효과적인 독립선언이었다.

우리는 기이한 한 주를 함께 보냈다. 내 심부름을 할 때가 아니면 로버트는 병실을 떠나는 일이 거의 없었다. 나는 해가 떠 있는 내내, 보통은 밤에도 남군 침대 옆을 죄수처럼 꼼짝 못하고 지켰다. 열은 재빠르게 타오른 후 사그라졌다. 이 젊지만 늙은 사내의 쇠잔한 육체에는 병마가 태워버릴 생명력이 거의 남아 있지 않았

* 밥Bob은 로버트의 애칭이자 연 꼬리라는 일반명사이며, 구스는 성 아우구스티누스의 영어식 이름 어거스트의 애칭으로 발음이 거위를 연상케 한다.
** 1776년 영국 식민지였던 미국의 열세 개 주가 독립을 선언한 날.

던 것이다. 의식 없는 그의 입술이 내뱉는 말들로 미루어 짐작하건대 그의 인생은 딱히 존경할 만한 것이라고 할 수 없었다. 적어도 두 번 이상 거듭된 불경하기 짝이 없는 헛소리며 음란한 군가 때문에 내 볼은 붉게 달아올랐고 로버트의 얼굴에는 혐오감이 떠올랐으며, 상냥히 달래는 내 목소리가 아무런 효과도 발휘하지 못해 로버트가 강제로 그의 입을 다물게 해야 했기 때문이다. 세상의 눈에는 이 대위가 신사로 보이겠지만 내 눈에는 나의 콘트라밴드가 신사였다. 그렇다. 나는 노예해방론의 광신도다. 그리고 필시 그것이 나의 고급스럽지 못한 취향을 설명해줄 수 있을 것이다. 나는 한 번도 로버트에게 그 자신에 대한 것들을 묻지 않았다. 가장 가벼운 스침조차도 여전히 너무 쓰리게 느낄 상처를 품고 있다는 느낌을 받았기 때문이다. 하지만 그의 말투와 태도, 지성을 통해 나는 그가 자신의 피부색 덕에 영리하고 학대받지 않은 노예가 얻을 수 있는 약간의 혜택을 확보할 수 있었다는 사실을 짐작할 수 있었다. 나의 콘트라밴드는 말이 없고 진지했으며 사려 깊으면서도 더할 나위 없이 순종적이었다. 내가 책을 가져다주면 기뻐했고 맡긴 일을 성실하게 수행하는 한편, 내가 그에게 느끼고 또 드러낼 수밖에 없었던 호감과 다정한 태도를 고맙게 생각했다. 종종 나는 대체 무엇이 그의 얼굴에 하루가 갈수록 더 슬픈 빛을 드리우며 그의 모습을 그토록 눈에 띄게 변화시키는 것인지 정말 묻고 싶었다. 하지만 감히 물어보지 못했다. 그리고 다른 누구도 기사도적인 버지니아의 건국 주역들*이 물려준 이 혼혈 종족의 과거에 대해

* 조지 워싱턴을 비롯해 미국 건국의 주역이 된 상당수 정치인들은 자신과 흑인 노예 사이에서 태어난 자식들을 두었다.

파고들 욕망이나 시간을 가지고 있지 않았다.

이레째 되는 날 밤, 프랭크 박사는 병동 전체를 지키는 보초 이외에 대위 옆을 지킬 사람을 하나 더 배치하자고 제안했다. 그 밤이 그의 생애 마지막 밤이 될지도 모른다고 여겼기 때문이다. 나는 그전 이틀 밤 대부분도 병동에서 지샜지만, 당연히 내가 남겠다고 대답했다. 이 병실에는 위기가 지나갈 때까지 피로와 두려움을 잊게 하는, 나를 사로잡는 기이한 무엇이 있었기 때문이다.

"마실 수 있으면 물을 주도록 해요. 편안히 잠이 든다면 살아날 가능성이 있어요. 자정쯤 변화가 있을 것 같으니 살펴보러 올게요. 이제 잠 아니면 기적만이 그를 구할 수 있을 겁니다. 그럼 잘 있어요."

의사는 방을 떠났다. 나는 입안 가득 포도를 씹어 삼키면서 램프 심지를 줄이고 대위의 이마를 물로 적셔준 다음, 딱딱한 걸상에 앉아 밤샘 간호를 시작했다. 대위는 뜨겁고 수척한 얼굴을 내 쪽으로 돌린 채 독기 어린 숨으로 방 안 공기를 채우며 누워 있었다. 입술과 혀가 얼마나 바싹 말랐는지, 그가 더할 나위 없이 명료한 정신으로 말을 한다 해도 알아듣기 어려웠을 터였다. 로버트가 누워 있는 안쪽 방의 문은 약간 열려 있어서, 그 방의 열린 창문으로 들어오는 한 줄기 신선한 바람이 내 방을 통과해 지나가며 이 열병의 독기를 밀어내는 것 같았다. 길고 어두운 몸의 형상과 조금 더 밝게 보이는 얼굴의 윤곽선 정도만 겨우 보였다. 나는 딱히 할 일이 없었기에, 자신의 자유를 굉장히 귀한 상으로 생각하면서도 서둘러 향유할 생각이 없는 것처럼 보이는 이 알 수 없는 콘트라밴드에 대해 몽상을 하기 시작했다. 프랭크 박사는 그에게 더 안전한 병동으로 보내주겠다고 했지만, 그는 "고맙지만 괜찮습니다요. 아직 괜찮습니다"라고 말했다. 그러고는 예의 그 무겁고 어두운 상태에 빠져버렸다. 그의 그런 상태는 이제 내 마음을 괴롭혔다. 나에게 그 어둠을 밝힐 힘이 없었기 때문이다. 주변 첨탑들의 시계 소리에 귀를 기울이며 앉아 있던 나는 종종 나 자신의 미래에 대해 생각할 때처럼 로버트의 미래를 상상하며 지루함을 달랬다. 지금까지 그를 잔인하게 대했던 인생이라는 게임에 앞으로 들고 나갈 유리한 패를 넉넉히 쥐여주면서. 그때 갑자기 거칠고 숨찬 목소리가 터져나왔다.

"루시!"

대위였다. 뭔가 갑작스러운 공포 때문에 반짝 기운이 돌아온 것 같았다.

"네, 루시 여기 있어요."

나는 그를 진정시키기 위해 그의 환각에 호응을 해주었다. 그의 얼굴은 끈끈한 진땀으로 축축하게 젖어 있었고 몸은 죽음 전에 매우 흔히 나타나는 신경의 동요로 인해 떨리고 있었다. 불신과 분노로 동공이 커진 그의 흐릿한 눈동자는 나에게 고정되어 있었다. 그가 사나운 목소리로 침묵을 깨뜨리기 전까지는.

"거짓말! 그녀는 죽었어, 밥도 죽었고. 그 망할 개자식!"

말을 건네는 것이 소용없었기에, 나는 종종 이런 환각 상태를 진정시키는 데 효과가 있었던 고요한 노래를 불러주었다. 하지만 "고통 속에서도 미소짓는 온유한 인내를 보라"라는 마디를 채 다 부르기도 전에 그가 내 손목을 움켜잡으며 치명적인 공포에 사로잡힌 사람처럼 속삭였다.

"쉿, 조용! 그 여자는 늘 밥에게 그렇게 노래를 불러줬어. 하지만 나에게는 결코 불러주는 법이 없었지. 난 그 못된 버르장머리를 고쳐주겠다고 욕을 하면서 채찍질을 했고. 그런데 당신도 알지, 루시가 스스로 목을 긋기 전에 귀신이 되어 나를 쫓겠다고 저주했잖아. 저길 봐, 그녀가 왔어!"

그가 너무도 창백한 얼굴로 겁에 질려 내 뒤를 가리켰기 때문에 나는 나도 모르게 고개를 돌려 뒤를 바라보았다. 그리고 정말 귀신이라도 본 것처럼 흠칫 놀랐다. 어두운 안쪽 방에 있는, 검은 머리를 산발한 그늘진 얼굴과 목 언저리의 선홍색이 천천히 스치듯 시야에 들어왔기 때문이다. 그러나 바로 다음 순간 나는 그 형상이 침대 발치에 기대어 앉아 있던 로버트며, 몸을 감싼 회색 군용 담요 틈으로 살짝 드러난 붉은 셔츠의 끝자락이고, 잠에서 막 깨어나 헝클어진 채였던 그의 긴 머리카락이라는 사실을 깨달았다. 그건 그렇다 해도 그의 얼굴에 어린 그 기이한 표정이라니! 흉터 없는 옆얼굴이 보이는 자세로 앉은 그는 마치 내가 처음 그를 보았을 때처럼 미동 없이 그 자리에 있었다. 그때처럼 자기만의 생각에 완전히 빠져 있지는 않았지만 그때보다 뭔가 더 강렬한 모습이었다. 눈동자는 번득 빛났고 입술은 모든 감각을 집중해 듣는 사람처럼 살짝 벌어져 있었다. 그의 모습 전체가 불어오는 바람에서 예상치 못한 먹이의 냄새를 맡은 사냥개를 연상시켰다.

"대위를 아나요, 로버트? 대위가 말한 밥이 당신인가요?"

"웬 걸요, 아닙니다. 남부인들 집집마다 밥이 반 다스씩은 있습지요. 그냥 제 이름이 들려서 잠에서 깼는뎁쇼. 그게 다입니다요."

그는 무척 자연스럽게 대답하고 나서 다시 침대에 누웠다. 나는 이 발작이 아마도 대위의 마지막 발작일 거라고 생각하며 다시 임무로 돌아왔다. 하지만 한 시간 남짓 지나자 희망적인 변화가 보였다. 경련이 잦아들고 차가운 식은땀도 사라졌으며 이전보다 호흡도 정돈되었다. 그리고 치유의 신인 잠이 그를 구원하기 위해, 또는 평화롭게 데려가기 위해 그에게 내려왔다. 자정이 되자 프랑크 박사가 병실에 들러 방 안을 조용하고 시원하게 유지하라고 지시한 뒤, 대위가 잠에서 깨면 먹여야 할 물약을 처방하고 나갔다. 훨씬 마음이 놓인 나는 연습 끝에 가능해진 묘기 중 하나를 실행에 옮길 요량으로, 작은 탁자 위로 불편하게 포갠 팔에 머리를 기댔다. 이 묘기는 우리가 '한쪽 눈 뜨고 자기'라고 부르는 것으로, 청각을 제외한 다른 모든 감각은 잠이 드는, 이를테면 반은 자고 반은 깨어 있는 상태라고 할 수 있다. 이 기술 덕에 우리는 대단히 희미한 웅얼거림이나 한숨, 움직임 소리에도 깨어날 수 있었고, 잠깐 동안의 '쉬어' 자세 덕분에 정신을 한결 명료하게 회복할 수 있었다. 그러나 오늘밤 그 시도는 실패로 돌아갔다. 지난 며칠간 밤샘 간호로 꼼짝 못한 채 병실만 지키며 마음 졸였던 나에게는 잠깐의 졸음도 위험한 사치였던 것이다. 한 시간 동안 대여섯 번이나 깨어 살펴보았지만 아무 일 없는 것을 확인한 나는, 무거운 머리를 팔 위로 눕힌 다음 십오 분 후에 일어나야겠다고 비몽사몽 간에 결심하면서 그만 깊은 잠에 완전히 빠져들고 말았다.

낮은 시계추 소리에 화들짝 놀라 잠에서 깨어났다. "이제 한시구나." 하지만 당황스럽게도 종소리가 두 번 더 들려왔다. 나는 자책하는 마음으로 장시간의 근무 태만이 어떤 결과를 불러왔을지 확인하기 위해 서둘러 몸을 일으켰다. 그러나 힘센 손이 나를 다시 제자리에 앉히더니 움직이지 못하게 붙들었다. 로버트였다. 내 눈이 그의 눈과 마주친 그 순간 심장이 요동치기 시작했다. 우리 눈에 보이지 않는 위험을 예보하듯, 전율이 내 온 신경을 휩쓸고 지나갔다. 그의 얼굴은 더없이 창백했고 입은 꽉 다물려 있었으며, 위아래로 깊이 찢어진 상처 탓에 더 불길한 인상을 주는 쪽 눈까지 모두 뜬 두 눈에는 무서운 불길이 이글거렸다. 하지만 그의 손길은 침착했고 목소리도 고요했다.

"움직이지 마세요. 가능한 한 아씨를 다치게 하거나 놀라게 하지는 않을 테니까 말입죠. 그런데 너무 일찍 일어나셨단 말입니다요."

"로버트, 나를 놔줘요. 대위가 움직이잖아요. 그에게 줘야 할 것이 있어요."

"아니요, 한 치도 움직이실 수 없어요. 이걸 보세요!"

그는 한 손으로 나를 잡아둔 채 다른 손으로 내가 물약을 담아두었던 유리잔을 들어 잔이 비어 있는 것을 보여주었다.

"대위가 벌써 마신 건가요?" 내가 물었다. 점점 더 당황스러워지기만 했다.

"제가 창밖으로 버렸습지요. 약 없이 버텨야 할 겁니다요."

"하지만 왜죠, 로버트? 왜 그런 짓을 한 거죠?"

"저놈을 증오하니까요!"

그 말이 사실이라는 데는 의심의 여지가 없었다. 이를 악물어 내뱉는 말이며 의식 없는 대위를 노려보는 이글거리는 눈, 그의 얼굴 전체가 그 사실을 입증하고 있었다. 나는 숨을 멈추고 대체 다음에 어떤 미친 짓이 이어질지 몰라 아연실색하여 그를 바라보았다. 어쩌면 내가 창백하게 질려 몸을 떨었을지도 모르겠다. 여자들에게는 갑작스러운 위험에 직면했을 때 그런 반응을 보이는 바보 같은 습성이 있으니 말이다. 로버트는 내 팔을 놓아주더니 내 바로 앞 침대 가장자리에 앉은 뒤, 보고 있는 내가 오싹해질 만큼 불길하고 고요한 목소리로 말했다.

"겁먹지 마세요. 도망갈 생각도 마시고요. 문은 잠겨 있고, 열쇠는 제 주머니에 있어요. 소리지를 생각일랑도 마세요. 제가 입을 틀어막으면 누군가 아씨 소리를 듣기 전까지 한참 내지르셔야 할 테니까 말이지요. 조용히 계시면 제가 뭘 할 참인지 말씀드리죠."

"오, 주님. 저희를 도와주세요! 저애가 갑자기 열병의 공격을 받아 완전히 제정신을 잃은 것 같아요. 누군가 도와줄 사람이 올 때까지 저애를 달래야 하는데." 그 순간 판단을 내린 나는 애써 침착한 목소리로 대답했다.

"가만히 당신 이야기를 들을게요. 그래도 창문은 열어놔요. 문을 왜 닫은 거죠?"

"죄송하지만 그렇게 할 수는 없습니다요. 문을 열면 뛰어내리시거나 소리를 지르실 수도 있는데, 그래서야 곤란하니까요. 계속 주무시게 하려고 문을 닫았습죠. 그리고 열기가 제가 취할 수 있는 다른 어떤 조치보다도 그 일을 앞당겨줄 테고요."

"물!" 대위가 몸을 움직이면서 들릴 듯 말 듯한 소리로 중얼거렸다. 본능적으로 나는 그에게 물을 주기 위해 일어났다. 하지만 무거운 손이 내 어깨를 내리눌렀다. 그리고 조금 전과 똑같은 단호한 목소리로 로버트가 말했다.

"물도 약이랑 같이 버렸습니다요. 애원하게 내버려두세요."

"제발 대위에게 가보게 해줘요! 보살펴주지 않으면 죽는다고요!"

"죽게 둘 작정입니다요. 미리 말씀드리지만 부질없이 끼어들 생각은 마셔요."

목소리도 침착했고 태도도 정중했지만, 나는 그의 눈에서 살의를 읽을 수 있었다. 겁에 질린 나머지 정신이 아득해지는 것 같았다. 그러나 동시에 공포는 나를 흥분시키기도 했다. 내가 무엇을 하고 있는지 제대로 의식하지도 못한 채 나는 나를 잡고 있는 손을 움켜쥐고 울면서 소리쳤다.

"아니, 안돼요. 당신은 대위를 죽이지 않을 거예요! 방어할 수 없는 사람을 공격하는 건 비열한 일이에요. 대체 왜 대위를 미워하는 거지요? 대위는 당신의 주인도 아니잖아요."

"저놈은 제 동생입니다요."

나는 그의 대답을 머리부터 발끝까지 온몸으로 느꼈다. 그 실체는 알 수 없지만 뭔가 나쁜 일이 일어날 것이라는 분명한 예감과 함께, 지금부터 벌어질 일을 짐작할 수 있을 것만 같았다. 나는 그를 설득할 마지막 말을 입 밖으로 꺼냈다.

"로버트, 말해봐요. 그게 대체 무슨 소리죠? 범죄를 저질러서는 안 돼요. 나를 그 범죄의 도구로 이용해서도 안 되고요. 폭력이 아닌, 잘못을 바로잡을 더 좋은 방법이 있을 거예요. 내가 그 방법을 찾을 수 있도록 당신을 도울게요."

말을 하는 내 목소리가 떨렸고 겁에 질린 심장의 불규칙한 박동 소리가 들렸다. 로버트 역시 그 소리를 들었다. 뭐가 됐든 내 사소한 행동들에 그가 애정이나 존경을 품고 있었다면, 바로 지금 그 기억이 나를 도와준 것일 터이다. 그가 시선을 아래로 떨구었다. 스스로에게 무엇인가를 묻는 것처럼 보였다. 그 질문이 무엇이었든, 답은 나에게 유리한 방향으로 나왔다. 그가 다시 시선을 들었을 때 그의 눈은 음울했지만 파국을 향해 치닫는 절박함을 머금고 있지는 않았던 것이다.

"말씀은 드리겠습니다요. 분명히 말씀드리지만 그렇다고 해서 달라지는 건 없을 겁니다요. 저놈은 제 겁니다. 하느님께서 먼저 데려가시도록 기다릴 참이지만, 안 그러시면 제 손으로 해치울 거라고요."

"아, 안돼요! 대위가 로버트의 동생이라는 사실을 잊지 말아요."

그건 현명하지 못한 발언이었다. 그 말이 내 입술에서 떨어지자마자 그 사실을 알 수 있었다. 로버트가 증오에 찬 얼굴을 일그러뜨리면서, 강인한 두 손을 거칠고 야만적인 느낌으로 힘껏 움켜쥐었기 때문이다. 하지만 자기 뒤에서 숨을 헐떡이는 불쌍한 영혼을 건드리지는 않았다. 그저 산소가 부족한 그 방이 천천히 대위를 질식시켜 대위의 허약한 목숨을 끝장내도록 내버려두는 것에 만족해하는 듯 보였다.

"제가 그 사실을 잊는 일은 없을 겁니다요. 이번 주 내내 그 생각만 하고 있었으니까요. 사람들이 저놈을 싣고 왔을 때부터 전 저놈을 알아봤습지요. 그리고 벌써 한참 전에 해치울 수도 있었지만, 루시가 어디 있는지 알고 싶어서 기다린 겁니다요. 저놈이 알고 있으니 말이지요, 오늘밤 저놈이 말을 했으니, 이제 끝장을 봐야죠."

"루시가 누구죠?" 나는 그의 관심을 살인이 아닌 다른 것에 묶어둘 생각으로 서둘러 물었다.

질문을 받자, 이런 순간 드러나곤 하는 로버트 특유의 복합적인 내면의 변화를 보이면서 그의 두 눈에 눈물이 가득 고였다. 꽉 움켜쥐고 있던 두 손으로 얼굴을 가린 그에게 들은 대답은 띄엄띄엄 내뱉은 몇 마디가 전부였다.

"제 아내예요. 저놈이 제 아내를 범했습니다."

그 순간, 부당함에 대한 타오르는 분노가, 그리고 이렇게 하는 것 말고는 어떤 방법으로도 치유할 수 없을 상처를 남긴 원수에게 복수를 갈망하는 이 절망적인 사내를 향한 전적인 연민이 두려움을 완전히 삼켜버리고 말았다. 그는 이제 노예도 콘트라밴드도 아니었다. 그에게 몇 방울의 검은 피가 섞여 있든 내 눈에 그것은 이제 전혀 문제가 되지 않았다. 나는 오직 그를 위로하고 돕고 구원하고 싶은 무한한 연민의 정만을 느꼈다. 말을 한다는 것이 너무 무력하게 느껴졌으므로 나는 한마디도 하지 않았다. 다만 상처 입은, 집 없는, 내가 도저히 치유할 길 없는 슬픔으로 고개 숙인 그의 머리에 손을 얹어 헝클어진 긴 머리를 부드럽게 어루만졌을 뿐이다. 연약한 심성의 이 남자를 무척 사랑했을 그의 아내는 대체 지금 어디에 있을까, 아픈 마음으로 궁금해하면서.

"공기 좀!" 대위가 다시 신음하며 들릴 듯 말 듯한 목소리로 중얼거렸다. 그러나 나는 꿈쩍도 하지 않았다. 주여, 저를 용서하소서! 같은 여자로서, 그의 아내가 겪었을 부당한 고통에 대한 분노가 치밀었다. 로버트가 나를 올려다보았다. 눈물은 말라 있었고 입매에는 다시 단호하고 무서운 빛이 감돌았다. 그 모습에 나는 "좀 더 자세히 말해줘요"라고 했고, 그는 내 부탁을 들어주었다. 연민이란 가장 가난한 사람조차 누군가에게 줄 수 있는 선물이며, 더할 나위 없이 도도한 사람조차 허리 숙여 받도록 하는 선물이니까.

"그게, 저놈 아버지가, 제가 두 사람을 수치스럽게 생각하지 않는다면 제 아버지라고 불러야 되겠지만, 그러니까 주인어른이 이

년 전 세상을 떠나시면서 저희를 모두 당시 열여덟 된 네드 도련님에게 물려주셨지요. 여기 누워 있는 이 인간 말입니다요. 이애는 언제나 절 미워했습지요. 주인어른을 많이 닮은 저와 달리, 이애는 피부색과 머리색이 밝았다 뿐이지 자기 아버지를 닮지 않았거든요. 주인어른은 저희 모두에게 친절하셨지만 저에게는 특별히 더 잘해주셨습니다요. 제가 루시를 좋아한다는 걸 아시고, 저 남쪽 사우스캐롤라이나에 있는 이웃 농장에 가서 루시를 데려오셨죠. 저는 그녀와 결혼했습니다요. 그게 제가 할 수 있는 전부였으니 말입니다. 가진 건 아무것도 없었지만 저희는 서로 신의를 지켰어요. 일 년 후 네드 도련님이 집으로 돌아와 저희를 지옥으로 몰아넣기 전까지 말입니다. 네드는 늙은 제 어머니를 혹사시킬 작정으로 조지아에 있는 자기 벼 플랜테이션으로 보내버렸습니다. 또 저와 저의 귀여운 루시를 발견한 그놈은, 젊은 아씨가 울면서 말리고, 제가 무릎을 꿇고 빌고, 루시는 도망까지 갔는데도 전혀 자비를 보이지 않았지요. 그녀를 잡아와서…… 그렇게 한 거죠."

"오, 그래서 당신은 어떻게 했어요?" 나는 뭐라 할 수 없는 고통과 분노로 얼굴을 붉히며 소리쳤다.

무시무시한 기세로 팔을 침대 너머로 뻗으며 대답하는 그의 얼굴은 분노한 심장이 솟구쳐올린 피로 타오르듯 붉게 물들어 있었으며, 목소리는 터질 것 같은 격정으로 무겁게 가라앉아 있었다.

"반쯤 죽도록 손을 봐줬습지요. 그리고 오늘밤, 이제 끝을 볼 참이고요."

"네, 알았어요. 하지만 지금은 이야기를 마저 해봐요. 그다음엔 어떻게 됐죠?"

그가 나를 바라보았다. 피를 나눈 형제에게 당한 마지막 압제를 기억해내 이야기하는 그의 표정에는, 그 어떤 백인 남자도 결코 느껴본 적이 없을 깊은 수치와 통한이 어려 있었다.

"쓰러질 때까지 채찍을 맞았어요. 그다음엔 저를 저 깊숙한 남부 지역에 팔아버렸고요. 한번 저를 백인으로 착각하신 일이 있었지요. 자, 이걸 보세요!"

그는 셔츠를 확 움켜쥐더니 목에서 허리까지 찢어버렸다. 이 병원에서 본 그 어떤 상처보다 나를 두려움에 떨게 하는 채찍질 자국이, 어느 정도 아물기는 했지만 그의 강인한 갈색 어깨에 깊은 고랑처럼 새겨 있었다. 아무 말도 할 수가 없었다. 가장 낮은 곳에서 고통받는 이 사내에게 깊은 슬픔이 부여한 처연한 위엄과 함께 그는 자신의 짧은 비극을 마무리지었다. "그게 끝입니다. 그뒤로는 루시를 한 번도 보지 못했습죠. 그리고 이제 이 세상에서는, 어쩌면 다음 세상에서도 다시는 보지 못하겠죠."

"하지만 로버트, 왜 아내가 죽었다고 생각하는 거예요? 그 슬픈 이야기를 했을 때 대위는 제정신이 아니었어요. 정신을 차렸을 때 말을 바꿀 수도 있는 거잖아요. 아직은 절망하지 마요, 포기하면 안 돼요."

"아닙니다요, 저놈 말이 맞을 겝니다. 그런 일을 오래 참기에 루시는 너무 자존심이 강하거든요. 자결하는 게 루시답죠. 다른 길이 없으면 그렇게 하라고 저도 말했었고요. 루시는 언제고 제 말을 귀담아듣고 따랐으니 말입니다. 가엾게도! 그건 정말이지 옳은 일이 아닙니다! 아니고말고요, 절대로 옳은 일이 아니에요!"

그 쓰라린 악행, 이중의 상실을 떠올린 그의 아물지 않은 심장이 분노로 끓어오르자, 순간 모든 강인한 남자의 피에 숨어 있는 악마가 튀어나왔다. 로버트는 동생의 목에 손을 올리더니 하얀 얼굴을 바라보면서 이를 악물고 낮게 웅얼거렸다.

"너무 편안하게 보내는 게지. 이렇게 죽는 건 고통스럽지 않으니까. 아직 공평하지 않아. 이놈이 나를 알아봤으면 좋겠는데. 네드 도련님! 밥입니다요. 루시는 어디 있습니까?"

대위의 입술 사이로 길고 희미한 한숨이 흘러나왔다. 파르르 떨리는 눈꺼풀 이외에 그가 여전히 살아 있다는 사실을 증명하는 것은 아무것도 없었다. 형이 아우의 목숨을 손에 쥔 채 한 가닥의 희망과 지독한 증오 사이에서 망설이는 동안 방 안에는 기이한 정적이 감돌았다. 머릿속에 소용돌이치는 여러 가지 생각 중 오직 하나만이 실행에 옮길 수 있을 정도로 명료했다. 어떻게든 살인을 막아야 한다. 하지만 어떻게? 죽어가는 남자, 그리고 미친 남자(잘못된 충동에 완전히 사로잡힌 사람은 그 충동의 지배를 받는 동안 미친 것과 마찬가지니 말이다)와 여기 이렇게 갇혀 있는데 대체 어떻게? 나에게는 힘도, 용기도, 시간도, 전략을 짜낼 기지도 없었다. 너무 늦기 전에 누군가 도움의 손길을 내밀지도 모르지만 그건 요행일 뿐이었다. 하지만 나에게는 한 가지 무기가 있었다—혀, 여자의 가장 강력한 방어술. 두려움보다 강한 연민의 힘이 이 능력을 사용할 수 있도록 격려했다. 내가 무슨 말을 했는지는 오직 하늘만이 알고 있다. 그러나 하늘은 분명 나를 도왔다. 말이 내 입술에서 뜨겁게 타올랐고 두 눈에서는 눈물이 쉼 없이 흘러내렸다. 또한 선량한 천사의 도움으로, 듣는 이의 손을 붙들어 매고 마음을 움직이는 힘을 지닌 특정한 인물의 이름을 입에 올릴 수 있었다. 그 순간 나는 루시가 살아 있다고 진심으로 믿었다. 그리고 나의 진심 어린 믿음은 그에게도 스며들었다.

처음 얼마 동안 그는 야만적인 본능의 지배를 받는 사람의 야비한 표정으로, 가장 고상한 얼굴조차도 저열해 보이게 만드는 표정을 지은 채 내 말을 듣고 있었다. 그는 단지 한 인간일 뿐이었다. 불쌍한, 배우지 못한, 버림받은, 그리고 분노에 찬 한 인간. 그의 인생에 기쁨이란 좀처럼 없었다. 세상은 그에게 명예도, 성공도, 집도, 사랑도 허락하지 않았다. 이런 범죄를 저지른다 한들 망가질 미래가 무엇이랴? 어째서 그가 달콤한, 그러나 통렬한 한 줌의 복수마저 포기해야 한단 말인가? 뉴잉글랜드의 자유와 교양, 기독교 정신을 가진 백인 남자 중 이런 상황에서 로버트처럼 느끼지 않을 이가 몇이나 될 것인가? 인간적인 분노와 보복을 향한 갈망, 희망이랄 수도 없는 가엾은 희망의 폐허 속에 남아 있는 그의 유일한 소망마저 비난받아야 한단 말인가? 대체 누가 그에게 자기통제와 희생이야말로 인간을 만물의 주인으로 만드는, 인간을 신에 더 가까이 갈 수 있게 하는 덕목이라고 가르쳤던가? 그에게 용서의 아름다움을 역설하고 신실한 굴종의 의무를 강변했어야 하는 걸까? 그에게는 종교가 없었다. 그는 신심 깊은 '톰 아저씨'가 아니었다. 노예제도라는 검은 그늘이 그를 둘러싼 온 세상을 암흑으로 만든 다음 신을 세상 밖으로 몰아냈기 때문이다. 재판과 처벌, 법의 힘을 언급하며 그를 겁주기라도 해야 했을까? 신의 것이든 인간의 것이든 그 모든 법이 바로 자신의 집에서 깨져버렸는데 대체 그가 무슨 정의를, 그리고 그 용서 없는 정의를 진정시킬 자비를 알 수 있단 말인가? 아버지에 대한 의무나 형제애에 호소해 그의 마음을 움직여야 했을까? 그러나 같은 감정에 기댔던 그의 호소는 대체 어떤 응답을 받았던가? 그의 아버지와 동생이 그런 효심이나 형제애에 기대어 호소할 수 있을 만한 기억을 무엇 하나라도 그의 마음에 남겨놓았을까? 아니었다. 설사 내가 이중 그 어떤 것을 시도할 만큼 침착한 마음이었다 한들, 이런 종류의 도덕이나 기억에 호소하는 것은 아무런 효과도 거두지 못했을 뿐만 아니라 더 나쁜 결과를 불러왔을 것이 틀림없다. 그리고 나는 그런 생각을 할 정도로 침착하지 못했다. 그러나 이성보다 섬세하고 명민한 직관이 길 잃은 이 영혼, 미로를 헤매다 실족 직전에 이른 이 영혼을 안전하게 인도할 실마리를 내게 건네주었다. 숨이 차 말을 잠시 멈췄을 때 로버트가 나를 돌아보았다. 그러고는 인간으로부터 확신을 얻어 신의 전능함을 믿고자 하는 것처럼 이렇게 물었다.

"제가 네드 도련님을 살려주면 하느님이 저의 루시를 돌려줄 거라고, 정말로 그렇게 믿으십니까요?"

"그럼요. 하느님께서 존재하신다는 걸 믿는 만큼, 그분이 분명히 돌려주실 거라고 믿어요. 이 세상에서든, 흑백도 주인도 노예도 없는 아름다운 다음 세상에서든 말이에요."

로버트는 동생의 목에서 손을 떼더니, 나를 보던 눈을 돌려 창밖의 겨울 하늘을 바라보았다. 행복한 북쪽보다 더 행복한, 축복받은 그 나라를 찾기라도 하는 듯이. 오, 새벽이 오기 전 가장 어두운 시간이었다! 하늘에 별빛 하나 없었고, 하늘 아래에도 그를 그토록 비참하게 만든 동생을 비추는 희미한 램프 불빛 이외에 다른 빛은 없었다. 그는 태양이 있다는 사실을 믿지만 실제로는 보지 못하는 맹인처럼 고개를 가로저으며 두 팔을 힘없이 무릎 위로 떨어뜨리더니, 그보다 훨씬 더 신심이 깊은 사람들이 이보다 덜 암담한 상황에서 했을 법한 질문을 담담한 목소리로 던졌다. "신은 어디 있지요?" 조수潮水의 방향이 바뀌었다는 사실을 알 수 있었다. 나는 소용돌이 안으로 빨려들 뻔했던 이 키 없는 구명보트가 다시 그 속으로 빠져들어가지 못하게 하려고 있는 힘을 다했다.

"로버트, 당신 이야기를 들었으니 이제 내 이야기를 들어봐줘요. 내 마음은 지금 당신에 대한 연민과 당신을 돕고 싶은 바람, 그리고 당신의 미래에 대한 희망뿐이에요. 나는 당신이 이곳을 떠나, 이곳의 유혹과 그 유혹을 떨칠 수 없게 하는 슬픈 기억들에서 벗어났으면 해요. 당신은 벌써 한 번 그 유혹을 극복했어요. 그건 명예로운 일이에요. 전투가 치열할수록 승리는 더욱 영예로운 법이니까요. 하지만 이 사람과 멀리 떨어져 있는 편이 더 안전해요. 제가 돈을 줄게요. 그리고 편지와 함께 당신을 매사추세츠 주로 보내줄게요. 자유인으로, 그래요, 행복한 사람으로 새로운 인생을 시작할 수 있도록요. 그리고 대위가 정신을 차리면 루시가 어디 있는지 알아낸 다음 하늘과 땅을 다 뒤져서라도 그녀를 찾아 당신에게 보내줄게요. 로버트, 내가 말한 대로 할 수 있나요?"

천천히, 정말 천천히 대답이 나왔다. 일주일간의 다짐, 어쩌면 일 년간 품어온 다짐을 한순간에 물리치기란 쉬운 일이 아닌 것이다.

"네, 그렇게 할게요."

"다행이에요! 이제 내가 아는 그 로버트로 돌아왔군요. 당신을 위해 할 수 있는 일은 뭐든 다 할게요. 가엾은 사람, 이제 좀 자도록 해요. 그 일은 잊어버리고요. 대위는 살아 있고, 당신은 죄를 저지르지 않았어요. 아니, 그쪽은 보지 말아요. 내가 살필게요. 루시를 생각해서 부디 이리 와요, 로버트."

불멸의 사랑에 축복 있기를! 다른 모든 구원의 수단이 실패했을 때 결정적인 사랑의 불길이 이 남자의 강철 같은 의지를 여자의 손으로도 굽힐 수 있을 만큼 부드럽게 만들어주었으니 말이다. 그는 선선히 열쇠를 내주었고, 지금 내가 그에게 줄 수 있는 최고의 치유제인 고독으로 그를 인도하기 위해 부드럽게 잡아끄는 내 손길에 선선히 몸을 맡겼다. 일단 자신의 작은 방에 들어가자 그는 일생에서 가장 치열했던 갈등으로 소진된 사람처럼 침대 위로 쓰러져 누웠다. 나는 그의 방문 걸쇠를 가만히 내리고 내 방문을 연 다음, 창문을 활짝 열어 숨을 들이쉬며 정신을 가다듬었다. 그런 다음 프랭크 박사에게 곧바로 달려갔다. 의사가 올라왔고 우리는 새벽까지 함께 일했다. 한 형제의 목숨을 살리고 다른 한 형제의 자유를 확보할 수 있는 최선의 방법을 마음을 다해 고민하면서. 행복한 집들만을 비추겠다는 듯이 해가 환하게 떠오르자 의사가 로버트를 보러 갔다. 한 시간쯤 그들의 목소리가 낮게 오갔다. 한동안 몹시 흐느끼는 소리가 들렸고, 숙연한 목소리로 그 울음을 달래는 소리도 잠깐 들렸다. 이 선량한 의사는 조용히 그의 몸뿐만 아니라 마음까지 치료하고 있는 듯했다. 병동을 나설 때는 로버트도 함께였다. 방을 나가기 전 잠깐 멈춰선 의사는 가능한 한 빨리 그를 보내야겠다고, 그래도 떠나기 전에 한 번 더 만날 수 있을 것이라고 말해주었다.

두 사람의 모습은 온종일 보이지 않았다. 대위를 치료할 다른 군의관과 로버트의 빈자리를 메울 보조 간병인이 올라왔다. 쉬고 싶었지만 가엾은 루시에 대한 생각으로 마음이 아파 그럴 수 없었던 나는 일하는 자리로 되돌아왔다. 나의 콘트라밴드가 너무 급히 다른 곳으로 보내지지 않았기를 애타게 바라면서. 밤이 막 시작될 무렵 문을 두드리는 소리가 들렸다. 문을 열자 말 그대로 "의관을 단정히 갖춰 입고 제정신이 돌아온"* 로버트가 서 있었다. 프랭크 박사가 누더기가 된 그의 원래 옷 대신 말쑥한 의복을 찾아 입혔던 것이다. 더 깊어진 이마의 주름과 뉘우치는 아이 같은 온순한 표정을 제외하면 폭풍 같던 지난밤을 상기시킬 만한 흔적은 아무것도 남아 있지 않았다. 그는 문턱을 넘지 않았고 나에게 손을 내밀지도 않았다. 단지 모자를 벗으면서 여전히 흔들리는 목소리로 이렇게 말했을 뿐이다.

"안녕히 계십쇼, 아씨. 저는 떠납니다요."

나는 두 손을 내밀어 그의 손을 꽉 잡았다.

"잘 가요, 로버트! 희망을 잃지 마요. 내가 매사추세츠 주에 있는 집으로 돌아가면, 그땐 여기보다 더 행복한 곳에서 만나기로 해요. 준비가 다 된 건가요, 여행할 만큼 안정을 찾은 거예요?"

"네, 아씨. 그럼요. 박사님께서 모든 것을 다 준비해주셨습지요! 박사님 친구분과 함께 갑니다요. 서류들도 다 준비됐고, 더 바랄 것이 없을 만큼 완벽합니다요, 딱 하나만 빼면……"

그는 말을 멈추었다. 그러고 나서 방 안을 한번 힐끗 쳐다보더니 말을 이었다.

"그 일을 하지 않아서 다행이에요. 고맙습니다요, 절 막아주셔서. 진심으로 감사드립니다요. 저놈을 증오하는 제 마음에는 변함

* 신약성경 「마가복음」 5장 15절에서 따온 것이다.

이 없지만 말입지요."

당연한 일이었다. 나 역시 그랬으니까. 불완전한 우리의 마음이 하룻밤 사이에 완벽해질 수는 없는 일이다. 무르익어 성스러운 추수의 순간을 맞게 될 때까지 서리와 불, 바람과 비를 겪어야 하는 것이다. 그의 마음을 다른 데로 돌리고자 나는 얼마 안 되는 돈을 그의 손에 쥐여주었다. 그리고 한 권의 작은 책이 지닌 마법을 떠올리며 내 성경책을 그에게 주었다. 검은 표지에는 성모마리아와 이 책에 기록된 위대한 전 생애의 주인공인 아기 예수가 하얗게 빛나고 있었다. 로버트는 감사의 말을 낮게 중얼거리며 돈을 주머니에 넣었다. 그리고 책 표지를 한동안 응시하더니 떨리는 목소리로 이렇게 말하며 책을 가슴께로 가져갔다.

"제 아기를 전, 한 번도 보지 못했습지요."

그 순간 나는 그만 무너지고 말았다. 눈앞이 너무 흐려져 아무것도 보이지 않았지만 손에 닿는 입술을 느꼈고, 떠나가는 발소리를 들었으며, 나의 콘트라밴드가 떠났음을 알 수 있었다.

누군가에게 맹렬한 적개심을 느낄 때는 그 대상에 대해 가능한 한 적게 말할수록 좋은 법이다. 그러므로 나는 그저 대위가 살아남았고 적당한 때 교환되었다는 사실만을, 그리고 상대가 누구였든 정부가 그 교환을 우리에게 최대한 유리하게 활용했으리라고 믿어 의심치 않는다는 사실만을 기록해두고자 한다. 그러나 이런 일들이 진행되기 한참 전 나는 로버트에게 한 약속을 실행에 옮겼다. 환자가 신뢰할 만한 대답을 할 만큼 제정신을 찾았을 때 나는 긴 설명 없이 다짜고짜 물었다.

"페어팩스 대위, 루시는 어디 있지요?"

화를 내거나 놀라거나 거짓말을 하기에는 너무 쇠약했던 그는 곧바로 털어놓았다.

"죽었습니다, 데인 양."

"당신이 밥을 팔아넘긴 후 자결을 한 건가요?"

"제기랄, 대체 그걸 어떻게 아는 거요?" 반쯤 놀라고 반쯤 뉘우치는 표정으로 그가 중얼거렸다. 그러나 충분히 답을 얻은 나는 더는 아무 대꾸도 하지 않았다.

물론 나는 이 사실을 로버트에게 알렸다. 저기 멀리, 외로운 집에서 루시에 대한 희망을 포기하지 않고 일하며 기다리던 그에게. 그 말을 전하는 내 가슴도 찢어질 것 같았다. 하지만 미루는 것은 나약함에 불과했고 거짓은 부정한 짓이었으므로, 나는 그 모진 소식을 그에게 보냈다. 그는 매우 빨리 답장을 보내왔다. 단 넉 줄짜리였지만, 그의 삶을 지탱하던 힘이 사라져버렸다는 사실을 느낄 수 있었다.

"다시는 보지 못할 거라고 말씀드렸잖아요. 루시가 더는 시달리지 않아도 된다니 마음이 놓이네요. 고맙습니다요, 아씨. 군에서 저를 받아주기만 한다면 죽을 때까지 아씨를 위해 싸울 겁니다요. 그날이 멀지 않았으면 좋겠네요."

여섯 달 후 그의 소원은 이루어졌고, 그는 약속을 지켰다.

와그너 요새 공격에 대한 이야기를 모르는 사람은 없다.* 하지

---

* 남북전쟁중인 1863년, 최초의 흑인 보병연대인 매사추세츠 제54연대가 찰스턴의 와그너 요새를 공격했다. 제54연대는 전 병력의 40퍼센트가량을 잃으며 패배했다. 제54연대 창립에 주요한 역할을 했던 인물이 매사추세츠 주지사 존 앤드루다.

만 우리의 제54연대—사흘 내내 잠도 못 자고 온종일 먹지도 못하고 7월의 땡볕 속 행군으로 기력이 소진된 상태에서도, 어둠이 내리자 용감한 그들의 지휘관들을 따라 비처럼 쏟아지는 폭탄들과 총알들을 뚫고 요새를 공격해 온갖 방식의 죽음을 맞이한 그들의 이야기는 아무리 여러 번 상기한다 해도 지나치지 않는다. '하느님과 주지사 앤드루'를 위해 그들이 얼마나 용감히 싸웠는지, 칠백 명의 건장한 군인들로 이루어진 연대가 생포되고 죽고 부상을 당한 끝에 어떻게 절반 정도밖에 남지 않았는지, 먼 옛날 추장을 묻던 풍습처럼 그들이 어떻게 자신들의 젊은 지휘관과 죽는 순간까지 그에게 충직했던 보좌관을 묻고 떠나와야 했는지를 말이다. 이날의 수모는 분명 훗날 명예로 바뀌었다. 그리고 그 넓은 무덤을 성스럽게 만드는 그들의 영웅적 행위 이외에 다른 기념비는 우리에게 필요하지 않았다. 그들과 가장 가까웠던 이들은 흘러내리는 눈물 사이로 틀림없이 일견 패배처럼 보이는 그 전투 뒤의 고귀한 승리를 볼 수 있을 것이다. 그리고 죽음이 그들을 불렀을 때, 그 부름에 이 충직한 영혼이 "주님, 제가 여기에, 주님께서 보내주신 형제들과 함께 있습니다!"라고 대답했을 때, 분명 신의 은총이 그들에게 내렸으리라.

후대 사람들은 그 전투가 얼마나 위대한 것이었는지 반드시 알려야 한다. 비록 전투에서 와그너 요새를 무너뜨리지는 못했지만, 그 전투 덕에 흑인에 대한 대중의 편견이 잦아들었다. 그 칠흑 같던 밤의 대포 연기 사이로, 검은 피부 군인들의 용맹이 그동안 보려고 하지 않았던 많은 사람의 눈앞에서 눈부시게 빛났으며, 들으려고 하지 않던 숱한 귀에 울려퍼졌고, 믿으려고 하지 않던 많은 사람의 마음을 움직였기 때문이다.

우리 손이 필요하다는 소식이 들렸을 때, 내가 새로 맡고 있던 콘트라밴드 가르치는 일을 그만두고 검은 피부의 내 학생들이 그토록 자랑스럽게 "우리 장병들"이라고 부르는 제54연대의 부상병을 간호하기 위해 떠나는 것을 나만큼 기뻐한 사람은 아무도 없었다. 큰 앞치마를 두르고 소맷단을 접어올리면서 나는 대통령 접견을 위해 옷을 차려입는 것보다 더 뿌듯한 마음으로 보퍼트에 있는 십 번 병원에서 근무를 시작했다. 매우 익숙한 장면이었지만 한편으로 낯설기도 했다. 마룻바닥을 따라 빽빽하게 놓인 침상에서 온통 검은 얼굴들이 나를 올려다보고 있었기 때문이다. 명랑하게 서로를 부르는 느리고 부드러운 목소리들 사이에서, 또 내 질문에 낮고 단호한 목소리로 "마지막 한 명의 남군까지 죄다 죽기 전까지 저희는 절대 포기하지 않을 겁니다요" 내지 "우리 동족을 자유롭게 할 수만 있다면 기꺼이 죽을 수 있습죠"라고 대답하는 그들의 목소리 사이에서, 나는 양키 청년들의 날카로운 억양을 그리워했다.

나는 내 두 손으로 적어도 세 명 몫을 해낼 수 있기를 바라면서 하나하나 침대를 옮겨가며 길게 줄지어 누워 있는 검은 영웅들을 차례로 씻기고 먹이고 붕대를 감아주었다. 그리고 마침내 마지막 침대에 도착했을 때, 그곳에 누워 있는 나의 콘트라밴드를 발견했다. 너무도 나이들고 지치고 죽은 사람처럼 쇠약해져 있었기 때문에 뺨의 깊은 흉터가 아니었다면 그를 도저히 알아 보지 못했을 것이다. 하지만 흉터가 있는 쪽을 위로 하고 누워 있었기 때문에 나는 단번에 그를 알아보았다. 그러나 그때까지도 의심을 버리지 못했다. 그는 그 정도로 달라져 있었던 것이다. 그의 머리 위에 있는 명찰로 시선을 돌리자 "로버트 데인"이라는 이름이 보였다. 그 이름은 내게 확신을 주었으며 동시에 나를 감동시켰다. 그에게 성이 없다는 사실을 기억한 나는 그가 내 성을 자기 성으로 썼다는 사실을 깨달았기 때문이다. 그가 나에게 말을 걸어오기를, 오랫동안 못 본 사이 어떻게 지냈는지 들려주기를, 그가 나를 위해 해주었던 많은 봉사에 대한 답으로 이제 내가 그를 위해 작은 일이나마 할 수 있게 해주기를 간절히 바랐지만, 그는 잠이 든 것 같았다. 기이했던 그 밤의 기억을 다시 한번 떠올리며 그렇게 서 있을 때, 그의 곁에 앉아서 낡은 부채로 양편에 있는 침대에 부드럽게 부채질을 해주고 있던 명랑한 소년이 고개를 들더니 말했다.

"이이를 아시나 보네요."

"네, 그래요. 당신도 아나요?"

"누구보다도 더 잘 알았죠."

"왜 '알았다'라고 하는 거죠, 벌써 죽기라도 한 것처럼 말이에요?"

"죽을 거라는 걸 아니까요. 가슴을 세게 찔려서 내출혈이 있다고, 의사 선생님께서 그러셨거든요. 더이상 고통은 없다고, 그냥 조금씩 계속 약해지는 거라고 하셨어요. 한참 부채질을 해줬어요, 말도 조금 하고 그랬는데. 이제 저를 알아보지도 못하고, 다 끝난 것 같네요."

소년의 얼굴에 매우 깊은 슬픔과 애정이 어려 있었기에 무엇인가를 떠올린 나는 아까보다 훨씬 더 그에게 관심을 보이며 물었다.

"로버트를 이곳으로 데려온 게 당신인가요? 동료를 구하기 위해 목숨을 걸다시피 한 소년병 이야기를 들었어요."

나는 감히 그 순간 청년의 얼굴이 붉어지는 것을 보았다고 생각한다. 순박한 소년이라면 누구라도 그랬겠지만. 웃는 모습을 볼 수는 없었지만 붕대가 감긴, 넝마가 다 된 자신의 팔 너머로 맞은편에 누워 있는 창백한 동료를 힐끗 쳐다보는 그에게서 자부심이 담긴 웃음소리가 들려왔다. "무슨 그런 말씀을, 아무것도 아니에요. 저희는 언제나 서로 돕는걸요. 그 망할 남군 놈들이 그를 더 괴롭히도록 두고 올 수는 없으니까요. 이이는 전에 노예였어요. 저의 반만큼도 노예처럼 보이지 않지만 말이에요. 하지만 저는 보스턴에서 태어났지요."

두 사람은 정말이지 달랐다. 말을 하던 소년은 스페이드 에이스 카드처럼 새까맸기 때문이다—체구가 건장한 그에게는 잭 카드의 비유가 더 적당할지도 모르겠다. 검은 피부의 자유인은 흰 피부의 노예를 연민으로 가득한, 그러면서도 혼란스러운 표정으로 바라보고 있었다. 단번에 내려쳐 끊거나 인내를 가지고 풀어야 하는 노예제도, 그 얽히고설킨 질문과 대면했을 때 우리 쪽의 가장 현명한 사람들 얼굴에도 자주 떠올랐던 바로 그런 혼란이 가득한 표정이었다.

"이이에 대해 아는 것을 말해줘요. 설사 깨어난다 하더라도 너무 쇠약해서 말을 할 수 없을 테니까요."

"이 연대에 오기 전에는 몰랐던 친구에요. 그리고 사람들도 이 친구에 대해 별로 아는 게 없는 것 같았고요. 당최 말이 없는 사람인데다 남군을 공격하는 것 말고는 달리 아무것도 마음에 없는 것 같더라고요. 누가 그러는데 이 연대가 생겼을 때 첫번째로 자원했다네요. 빨리 출격하고 싶어서 안달복달하는 걸 저도 봤지요. 그러더니 와그너 요새를 공격하자 미친 사람처럼 싸웠어요."

"그가 부상을 당했을 때 함께 있었나요? 어쩌다 다친 거죠?"

"네, 같이 있었어요. 그런데 그게 좀 이상한 것이, 이일 죽인 대위 놈을 아는 것 같더라고요. 대위 놈도 이이를 알고 말이에요. 차마 물어보지는 못했는데, 제 생각에는 그 대위 놈이 이전에 여기 주인이었지 싶어요. 서로 맞섰을 때 대위 놈이 '밥!' 하고 소리치니까 데인이 '네드 도련님!' 하고 외치더라구요. 그러더니 맞붙었지요."

나는 갑자기 주저앉고 말았다. 과거의 분노와 연민이 마음속에서 다시 한번 충돌했기 때문이다. 이야기를 계속 듣고 싶었지만 듣기가 두렵기도 했다.

"대령님이—주님이 제발 대령님을 저희에게 다시 보내주시기를! 실종된 지 이틀이 되긴 했지만, 아시다시피 아직 확실하지는 않으니까 말이죠—'돌격, 제54연대 돌격!'이라고 외치자 데인은 마치 혼자서 요새를 손에 넣기라도 할 것처럼 무리의 맨 앞에서 달려나갔어요. 제가 그 옆을 따랐지요. 수로를 넘고 성벽을 올라가는 내내 바짝 붙어 있었답니다. 세상에! 얼마나 서둘러 올라가던지요!" 그러더니 그 격정의 순간을 떠올리는 것만으로는 흥분을 억누를 수 없는 듯 소년이 소리를 지르며 다치지 않은 쪽 팔을 들어올렸다.

"두려웠나요?" 나는 여자들이 흔히 묻는, 그리고 언제나 같은 대답을 듣는 질문을 던졌다.

"전혀요, 아씨!" 그는 아씨라는 말에 힘을 주며 말했다. "우리를 생포하면 머리 가죽을 벗기고 채찍질을 하고 귀를 잘라가는 그 망할 남군 놈들 말고는 아무 생각도 하지 않은걸요. 적어도 한 놈이라도 제정신을 차리게 혼쭐을 내줄 참이었어요. 그리고 실제로 그렇게 하기도 했고요. 그놈, 고마운 줄이나 알아야 할 텐데 말입니다!"

"정말 장한 일이에요. 자, 이제 다시 로버트 이야기를 해줘요. 난 일을 시작해야 하니까요."

"데인은 가장 먼저 올라간 무리에 있었어요. 제가 바로 그뒤를 따랐고요. 모든 게 잠깐 사이에 일어난 일이었지만 어떻게 된 건지 기억하고 있답니다. 혼이 나간 사람처럼 소리를 지르며 구르긴 했지만 말이에요. 저희가 서 있던 바로 그곳에서 장교처럼 보이는 인간 하나가 검을 흔들면서 부하들을 부추기고 있더라고요. 섬광이 번쩍일 때 그놈을 본 데인은 총을 집어던지더니, 그놈이 제프, 보르가드, 리*가 합쳐진 사람이기나 한 것처럼 펄쩍 뛰어올라 그놈에게 달려가더라고요. 할 수 있는 한 빨리 몸을 일으켜 쫓아갔지만 제가 올라갔을 땐 벌써 검이 데인의 몸을 꿰뚫은 후였고 데인은 수로 위로 떨어지고 있었어요. 그다음엔 어떻게 했는지 물으셔도 드릴 말씀이 없어요. 저도 제가 뭘 어떻게 한 건지 모르겠으니까요. 기억나는 거라고는 그 남군 놈을 죽은 모세처럼 요새에 나뒹굴게 내동댕이친 다음 데인을 들쳐 업고 빠져나왔다는 것뿐이에요. 불쌍한 친구! 저희끼리 전쟁에는 죽거나 살려고 나가는 거라고 노상 말하는데, 데인은 늘 죽으려고 왔다고 말했지요. 그리고 이제 원을 이뤘네요."

나는 이야기를 듣는 내내 이 흥분한 화자를 쳐다보고 있었다. 그러나 그가 안타까운 목소리로 마지막 몇 마디를 덧붙일 때 침대

* 남북전쟁중 남측 대통령, 장군, 지휘관.

로 고개를 다시 돌렸고 로버트의 두 눈과 마주쳤다. 우수 어린 그의 눈동자는 종종 다른 모든 기관이 정지한 뒤에도 유지되는 그 초자연적인 능력에 힘입어, 그가 이야기를 듣고 사실들을 기억해내고 반추했다는 사실을 여지없이 드러내고 있었다. 그는 나를 알아보았지만 아무런 인사도 하지 않았다. 여자의 얼굴을 보게 된 것을 기뻐했지만 환영의 미소도 짓지 않았다. 자신이 죽어가고 있다는 사실을 알았지만 작별의 말을 내뱉지도 않았다. 서성이거나 되돌아오기에 그는 이미 너무 멀리, 강 저편에 가 있었다. 마지막 생각과 힘, 숨을 모두 다해 그는 감사의 시선을 한번 던졌다. 그리고 그가 느낄 수 있는 마지막 고통에 몸을 맡기며 최후의 한마디를 힘겹게 웅얼거렸다. 그의 입술이 움직였다. 나는 그의 입술 가까이 몸을 구부렸다. 띄엄띄엄 단어들을 만들어내는 그의 속삭임에 내 볼이 서늘해졌다.

"약속 지켰어요—이 편이 차라리 좋은데요—저는 만족해요."

아! 과연 그러했을 것이다. 그늘지기만 했던 삶에서 얼굴을 돌리자, 아름다운 것들로 채워진 다가올 생의 햇살이 그의 얼굴을 어루만졌으며, 마지막 숨을 거두는 그 순간 나의 콘트라밴드는 아내와 집, 영원한 자유와 신을 찾았기 때문이다.

한 시간

An Hour

시계가 열한시를 쳤다.

"다시 한번 보렴, 개브리엘. 집 쪽으로 오는 불빛이 안 보이니?"

"전혀요, 어머니. 오히려 점점 더 어두워지고 있는걸요."

"삼십 분이면 육지에 도착해서 퍼스 박사를 찾고도 남을 시간인데."

"그럼요, 충분하죠. 도착해보니 의사가 없어서 기다리고 있는 걸 거예요."

"내 말을 전하고 곧바로 돌아오라고 일렀건만. 한시가 급한데, 대체 어쩌면 좋겠니?"

"기다릴 수밖에 없죠."

이 달갑지 않은 조언에 되돌아온 것은 짜증스러운 한숨뿐이었고, 방 안의 초조한 간병인들 위로 다시 침묵이 내려앉았다. 조금 전의 그 청년은 움푹 들어간 창에 내내 몸을 기댄 채, 요동치는 생각의 물길이 인도하는 대로 자신을 맡기고 바다로 흘러들어가는 거대한 강물 소리에 귀를 기울이면서, 어둑하게 내려앉은 밤을 바라보았다. 상상력이 풍부한 그는 이 밤과 자신의 심정 사이의 유쾌하지 않은 유사성을 발견했다. 육신의 눈으로도 마음의 눈으로도 자신 앞에 무엇이 있는지를 볼 수 없다는 점, 지금 하늘을 잔뜩 내려앉히고 땅을 짓누르는 태풍만큼 예언적이고 초조한 한 시간이 자신의 인생 앞에 던져졌다는 점에서 그랬다.

시시각각 아버지를 죽음의 평화로 인도하는 시간은 아들을 삶의 근심으로 조금씩 더 가까이 끌어가고 있었다. 그리고 그를 기다리는 삶의 암울한 전망이 지금 이 청년을 짓눌러왔다. 북부 출신 어머니의 아들로 태어나 죽어가는 어머니의 소원에 따라 북부에서 자라난 그는, 늙은 아버지의 자리를 대신하라는 집의 부름을 받고 돌아와 노예제도의 저주를 안고 있는 영지를 물려받아 관리하게 되었다. 혼자뿐이었다면 일은 어렵지 않을 터였다. 강직한 본성에 열정적인 기질을 지닌 그는 양심을 따르는 데서 오는 희생에서 씁쓸함보다는 달콤함을 느꼈을 것이며, 관대하게 실행에 옮긴 정당한 처사에서 고통보다는 자부심을 느꼈을 것이다. 하지만 새어머니와 그 딸들은 이제 그를 의지하고 있었다. 아버지는 그들을 위한 대책을 따로 마련해두지 못한 상태에서 갑자기 쓰러졌던 것이다. 오랫동안 어떤 정도 없던 이곳으로 돌아온 아들은 자신의 어깨에 이중의 짐이 놓여 있음을 깨달았다. 고생이라고는 모르고 살아온 세 명의 여성을 가난으로 몰아넣는 것은 사람들 눈에 불합리하고 잔인한 짓으로 비칠 것이다. 그러나 그에게는 이 일은 몹시 곤란할지언정 정당한 일이었다. 인간의 피와 눈물 위에 세워진 부富

보다는 가난이 훨씬 덜 끔찍했기 때문이다. 그는 가문을 위해 자신을 바치겠다는 개인적 욕망이나 열망을 모두 물리치기로 결심했다. 그러나 가족의 비난과 조롱을 단호하게 견뎌낸 그도, 그들이 임종의 시간에 직면해 눈물과 기도로 애원하자 마음이 흔들렸다. 동정심 앞에 원칙이 무너질 위협에 직면했다. 개브리엘은 공명정대한 만큼 부드러운 심성을 지니고 있었기 때문이다. 답답한 미결 상태와 내면의 갈등이 뒤엉킨 채 사흘이 흘렀다. 죽음이 이제 막 한 사람의 생 위에 인장을 찍으려 하는 지금, 이 미결의 상태가 또 다른 한 사람의 인생—윤리적 의무와 인간적 인정 사이에서 여전히 갈등하고 있는 개브리엘을 위협하는 듯했다. 그는 속으로 부르짖었다. '주님, 도와주세요! 무엇이 올바른 일인지는 알지만 그 일을 해낼 힘이 저에게는 없습니다. 저를 위해 주님께서 결정을 내려주세요.'

그의 기도는 이루어졌다—갑자기, 완벽하게, 그리고 영원히!

그는 벨소리에 우울한 상념에서 깨어났다. 하지만 반쯤 드리워진 커튼 그늘 안을 떠나지 않고 그 자리에 앉은 채 눈앞의 일들을 지켜보고 있었다. 자신이 요청한 신의 개입을 해석하고 받아들이기 위해—그것이 어떤 모습을 하고 나타나든 말이다—, 영혼과 감각이 바짝 깨어 있는 사람처럼 상황을 예의주시하면서.

벨이 울리고 누군가가 들어왔다. 경멸받는 인종의 피가 흐르는 하녀에 불과하지만 그녀가 우울한 방 안으로 들어서자 온기와 생명력, 빛이 함께 들어오는 것만 같았다. 자신이 모시는 두 아씨보다 더 아름다운 그녀는 마치 두 송이의 창백한 이국식물 옆에 핀 열대의 화려한 꽃처럼 보였다. 그녀는 자신의 이런 아름다움에 결코 무심하지 않았다. 무심할 수도 없었다. 기품 있는 얼굴과 슬픈 자부심 어린 눈동자로 수수한 드레스가 오히려 자신의 아름다움을 더욱 돋보이게 함으로써, 그녀는 자신이 스스로의 아름다움을 알고 있다는 사실을 드러내고 있었다. 마치 여성으로서의 모든 권리를 부정당한 노예일지언정, 자신보다 행복한 여자들에게 없는 그 한 가지 재산만은 결코 포기하지 않고 간직하겠다고 결심이라도 한 것처럼. 소리 없이 방으로 들어온 그녀는 날카로운 시선으로 방 안을 살펴보았다. 베개 위에 놓인 잿빛 머리카락의 창백한 얼굴, 침대 옆에 지친 듯 앉아 있는 안주인, 울고 간병하느라 지친 나머지 소파 양쪽 끝에 각각 기대어 반쯤 잠이 든 젊은 두 아씨, 멀리 테이블 위의 권총집 옆에 놓인 남자 장갑 한 짝이 그녀의 시야에 들어왔다. 그런 다음 그녀는 시선을 내리깔았다. 얼굴에서 모든 표정이 사라졌다. 방 안에 들어올 때 보였던 그 생명력 넘치던 모습이 기이하게도 사라졌다. 그녀는 온순한 태도로 안주인 앞에 가서 섰다.

"밀리, 앨릭에게 내 말을 정확히 전달한 게 맞아?" 숨길 수 없는 미움을 드러내며 버틀러 부인이 다그쳐 물었다.

"네, 마님. 토씨 하나 빼놓지 않고 그대로 전달했는데요."

낯선 사람이 이 말을 들었다면 그녀의 어조에서 마음을 움직이고 아프게 하는 그 무엇을 즉시 감지할 수 있었을 것이다. 모든 것을 참아야만 하는 인고의 세월이 그녀의 목소리를 구슬프게 만들었으며, 그녀의 영혼은 그 짧은 대답에 입 밖으로 나오는 모든 단어를 항거의 외침으로 들리게 만드는 무게를 부여했기 때문이다.

"나간 지 거의 한 시간이 지났잖아. 더는 못 기다리겠다. 곧장 앤디에게 가서 앨릭이 왜 안 오고 있는 건지 알아보라고 해."

"앤디는 선착장에 내려가 있어요. 태풍이 오기 전에 배들을 살펴야 해서요."

"그건 토니한테 맡기고, 앤디는 바로 출발하라고 해."

"토니는 지난번 채찍질 때문에 상처가 너무 깊어서 움직일 수가 없는데요."

"아유, 지겨워! 관리인 닐은 어디 있지?"

"아프다네요, 마님."

"아프다고! 두 시간 전에 봤을 때는 아무렇지도 않았는데."

"갑자기 병이 났나봐요. 아침까지는 괜찮아질 거예요."

그때 희미한 비명이 저 멀리 바람결에 들려왔다. 대답을 하던 밀리의 입술이 살짝 움직였다. 그녀가 얼른 바로 하지 않았다면 조롱하는 미소처럼 보일 수도 있는 모양이었다. 그 소리는 압도적인 공포 내지 고통에 사로잡힌 비명이었을 뿐 아니라 불길한 느낌으로 가득차 있기도 해서, 고통스러운 신음에 무감각한 버틀러 부인조차 자신도 모르게 물었다.

"저게 무슨 소리지?"

"걱정 마세요. 레이첼이 아이를 찾느라 그러는 거예요. 주인어른께서 쓰러지시기 전 마지막으로 하신 일이 그애를 파신 거거든요. 그후로 저렇게 미쳐버렸답니다." 밀리가 이상하게 숨을 몰아쉬고 곁눈질을 하면서 대답했다.

"어리석은 것! 일단 지금은 그냥 두지. 그럼 누구를 퍼스 박사에게 보낼 수 있는지 좀 말해봐."

"집에는 지금 눈먼 샌드라와 저밖에 없어요."

"그게 무슨 소리야? 누가 집을 떠나도 된다고 허락한 거지?"

"제가요."

아름다운 외모 덕에 노예로서의 가치를 높여줄 여러 특권을 누린 밀리의 말투에는 한두 군데를 제외하면 흑인의 말투가 전혀 배어 있지 않았다. 그렇긴 해도 지금까지 그녀는 잘 훈련받은 온순한 하인의 말투로 이야기했다. 하지만 마지막 두 마디를 내뱉는 그녀의 높아진 목소리에는 버틀러 부인의 신경을 거스르는, 그래서 하녀를 향해 날카로운 시선을 던지게 하는 갑작스러운 변화가 있었다. 그 짧은 취조의 시선을 받는 동안 밀리는 안주인 앞에 미동 없이 순하게 서 있었다. 안주인은 시선을 돌린 그녀의 눈동자에서 증오와 승리가 뒤엉켜 불타고 있는 것을 발견하지 못했고, 옆으로 내린 손으로 주먹을 움켜쥐고 있는 것도 보지 못했으며, 이 아름다운 하녀의 마음속에 그 어떤 검고 쓰라린 기억의 파도가 꿈틀거리며 밀려들고 있는지도 눈치채지 못했다.

"내 허락도 받지 않고 감히 하인들을 내보냈다는 거야?" 버틀러 부인이 화가 난 목소리로, 또 상대방의 화를 돋우는 목소리로 소리쳤다.

"개브리엘 도련님이 주인어른을 위해 아주 집을 아주 조용하게 해야 한다고 하셨어요. 주의를 줘도 하인들이 조심을 하지 않아서 숙소로 보냈지요."

"네가 내 아들만 믿고 주제넘게 굴면서 허락 없이 일을 처리한 게 처음은 아니지. 오냐오냐해서 버르장머리가 아주 나빠졌단 말이야. 곧 정신을 차리게 해줄 게야."

"네, 마님. 그렇게 되겠지요." 그녀가 낮은 목소리로 덧붙일 때,

자제력을 잃고 충동적인 말을 내뱉지 않기 위해서 애를 쓰는 것처럼 단단히 앙다문 그녀의 하얀 이가 번득거렸다. 하지만 안주인은 온통 사로잡혀 있는 단 하나의 근심 때문에 이런 작은 신호들을 읽어내지 못했다. 그저 반쯤은 혼잣말로 그리고 반쯤은 주위를 향해 이렇게 물을 뿐이었다.

"어쩌면 좋지? 밤은 깊어가고 어른께는 도움이 필요한데, 앨릭은 내 명령을 아예 못 받았거나 잊은 것이 틀림없으니."

처음으로 밀리의 얼굴에 불안의 빛이 선명히 떠올랐다. 이어진 밀리의 제안에는 마님의 근심에 대한 호응과 복종보다는 자신의 뜻을 관철하려는 열의가 더 분명히 느껴졌다.

"개브리엘 도련님이 가시면 어떨까요. 그러면 무작정 기다리지 않아도 되고, 일이 어떻게 된 건지 분명히 알 수 있을 텐데요. 마님께서 제가 명령을 제대로 전달한 건지 불안해하시니까요."

"그건 안 돼. 그애 아버지가 정신이 들어 그애를 찾을 수도 있고, 내가 혼자 있을 수는 없으니까. 심부름을 하는 건 그애가 할 일이 아닐 뿐더러, 네가 제안할 일도 아니야. 이런! 주인어른 머리를 들어드리고 손을 문질러드려라. 주님의 가호가 함께하기를!"

침대에서 낮은 신음이 들려오자 버틀러 부인의 짜증은 순식간에 걱정으로 바뀌었다. 그녀는 다른 걸 다 잊은 채 남편이 누워 있는 침대 위로 몸을 구부렸다. 그때 주인나리와 안주인을 내려다보는 밀리의 얼굴에 번득이는 그 기이한 미소하며 눈동자에 반짝 타오르는 검은 불길이라니! 주인 내외의 슬픔과 막막함은 그녀의 마음속에 일말의 연민이나 동정도 불러일으키지 않았다. 그런 표정으로 서 있었던 것은 아주 잠깐뿐이어서 졸음에 겨운 아씨들은 밀리의 얼굴에 떠오른 표정을 전혀 눈치채지 못했지만, 보이지 않는 곳에 서 있던 개브리엘은 그것을 놓치지 않았다. 그는 분명 그것을 보았다. 하지만 그 의미가 무엇인지 미처 가늠하기도 전에 표정은 사라지고 말았다. 그의 어머니가 다시 고개를 들었을 때, 머리를 숙인 채 핏기 없는 손을 열심히 문지르는 밀리의 아름다운 얼굴에는 특이한 그 무엇도 없었다. 따뜻한 손바닥 감촉의 그 무엇이 노인에게 순간적인 기억 내지 기운을 불어넣은 것만 같았다. 희미해지는 의식 속을 허우적거리며 그가 마지막 정신을 모아 띄엄띄엄 끊어지는 말로 이렇게 중얼거렸던 것이다.

"이애에게 자유를 주겠다고 약속했는데—그렇게 해주마. 조금만 기다려라, 밀리. 내가 나을 때까지 기다리렴."

"네, 주인어른, 기다릴 수 있어요." 하녀는 초조한 시선으로 시계 쪽을 보았다.

노인은 그녀의 대답을 듣지 못했고, 두서없이 중얼거리며 전보다 더 깊은 의식불명 상태로 빠지는 것처럼 보였다. 그가 죽어가고 있다고 생각한 그의 아내는 무기력한 절망 속에서 발작적으로 양손을 움켜쥐고 울부짖었다.

"밖을 좀 내다봐라, 밀리. 창밖을 한번 봐! 오는 사람이 아무도 없으면 하인들 숙소로 달려가서 처음 마주치는 애를 누구든 의사 선생에게 보내."

밀리는 생각에 잠긴 표정으로 창문을 향해 걸어갔다. 그러나 반쯤 가다 말고 멈춰서서 조금 전의 불안을 반짝 드러내며 "개브리엘 도련님은 어디 계시죠? 도련님을 불러야 하지 않을까요?"라고 물었다.

"금방 여기 있었는데, 틀림없이 선착장에 가 있을 게다. 나가면서 그애도 부르도록 해."

갑작스러운 열의를 보이며 창문 쪽으로 미끄러지듯 걸어가던 밀리는 마음속에 품고 있던 생각에 너무 골몰한 나머지 깊숙이 접힌 커튼 자락에 반쯤 가려져 있는 이의 어두운 윤곽을 발견하지 못했다. 창틀에 기대어 몸을 바깥으로 쑥 내민 그녀는 온몸의 모든 신경을 날카롭게 곤두세우고 어둠 속을 내다보았다.

"아무도 오지 않아요, 마님." 그녀의 말을 듣고 있던 누군가는, 순간적인 정적 때문에 그 어떤 소리도 평소보다 더 크게 들리긴 했지만 밀리가 불필요하게 목소리를 높인다고 생각했다. 그녀가 말을 마치자마자 불안한 새 울음소리처럼 낮게 지저귀는 소리가 아래쪽에서 들렸다. 같은 소리가 두 번 반복되더니 멈추었고, 정적 속에서 밀리가 주머니에서 조용히 손수건을 재빨리 꺼내 창 아래로 던졌다. 손수건이 잠시 하얗게 펄럭거리더니 시야에서 사라졌다. 그 순간 예민한 귀를 가진 사람이라면 비밀스럽게 멀어지는 발소리를 들을 수 있었을 것이다. 안도의 표정이 떠오르는 것으로 보아 밀리 역시 그 소리를 들은 것이 틀림없었다. 그러나 팔을 창문 안으로 빼는 순간 힘센 손이 그녀의 팔을 움켜쥐자, 그리고 개브리엘의 질문이 들려오자 안도의 표정은 곧 공포로 바뀌었다.

"밀리, 이게 대체 뭘 의미하는 거지?" 그녀는 잠시 그물에 잡힌 야생동물처럼 버둥거렸다. 그러고는 필사적으로 침착함을 되찾으려 애쓰며 숨이 찬 목소리로 소리쳤다.

"개브리엘 도련님, 깜짝 놀랐어요!"

"놀라 마땅하지. 자, 이제 이게 다 무슨 일인지 당장 사실대로 말해봐." 개브리엘은 무섭고 단호하게 말하려고 했지만, 그의 목소리는 그저 심각하고 걱정스럽게만 들렸다.

"무슨 일이라니요?" 아무것도 모른다는 듯 놀란 표정을 지으며 그녀가 대답했다. 그러나 밀리는 개브리엘과 눈을 전혀 마주치지 못했고 그에게 팔을 잡힌 채 내내 떨고 있었다.

"무슨 말인지 알잖아, 신호 말이야. 네가 손수건을 떨어뜨리자 저 밑에서 발소리가 들리고 그다음에는 잔디를 가로질러 누군가가 기어가고."

"도련님, 잠깐 사이에 그걸 다 보고 들으셨다니, 눈과 귀가 정말 날카로우신 모양이에요. 전 실수로 떨어뜨린 제 손수건밖에 보지 못했고, 새가 지저귀는 소리밖에 듣지 못했고, 또 집 주위를 어슬렁거리는 개 한 마리밖에 보지 못했는데 말이에요." 그러나 그녀는 어깨 너머 창밖의 어둠 속으로 불안한 시선을 힐끗 던졌다.

"왜 나한테 거짓말을 하는 거지, 밀리? 네가 방 안으로 들어온 다음부터 쭉 너를 지켜봤어. 오늘밤 넌 평소의 네가 아니야. 뭔가 이상해. 종일 그렇게 느끼긴 했지만, 난 그게 편찮으신 아버지가 걱정돼서라고만 생각했어. 대체 왜 하인들을 모두 숙소로 보낸 거야? 왜 앤디가 내 허락도 받지 않고 배를 살피러 나간 거지? 그리고 넌 대체 왜 이렇게 알 수 없는 태도로 말하고 행동하고 설명할 수 없는 표정을 짓고 있는 거냐고!"

"아무 일도 없다는데도 걱정하면서 나쁜 일을 상상하시는데, 제가 뭘 어쩔 수 있겠어요." 밀리가 태도를 바꾸지 않고 대답했다.

말하고 듣는 동안 개브리엘은 그녀를 면밀하게 관찰했다. 눈에 보이는 모든 것이 무엇인가 잘못되었다는 불길한 예감을 부채질

했다. 그가 잡은 가느다란 손목의 맥이 빠르고 강하게 뛰었다. 그녀의 심장이 요동치듯 뛰었다. 밀리의 입술은 짧고 가쁜 숨을 몰아쉬었으며 그녀의 얼굴은 핏기 없이 창백했고 동요된 두 눈은 그의 시선을 피하고 있었다. 그는 이런 동요의 신호가 일시적인 두려움 때문이 아니라고 확신했다. 노예로 살아온 긴 세월 동안 몸에 익힌 통제력으로도 어쩔 수 없는, 폭발할 듯 강렬한 평소와 다른 흥분이 그녀를 사로잡고 있는 것처럼 보였다. 방금 그가 보고 들은 것들이 그에게 경각심을 불러일으켰다. 무자비한 노예주였던 그의 아버지는 섬을 오직 공포로 다스렸다. 그는 낮고 긴 논을 에워싼 도랑길을 걸을 때마다 금방이라도 불길을 뿜을 듯한 분화구 표면을 걷는 기분이 들었다. 최근에 있었던 여러 가지 사소하지만 불길한 신호가 재앙의 예감과 함께 다시 한번 의미심장하게 마음속에 떠올랐다. 그날 종일 그를 따라다녔던 막연한 불안은 앞으로 닥칠 위험에 대한 본능적인 감지였을지도 모른다. 온갖 두려움이 그의 마음속을 스쳐지나갔다. 그리고 그는 한 가지 결심을 굳혔다. 그의 얼굴에 단호한 빛이 떠올랐고 목소리는 명령조가 되었으며 밀리의 손을 쥐고 있던 손에 단단히 힘이 들어갔다. 그가 물었다.

"밀리, 말해. 그렇지 않으면, 절대 하고 싶지 않은 일이지만 주인으로서 내 힘을 사용하고 싶어질지도 몰라. 뭔가 사악한 일이 진행되고 있다면 알아야겠어. 네가 말하지 않는다면 내가 직접 섬을 수색해 찾아볼 수밖에 없겠지."

개브리엘이 이렇게 말하자, 그제야 밀리는 그를 올려다보았다. 그녀의 얼굴에는 주인인 그에 대한 저항과 남자인 그에 대한 동경이 기이하게 섞여 있었다. 그러나 그의 마지막 말에 그녀의 표정은 공포로 바뀌었다. 그녀는 그를 막기라도 할 것처럼 잡혀 있지 않던 다른 손을 앞으로 내밀었다. 그리고 다시 한번 창밖 어둠을 힐끗 쳐다보며 낮은 목소리로 대답했다.

"여기 계시면 안전해요. 하지만 집을 떠나면 목숨을 잃게 되실 거예요."

"그렇다면 목숨을 걸 수밖에. 맹세하는데, 네가 그 위험이 뭔지 말해주지 않는다면 직접 나가서 무작정 그 위험과 부딪칠 거야."

"아니, 안돼요. 잠깐만요, 전 말할 수 없어요."

"아니, 하게 될 게다. 난 이 집 안주인이야, 그리고 참을 만큼 참았다. 말해, 당장. 아니면 말을 할 때까지 그 돼먹지 못한 버르장머리를 고쳐줄 테니까."

두 사람 사이에 오간 이야기를 모두 들은 버틀러 부인이 다가왔다. 부인은 워낙 권위적이고 신경질적인데다 다혈질이었다. 강제로 진실을 털어내기라도 할 듯 밀리의 어깨를 신경질적으로 흔들며 다그칠 때 버틀러 부인의 기질이 여지없이 드러났다. 부인의 그런 태도와 말투는 마치 화약에 불꽃을 던진 것과 같은 효과를 불러왔다. 부인의 손을 휙 떨쳐내고 자신을 잡고 있던 개브리엘의 손도 풀어낸 다음, 몸을 돌려 그의 어머니를 바라보는 밀리의 눈에 불길이 이글이글 타올랐기 때문이다. 그 시선에 버틀러 부인은 겁을 먹고 몸을 떨며 남편 쪽으로 물러서고 말았다.

"그럼 말을 하지요. 아직 너무 이르긴 하지만 말이에요!" 짧고 날카로운 웃음을 터뜨리며 밀리가 소리쳤다. "때가 되기 전에 말했다고 날 죽일지도 몰라요. 하지만 어쩔 수 없는 일이죠. 바로 다음 순간 죽더라도 난 이 한 시간의 자유를 누려야겠어요. 오늘밤 끔찍한 일이 벌어질 거예요. 그 일이 벌어지게 만든 건 바로 당신들이에요. 우린 이제 못 참아요. 새로 오는 주인이 이전 주인처럼 우리를 괴롭히기 전에 자유를 쟁취할 거예요. 자유를 손에 넣기 전에 피를 좀 보게 될 겁니다. 하인들은 노예 숙소로 간 게 아니에요. 쉰 명이 정미소에서 대기하고 있지요. 자정이 될 때까지 기다렸다가 그동안 당했던 대로 되돌려주기 위해 이리 올 겁니다. 기다리는 동안 관리자 닐부터 손을 봐줬죠. 채찍질하고 살을 지지고 고문을 하면서 말이에요. 다른 것도 더 했을지 모르죠. 지금껏 그곳에서 남자들이, 아니 여자들도 마찬가지지만, 채찍질당하고 불에 타고 고문당했던 그대로요. 아까 들은 비명은 닐이 낸 소리에요. 앨릭은 의사한테 가지 않았어요. 앤디는 우리가 필요할 때까지 기다리며 배를 지키고 있고요. 빅 모스가 집 주위를 돌며 감시하고 있어요. 위험을 알리는 종들은 다 내려버렸고, 집 안의 무기들도 모두 치워버렸어요. 제가 들고 있기 어려운 총들은 아예 망가뜨려버렸고요. 개브리엘 도련님이 섬에 남은 유일한 백인 남자예요. 하느님께서 우리를 저버리시지 않는 한 당신들을 도울 사람은 아무도 없어요. 자, 이제 누가 이 집 안주인이라고 생각하나요?"

승리감에 도취된 밀리는 숨을 가누느라 잠시 말을 멈추었다. 십구 년간 억눌러온 모욕, 분노, 부당한 처사에 대한 기억이 마치 둑을 무너뜨리고 터져나오기라도 하듯—설사 그녀 역시 결국 그 격류에 휩쓸리고 만다 할지라도—그녀의 입술에서 쏟아져나왔기 때문이다. 그녀보다 더 강력한 어떤 영혼이 그녀를 사로잡아 그녀 대신 말하고 있는 것만 같았다. 그들이 받게 될 응징을 생생히 묘사하는 말을 속속 내뱉을 때 공포에 질려 창백해지는 방 안 주인

가족의 얼굴을 한 명 한 명 바라보는 그녀는 아름답고도 무시무시한 격정의 화신처럼 보였다. 자신의 기도에 대한 이 신속하고도 공포스러운 응답에 개브리엘은 넋이 나간 사람처럼 아연해 서 있었다. 딸들은 어머니의 품 안으로 숨었고, 부인은 이제 그가 제공할 수 없는 보호를 찾아 남편에게 매달렸다. 그러자 그가 다른 사람들에게 가했던 고통과 시련의 무게가 이제 그의 발목을 잡아 다시 한번 삶으로 끌어당기기라도 하는 듯, 늙은 주인이 침대에서 몸을 일으켰다. 말을 할 수도 움직일 수도 없었지만 지금 이 순간의 위험은 의식하고 있었다. 거기에 죽음에 대한 두려움까지 더해 그는 두 배로 공포에 질려 있었다. 가족을 위해 영혼을 더럽히는 죄도 서슴지 않았지만 이제 그들을 구하기 위해 할 수 있는 일은 아무것도 없었다. 이제 와 아무리 후회하고 뉘우쳐본들 돌이킬 수 없는, 임박한 파멸의 마지막 순간을 목도하는 그의 입에서 쓰라린 회한의 외침이 흘러나왔다. 그 외침과 함께 노주인의 영혼은 그의 몸을 떠났다. 그런 인간의 영혼조차도 무자비한 정의의 가혹함을 보완하는 한량없는 자비의 가호를 받는다는 사실을 발견하면서.

아내와 딸들은 슬픔 때문에 잠시 두려움을 잊었다. 개브리엘은 눈앞에 닥친 이 위험에 가장 현명히 대처할 방법을 다급하게 찾았고, 밀리는 인간의 복수는 달콤하기보다는 씁쓸한 것이라는 사실을 깨닫는 중이었다. 노예로서 그녀는 그토록 비싼 값을 치르고 손에 넣은 자유에 환호했다. 그러나 한 여자로서 그녀는, 복수를 함으로써 자신이 그간 겪은 고난들이 그 정당성을 잃었으며 안주인과 자신의 위치가 바뀌었다 한들 권력이 자신에게 평화를 가져다주지는 않는다는 사실을 알게 되었다. 그녀는 그 느낌을 분석할 능력이 없었고 자기 자신에게조차 적절히 표현할 수 없었다. 하지만 너무도 선명한 느낌이었기에 밀리는 알 수 없는 그 느낌이 고대해 왔던 기쁨을 망치고 있다는 사실, 그리고 갈망해온 승리의 순간 자신의 양심에서 비롯된 당혹감에 사로잡혀 있다는 사실을 인정하지 않을 수 없었다. 그녀처럼 저주받은 운명을 타고난 여성의 경우 지적일수록 모멸감도 더 크게 느끼게 마련이며, 그 어떤 대가를 치르고라도 자유를 얻고 싶은 갈망도 더 강렬하게 마련이다. 밀리는 언제나 자신에게 주어진 운명에 저항했다. 이 집의 주인 버틀러 씨가 그녀를 사들이기 전까지 다른 노예들과 비교하면 덜 가혹한 대우를 받은 편이기는 했지만. 그러나 이 집에 온 이후 노예제도는 그녀에게도 다른 누구 못지않게 가혹한 것이 되고 말았다. 버틀러 씨는 노예제도가 얼마나 아름다운 모습으로 존재할 수 있는지 아들에게 보여주기 위해, 그래서 아들이 노예제도를 좋아하게 만들기 위해 밀리를 사들였다. 그러나 잠깐씩 집에 와 있는 동안, 개브리엘은 그 어떤 유혹으로도 북부 사람인 그가 지닌 굳건한 정의와 선에 대한 신념을 흔들 수 없음을 이내 아버지에게 확신시켰다. 이 아름다운 여성을 사랑하는 법은 쉽게 배울 수 있을지도 모르지만, 전적인 무력함으로 오히려 가장 남성적인 자신의 덕들에 호소하는 이 노예를 억압하는 법은 결코 배울 수 없음을.

밀리는 두 연인 사이를 갈라놓았던 그 어떤 드넓은 바다보다 그녀의 핏줄에 흐르는 흑인의 피 몇 방울이 자신과 개브리엘 사이를 가망 없이 가르고 있다는 사실을 분명하게 인식했다. 이 냉혹한 사실은 그녀의 세상 모든 것에 어둠을 드리웠다. 삶은 무거운 짐이 되었으며 오직 단 하나의 목적만이 그녀를 지탱해주었다. 자신에게 잘못을 저지른 사람들 앞에서 한 순간의 승리를 만끽한 후 죽어 자유를 쟁취하겠다는 결심, 자애로운 신의 온유한 품에서 불운한 인간적 사랑의 보상을 찾겠다는 결심이 그것이었다. 그녀는 이 한 시간을 위해 자신의 모든 열정과 기운, 인내심을 다해 기도하고 일하고 기다려왔다. 그러나 그 순간이 왔는데도 그녀는 만족감을 느끼지 못했다. 죄책감이 그녀의 마음을 짓눌렀고 얻은 것보다 잃은 것이 더 많은 것만 같았다. 그녀를 바라보는 개브리엘의 표정은 그 어떤 날카로운 비난보다 더 깊이 그녀를 상처 입혔다. 한결같던 그의 신뢰를 잃었다는 사실이 기뻐해야 할 순간 그녀를 슬프게 했고, 가장 자랑스러울 것이라고 생각했던 순간 자신을 부끄럽게 했다. 개브리엘은 그녀의 감정을 알아차렸다. 그는 탈출의 유일한 희망이 그녀에게 있다고 생각하며, 어머니와 누이들이 죽은 자를 애도하는 동안 산 자를 구원하기 위해 몸을 일으켰다.

"밀리." 그가 슬프고 진지한 말투로 이야기를 시작했다. "우리는 자비를 청할 자격이 없어. 나를 위해 자비를 구할 생각도 전혀 없어. 하지만 부디 여자들만은 구해줘. 그리고 나에게 약자들의 죄를 대속할 시간을, 우리를 이런 상황까지 몰고 온 사악한 지연을 속죄할 시간을 줘. 법적으로 내 소유가 되면 곧 해방하려고 했어, 아버지는 한 번의 정당한 행동으로 모두가 아버지를 아름답게 기억하게 할 기회를 놓치시고 말았으니까. 다만 어머니와 누이들을 가난하게 만들기가 쉽지 않아서 망설였던 거야. 당신들과 가족, 양쪽 모두에게 공정하고 관대한 방법이 없는지 찾고 있었어."

"자유로운 북부 출신 기독교인 남자의 눈에는 고통받는 노예 이백 명보다 세 명의 여자가 더 소중한 것이군요! 그 사실을 알려주셔서 기쁘네요." 이렇게 말하며 주인을 쳐다보는 그녀의 표정에는 경멸 비슷한 무엇이 어려 있었다.

그녀의 말이 사실이었기에 개브리엘은 아무 말도 할 수 없었다. 부끄러움과 뉘우침으로 개브리엘의 이마가 붉어졌다. 그 말을 부정하기에는 너무도 정직했던 그는 밀리의 말에 수긍했다. 그러고는 말보다 깊이 호소하는 눈빛으로 그녀를 여전히 바라보면서, 그녀의 경멸을 누그러뜨리는 겸허함을 담아 대답했다.

"오늘밤 죽는다면 그 죗값을 치를 수 있겠지. 어머니와 누이들을 구해준다면 당신들이 나를 어떻게 하든 개의치 않겠어. 그리고 어머니와 누이들이 내 이름으로 당신들을 해방시키도록 할게. 하느님과 돌아가신 아버지를 걸고, 내 명예를 걸고 맹세해."

"그 맹세에 증인이 되어줄 사람은 아무도 없어요. 제가 신뢰하지 않는 사람들을 제외하곤 말이에요. 그 말을 믿지 않겠어요. 스스로의 명예를 허락받지 못한 저희에게 명예란 아무 의미도 없으니까요." 밀리가 화난 얼굴로 바닥을 보면서 대답했다. 그를 보면 후회하는 마음이 들까 무서워 시선을 들 수 없기라도 한 것처럼. 흥분 상태가 빠르게 잦아들면서 여러 기억과 함께 후회가 물밀듯 밀려들었기 때문이다.

"당신에게 이런 비난을 받을 줄은 몰랐는데." 개브리엘이 눈앞에 나타난 신호들에 용기를 얻으며 말했다. "기억나? 아버지가 당신을 내게 보냈을 때 내가 얼마나 분노하며 그 선물을 거부했는지, 그리고 내게는 당신이 저기 있는 가엾은 누이들과 똑같이 존귀한 사람이라고 말했던 것을 말이야. 내가 그 말대로 행동하지 않았던가, 밀리?"

"아니요! 그러셨어요!" 그녀가 떨리는 입술로 대답했다. 감사의 눈물로 가득찬 두 눈을 차마 들지 못하던 그녀는, 떨리는 목소리를 조심스레 가라앉히며 진심 어린 말투로 덧붙였다. "개브리엘 도련님! 물론 기억해요. 그래서 도련님을 구하기 위해 제가 할 수 있는 일은 모두 다 했던 거예요. 하지만 도련님은 떠나시려고 하지 않았죠. 만약 저희 모두를 내일 해방시켜준다고, 그리고 섬을 즉시 떠나겠다고 약속하시면 도련님 말씀을 믿을게요. 그리고 마님과 아씨들을 구하기 위해 최선을 다해볼게요. 모스가 도련님을 지나가게 해줄 거예요. 아까 그 손수건은 도련님이 집에 없다는 사실을 알리기 위해, 그리고 만약 도련님이 조용히 따르지 않으시면 강제로라도 섬을 떠나게 해야 한다는 걸 알리기 위해 떨어뜨린 거예요. 모스와 앤디는 저를 위해 도련님을 구해줄 거예요. 하지만 다른 사람들은 아니에요. 도련님에 대해 저희만큼 알지 못하니까요. 제발 가세요, 개브리엘 도련님. 너무 늦기 전에요."

"아니, 여기 있겠어. 대체 나를 어떻게, 내가 나만 살기 위해 힘없는 여자들을 위험한 데 버려두고 갈 거라고 생각하는 거야? 이런 배반을 겪고 나서 당신 말을 믿을 수는 없어."

"우리를 폭도로 만든 사람들이 누구죠? 우리에게 우리 자신의 영악함 말고는 아무것도 남겨놓지 않은 사람들이 누구냐고요?"

자신을 어떻게 생각하는 거냐는 개브리엘의 질문이 그뒤에 이어진 그녀에 대한 비난을 더 받아들이기 쉽게 만들었다. 개브리엘이 그녀 자신의 평가에 마음쓴다는 사실이 그녀의 마음을 누그러뜨렸기에, 밀리의 대꾸는 반박보다 변명에 가까웠다.

"나라고는 못할 거야, 밀리. 하지만 죽은 자의 죄는 이제 주님께

맡기기로 하고, 나 대신 어머니와 그레이스와 클래라를 구해줄 수 있는지 말해줘. 그러면 약속도 더 빨리 확실하게 이행될 거야. 설사 약속이 제때 지켜지지 않는다 하더라도 벌을 받아야 하는 유일한 사람은 나고."

밀리의 얼굴이 어두워졌다. 몹시 실망한 표정으로 그녀가 몸을 돌렸다. 버틀러 부인과 그녀의 두 딸은 두 사람의 대화를 듣기 위해 슬픔을 억누르고 있었다. 그러나 개브리엘의 제안을 듣자 누이들은 밀리에게 달려들어 그녀의 무릎에 매달리며 불쌍히 여겨달라고, 용서해달라고, 구해달라고 애원했다. 그건 현명한 행동이었다. 어린 아씨들이 자기 발치에 매달려 있는 것을 보자 그간 당했던 모욕의 기억이 잦아드는 듯했으며, 힘의 확인이 가슴속 분노를 달래주었고, 용서라는 의무에 너그러움이라는 덕이 더해졌던 것이다. 밀리는 아무 말도 하지 않았지만 그들의 간청을 내치지도 않았다. 치명적인 매 순간이 빠르게 지나가고 있는 사이, 그녀는 복수의 욕망과 도덕적 회의 사이에서 흔들리고 있었다. 이때 무엇인가를 기억해낸 개브리엘이 밀리의 손을 잡더니 이 가련한 하녀의 귀에 위험할 정도로 설득력 있게 들리는, 진심 어린 어조로 호소했다.

"밀리, 당신은 하느님께서 당신들에게 등을 돌리시지 않는 한 우리에게 아무런 희망이 없다고 했지. 나는 하느님께서 개입하셨다고 생각해. 우리를 대신해, 우리를 위해, 우리보다 더 훌륭하게, 당신의 너그러운 마음에 호소하셨다고 말이야. 연민은 지극히 아름다운 것이고, 용서는 대단히 고결한 일이야. 잘못이 크면 클수록 위대한 용서는 잘못한 사람을 더욱 부끄럽게 하고, 용서를 베푼 사람을 더욱더 고결하게 만드는 법이고. 밀리, 내가 당신을 구했던 것처럼 당신도 이들을 구해줘요. 당신이 실로 진정한 여성이며 고결한 안주인이라는 사실을 보여줘. 이들에게 결코 잊지 못할 교훈을 남겨주고 이 행위의 기억으로 당신의 자유를 더 달콤한 것으로 만들어요."

밀리는 내내 눈을 내리깔고 고개를 돌린 채 그의 말을 듣고 있었다. 그러나 그의 말 한마디 한마디가 모두 그녀의 마음을 뒤흔들었다. 그 말들은 그녀를 달래주었고, 불길처럼 뜨겁지만 온화하고 여성적인 그녀의 상처 입은 가슴속에 가장 용기 있고 아름다운 것들을 불러일으켰다. 지금까지 그녀에게 관대함에 대해 말한 사람은 아무도 없었다. 그녀의 잘못을 용서해준 적도, 덕을 칭찬한 적도, 고된 노예 생활의 시름을 더는 친절을 베푼 적도 없는 이들에게 그녀가 더 고결한 존재라는 사실을 입증해 보이라고 말한 사람도 없었다. 그녀의 아름다움에 대한 찬탄과 존중받지 못한 여인에 대한 연민이 뒤섞인 눈으로 이렇게 자신을 바라봐준 사람도 없었다. 그 무엇보다 늙은이든 젊은이든 지금껏 그 누구도 그녀를 같은 인간, 같은 권리와 능력을 가진, 그들처럼 고통을 느끼고 희생을 당하는 인간으로 봐준 사람은 아무도 없었다. 그 사실이 그녀의 마음을 움직였다. 그것이 가장 비천한 신의 자녀로서 겪은 그 모든 억압 속에서도 살아남은 그녀의 영혼에 호소했다. 무엇인가 강하고 부드러운 손길이 그녀를 황폐한 절망의 어둠으로부터 들어 올려 더 행복한 세상의 햇빛 속에 내려놓기라도 한 것처럼, 그녀의 온몸에서 온기와 기쁨의 빛이 흘렀다. 그녀는 죽은 주인의 얼굴과 겁에 질린 안주인의 얼굴을 돌아보았다. 어둡던 표정이 여전히 자기 치마에 매달려 있는 창백한 소녀들의 얼굴에 가닿자 눈에 띄게 부드러워졌다. 그녀는 눈을 들어 개브리엘을 바라보았다. 그의 신뢰에 부응하고 싶은 새로운 바람으로 그녀는 두 눈을 반짝이며 얼굴에 아름다운 미소를 떠올렸다. 그의 신뢰가 그녀에게는 가장 큰 보상이 될 터였다. 그녀가 입술을 열어 막 대답하려고 할 때, 밀리 뒤에서 몸을 떨며 앉아 있던 버틀러 부인이 날카로운 목소리로 애원하듯 말했다.

"내가 너를 위해 했던 일들을 다 기억해봐라, 밀리. 그리고 아직 내게 남은 힘으로 할 수 있는 일들을 말이야. 지금 우리를 구해주면 너에게 자유를 주겠다고 약속하마. 내가 아니라 돌아가신 주인을 생각해서라도 자비를 베풀어다오."

그 신경질적인 목소리가 채찍처럼 밀리를 내리치고 자극해 개브리엘의 온갖 노력을 수포로 돌아가게 만드는 듯했다. 밀리의 눈에 다시 불길이 일었고, 입매는 무섭게 비틀렸으며, 얼굴에는 냉소적인 조롱의 빛이 어렸다. 그녀는 자신의 안주인이 결코 잊지 못할 눈빛으로 대답했다.

"저를 위해 하신 그 모든 일을 잊는 일은 없을 거예요. 설사 마님이 준다고 해도, 그 자유는 받지 않겠어요. 내가 말 한마디로 당신을 구할 수 있다 해도, 돌아가신 주인어른을 생각해 그 말을 하는 일은 없을 겁니다. 마님을 위해서는 더더욱 아니고요."

개브리엘이 어머니에게 멈추라는 몸짓을 하며 타오르는 밀리의 얼굴을 자기 쪽으로 돌렸다. 그러고는 부드럽지만 흔들림 없는 양손으로 그녀의 얼굴을 감싸고, 막 일어난 태풍을 잠재우는 마법 같은 시선으로 그녀를 바라보았다. 그는 속마음을 드러내는 밀리의 얼굴에서 이미 오래전 그녀의 비밀을 알아챘지만, 그래서 자신에게 어떤 힘이 있다는 사실을 이미 알고 있었지만, 지금까지 한 번도 그 힘을 사용한 적이 없었다. 그는 설득과 열정이 함께 담긴 눈으로 그녀를 바라보았다. 순간 밀려든 부끄러움 때문에 그녀가 시선을 떨구었다. 그러나 그녀를 바라보는 눈동자의 힘에 이끌리기라도 한 듯 그녀는 다시 두 눈을 들어 그의 눈을 마주보았다. 가슴 아픈 진실이 그녀의 아름다운 눈동자를 비극적으로 보이게 했다. 그녀의 두 눈에 천천히 커다란 눈물 방울이 맺히더니 두 볼 위로 흘러, 볼을 감싸고 있는 손을 적셨다. 개브리엘이 부드러운 목소리로 "나를 위해 우리를 구해주지 않겠어?"라고 물었을 때 그녀는 선선히 대답했다. "그럴게요."

"신의 축복이 함께하기를, 밀리! 이제 내가 뭘 어떻게 해야 하는지 말해줘. 시간은 가고 있고, 일분일초에 목숨이 달려 있으니까."

그가 그녀를 놓아주었다. 그녀는 파국을 향해 치달을 수도 있는 그녀의 삶을 구해낼 유일한 버팀목을 보는 것처럼 여전히 그를 바라보며 애원하듯 대답했다.

"쉿, 개브리엘 도련님! 저에게 말을 걸지 마세요. 생각을 해야 하는 지금 감정만 동요될 테니까요."

기다리는 동안 방이 얼마나 고요해졌던지! 공포가 죽음보다 더 강한 존재인 것 같았다. 살아 있는 사람들은 죽은 사람의 존재를 잊은 것 같았고, 아무도 공포에 질린 그들 얼굴의 그 창백한 기대감과 모든 문제에서 벗어난 또다른 얼굴의 평온 사이에 존재하는 무시무시한 대비를 의식하지 못하는 듯했다. 갑작스레 그 밤이 얼마나 불길한 소리로 가득차 있는 것처럼 느껴졌는지! 어찌나 여념 없이 방 안의 모든 눈이 자신들 모두의 목숨을 손에 쥐고 서 있는 아름다운 여자를 바라보고 있었는지! 정적을 깨뜨리고 삼십분을 알리는 부드러운 시계 종소리가 울렸을 때 그들 모두가 얼마나 화들짝 놀랐던지! 불안하게 그녀를 지켜보고 있는 사람들의 마음을 은방울 같은 종소리가 대변하기라도 한 듯이 밀리가 그 소리를 받아 대답했다.

"방법이 있어요." 방 안 모든 사람의 마음에 희망을 가져다주는 목소리로 밀리가 말했다. "방법이 있어요. 하지만 저 혼자 해야만 해요. 모스가 저를 지나가게 해줄 거예요. 앤디는 강을 건너줄 테고요. 제가 도움을 청하러 가는 거라고 의심하지는 않을 거예요. 도련님은 여기 남아서 여자들을 보호하기 위해 할 수 있는 일은 뭐든 다하세요. 이제 누구도 나가는 건 안전하지 않아요."

"하지만 밀리, 저들이 열두시까지 기다리지 않을 수도 있잖아. 당신이 늦어질 수도 있고. 그럼 우린 죽게 될 거야."

"그것도 생각해봤어요. 나가면서 샌드라 할머니를 함께 모시고 갈게요. 할머니는 상황을 단번에 이해할 거예요. 샌드라 할머니가 정미소로 가서 그들에게 말을 해 그들을 붙잡고 있을 거예요. 혹시라도 그들을 막을 수 있는 사람이 있다면 그건 샌드라 할머니뿐이에요. 이 섬에서는 모두가 그 누구보다 할머니를 존경하고 두려워하니까요. 아무 말 말고 저를 믿으세요. 구해드릴게요, 개브리엘 도련님."

개브리엘은 믿고 따르겠다고 맹세라도 하듯이 조용히 손을 내밀었다. 정열적인 기질의 열기와 우아함으로 밀리도 고개 숙여 그 다정한 손에 뺨을 갖다댔다. 애정과 감사의 눈물이 그 손을 적셨다. 그녀는 다정히 그 손에 키스한 후 방을 떠났다. 개브리엘을 위해서라면 못할 것이 없다고 생각하며.

방 안에 있는 사람들은 숨을 죽이고 멀어져가는 밀리의 발소리와 아래에서 들려오는 샌드라의 목소리, 밀리와 모스가 짧게 주고받는 소리를 들었다. 그다음 늙은 여성과 젊은 여성이 각자 반대 방향으로 걸어가는 것을 보았다. 한 번도 그들이 경험하리라고 생각해본 적 없는 기이하고 두려운 의존 상황의 쓰라림을 느끼면서. 남자다운 개브리엘은 위험이 다가오고 여성들이 자신을 대신해 그것에 대처하는 동안 가만히 앉아 기다리고 있을 수가 없었다. 그는 장차 닥칠 공격을 잠깐이라도 막아낼 방법을 찾을 수 있기를 희망하며, 어머니와 누이들에게 의심을 불러일으킬 만한 어떤 소리도 내지 말라고 당부한 다음 조용히 아래층으로 내려갔다. 혹 다른 가능성들이 실패로 돌아갔을 때 이 집이 잠깐이라도 포위를 버틸 수 있는지 살펴보기 위해서였다. 백인들이 지낼 만한 기후인 이곳 겨울에 잠깐 머물 용도로 지은, 창문과 문이 많은 이 집은 견고하지 못했기에, 어떤 유형의 공격이든 막아내기 어려웠다. 재빨리 집을 둘러본 개브리엘은 장정 몇 명이면 순식간에 무너뜨리고 말 바리케이드를 쌓는 것은 부질없고 위험하기만 하다고 확신했다. 들고 있던 램프의 희미한 불빛이 그가 서 있던 긴 복도를 비추었다. 무기 하나 없이 낙담한 채 홀로 복도에 서 있자니 더할 수 없는 고독감이 밀려왔다. 용기는 사라졌고 상상할 수 있는 최악의 상황이 떠올라 마음을 짓눌렀다. 그는 그의 곤경이 알려진다면 곧바로 그를 도우러 달려올, 진실한 마음과 건장한 팔을 지닌 저 멀리 북쪽의 친구들을 떠올리며, 남자답게 싸우거나 죽을 수 있도록 단 한 명의 벗, 단 하나의 무기라도 그에게 주어지기를 갈망했다. 그리고 곧 둘 모두가 그에게 주어졌다.

집 뒤쪽을 향해 열린 문 앞에 잠깐 멈춰선 그의 눈에 묵직한 채찍이 들어왔다. 납으로 만든 그 손잡이는 과거에 여러 사람들을 쓰러뜨렸다. 그리고 지금도 힘센 손에 쥐여지기만 한다면 다시 한번 쉽게 사람들을 쓰러뜨릴 터였다. "이 저주받은 물건에 손을 대보는 건 처음이군. 하느님께서 가호하사 부디 이번이 마지막이기를" 개브리엘은 채찍을 내려놓으며 중얼거렸다. 그 순간 뒤에서 들려온 낮은 소리에 그의 피가 얼어붙었다. 무기를 제대로 손에 쥐고 램프를 얼굴까지 올려 어둠 속을 살피자 그의 피가 다시 빠른 속도로 맹렬히 흘렀다. 긴 복도의 한쪽 끝 멀리에서 천천히 다가온 검은 형체, 한 쌍의 반짝이는 눈동자가 그를 빤히 바라보고 있었다. "덤벼, 준비는 됐으니까." 그가 침착한 목소리로 말했다. 서둘러 달려오는 발소리와 함께 기대하지 않았던 동맹군의 모습이 그의 도전에 응답해왔다. 크고 검은 사냥개가 개들 특유의 기쁨을 만면에 드러내며 그에게 달려들었던 것이다. 늙은 모트는 섬에서 가장 사납고 실력 있는 사냥개로, 늙기는 했지만 여전히 명령 한마디면 흑인을 추적하거나 공격하고, 쓰러뜨리거나 목덜미를 물어뜯을 태세를 갖춘 무시무시한 생명체였다. 개브리엘이 오기 전까지 그는 주인에게 가장 사랑받는 사냥개였다. 그러나 모트는 옛 주인을 버리고 새 주인을 따랐다. 집에 머물 때면 개브리엘은 언제나 아무런 임무 없이 모트를 그냥 내버려두었다. 그날 모트는 온종일 보이지 않았는데, 딸려온 줄은 그가 주인에게 경고를 보내지 못하도록 어딘가로 유인되어 묶여 있었다는 사실을 선명히 보여주고 있었다. 줄을 끊고 도망친 후 모트는 몰래 집 안으로 들어와, 주인의 모습을 보고 안심할 수 있을 때까지 숨어 있었던 것이다.

이 커다란 생명체는 젊은 주인 앞에서 뒷발로 일어서더니 어깨에 한 발을 올리고는 마치 사람처럼 총명한 애정을 담아 그의 눈을 바라보았다. 개브리엘은 채찍을 떨어뜨리고 램프를 내려놓은 다음 소년 시절로 되돌아가기라도 한 것처럼 감사와 애정을 담아 사냥개를 껴안았다. 그러나 안도감을 가져다준 이 강력한 조력자는, 자신이 이백 명의 사람을 소유하고 있으면서도 벗이라고는 개 한 마리뿐이라는 서글픈 사실을 그에게 상기시켰다. 그때 모트가 갑자기 귀를 쫑긋 세우더니 주인의 손길에서 빠져나가 수상하다는 듯 닫힌 문 근처를 킁킁거렸다. 밖에서 엿듣고 있는, 보이지 않는 누군가를 모트의 날카로운 후각이 감지한 것이 틀림없었다. 사냥개에게 말없이 조용히 하라는 신호를 보낸 개브리엘은 유일한 무기를 손에 쥐고 뭐가 됐든 그다음에 닥칠 일을 기다렸다. 그러나 아무도 들어오지 않았다. 모트는 무슨 상황인지 알겠다는 영리한 눈빛으로 나른한 하품을 하며 그에게 되돌아왔다. 순찰을 돌던 모스가 잠깐 멈췄다가 다시 간 것이 분명했다. 단 한 명을 제외하면 빅 모스는 이 섬에서 가장 힘세고 위협적인 노예였다. 개브리엘은 뛰어나가 그를 덮치고 싶었지만 감히 그러지 못했다. 이 건장한 노예에 비하면 그는 어린아이나 다름없었기 때문이다. 그러나 모트의 도움을 받는다면 불가능한 일만은 아니었다. 자신을 죽이겠다고 맹세한 남자와 문 하나만을 사이에 두고 그렇게 서 있을 때, 개브리엘은 알 수 없는 힘이 내면에 솟구치는 것을 느꼈다. 근육은 강철처럼 단단해지는 것 같았고, 피는 차갑게 식어 고요히 흐르는 것 같았다. 일견 충동적인 것처럼 보였지만 무섭도록 단순하면서도 설득력 있는 하나의 목표가 떠올랐다. 모스를 굴복시킬 것, 모트에게 그를 맡기고 정미소로 갈 것, 샌드라와 자신의 간청과 약속이 상황을 바꾸지 못한다면 기꺼이 목숨을 포기할 것—자신의 죽음 내지 고문이 무방비 상태의 어머니와 누이들에게 닥칠 위험의 순간을 약간이라도 늦추고, 아무것도 할 수 없는 그 자신 대신 더 실질적인 도움의 손길을 밀리가 불러올 때까지 시간을 벌어줄 수 있기를 바라면서. 속죄가 있어야만 한다고, 어쩌면 내일 아침 아버지의 이름으로 실행하려고 했던 그 조치보다 무구한 자의 피가 아버지의 기억이 남긴 검은 얼룩을 더 깨끗이 씻어줄지 모른다고, 개브리엘은 생각했다. 분명 소중한 기회가 있었는데도 그릇된 온정 때문에 시간을 지체하고 말았다. 이제 기회는, 어쩌면 영원히 사라졌다. 그러니 양심을 따르지 않고 주저한 자들에게 신이 요구하는 그 값비싼 대가를 치러야 했다. 이 생각과 함께 목표가 분명해지자, 흔들리지 않는 용기와 장렬하다고까지 해야 할 전적인 자기희생의 의지가 함께 끓어올랐다. 절체절명의 순간이 그를 남자로 만들었다.

몸짓 한 번과 말 한마디에 사냥개는 공격 태세를 갖추었다. 개브리엘은 개를 묶었던 긴 줄을 끊어 팔에 걸치고 빗장을 푼 다음 문을 살짝 열고, 문 뒤에 서서 자기 옆에 대기한 모트와 함께 모스가 나타날 때까지 기다렸다. 곧 불안하게 움직이는 모트의 귀가 모스의 접근을 알렸다. 조심스러운 발소리가 가까이 다가오자 모트를 대기 상태로 유지시키는 것이 쉽지 않았다. 사냥개 특유의 본능으로 위험을 감지한 모트 역시 주인 못지않게 행동을 개시하고 싶어 몸이 달아 있었던 것이다. 모스가 문틈으로 새어나오는 불빛을 보았다. 그는 멈춰섰다가 가까이 다가와 귀를 기울이더니 안을 살펴보려고 문을 열어 몸을 기울였다. 그 순간 모트가 그를 덮쳤고, 육중한 모트의 공격에 정신이 반쯤 나간 모스는 채 정신을 가다듬기도 전에 바닥에 쓰러져 손을 꽁꽁 묶이고 말았다. 주인과 개 모두가 숨을 헐떡이며, 그러나 아무런 부상도 입지 않고 그를 내려다보았다.

"자, 모스, 살고 싶으면 조용히 하고 내 질문에 사실대로 대답해." 개브리엘은 한 손을 모스의 목에 올리고, 다른 손으로는 이제 황갈색 눈동자에 사나운 맹수의 빛을 띠고 있는 모트를 붙잡은 채 말했다. "너희 계획을 알고 있어. 그리고 계획을 수포로 돌아가게 할 방법도 찾아냈고. 내가 너희 모두에게 어떤 벌을 줄 거라고 생각하지?"

"모릅니다요, 도련님." 모스는 어떤 운명이라도 받아들이겠다는 듯 쓰린 체념의 빛으로 중얼거렸다.

"섬 안의 모든 남자와 여자, 아이를 해방시킬 거야. 이 저주받은 물건은 강물에 던져버리고." 발로 채찍을 걷어차며 개브리엘이 말했다.

그러나 의심하는 표정과 조롱 섞인 미소만이 그가 받은 유일한 대답이자 감사였다.

"믿지 않는 건가? 그래, 누가 감히 자네들을 비난할 수 있겠나, 가엾은 친구들. 나도 그럴 수 없네. 자, 이제 말해주게. 집과 정미소 중간에 경비를 보는 사람이 몇이나 되는 건가?" 개브리엘의 눈에 반짝 불길이 일었고 목소리는 갑자기 낮아졌다. 분노와 흥분으로 상기된 탓이었다. 개브리엘의 표정과 목소리가 백 마디 말보다 효과적으로 모스의 마음을 설득했다. 모스는 나름의 기준으로 사람들을 판단하는 법을 익혔으며, 말로 하는 약속보다 얼굴이 드러내는 약속에 더 큰 신뢰를 느끼곤 했다. 조금 전보다 공손한 태도로 모스가 대답했다.

"저 말고는 아무도 없습니다요. 앤디는 선착장에 있고 나머지는 정미소에 있습죠. 계획에 가담하지 않은 사람들 빼고는 모두 다 말입니다요."

"모스, 잘 들어. 거짓말은 절대 용납할 수 없네. 거짓말하지만 않는다면 자네의 해방 문서가 내일 아침 내가 서명하는 마지막 서류가 될 게야. 일어나서 조용히 나를 따라와. 도망치려고 했다간 모트에게 잡힐 거야. 난 이제 정미소로 가겠네. 하지만 그전에 먼저 자네를 안전하게 가둬야겠어."

"혼자 가신다굽쇼?" 모스가 주위를 둘러보며 물었다. 개브리엘이 휘하에 열두 명의 장정이라도 거느리고 있는 사람처럼 말했기 때문이다.

"그래, 혼자 갈 생각이야. 못 갈 이유라도 있나?"

"공격 개시 전까지 밀리가 도련님을 섬에서 내보내지 못하면 도련님을 죽이기로 결의한 사람이 쉰 명입니다요, 거기 모여 있는 건 아시지요?"

"알아, 밀리는 날 보내려고 최선을 다했어. 하지만 난 남아 있기로 했네. 두렵지 않아."

이제 개브리엘의 피는 끓어오르고 있었다. 위험은 두렵지 않았다. 한순간의 흥분이 지나가자 뚜렷한 목표가 그에게 흔들리지 않는 용기를 불러일으켰다. 인간 이상의 것으로 보이는 개브리엘의 용기에 감동한 노예는 의심과 두려움으로 혼란스러워하면서 조용히 주인을 따라갔다. 개브리엘은 헛간에서 모스의 손과 발을 모조리 묶은 다음 약속과 경고를 남기고 떠났다.

"돌아와서 자유인으로 자네를 풀어줄 때까지, 살아서 돌아온다면 말이지만, 여기 있도록 하게. 움직여서도, 소리를 질러서도 안 돼. 모트가 문 앞에서 지키고 있을 거야. 자네가 꼼짝 못하게, 행여 무슨 짓이라도 하려 들면 짖어서 내게 알릴 수 있도록 말이야. 가능하면 이렇게 묶인 채로 오래 기다리지 않게 하겠다고 약속하겠네."

자유, 용서, 관대함 같은 거대한 관념들을 한 번에 모두 소화하기 어려웠던 모스는 그저 멍하게 그를 바라볼 뿐이었다. 모트에게 포로와 집 모두를 지키라고 신호를 준 개브리엘은 조용히 정원과 관목숲을 굽이돌아, 곧 대단히 많은 운명이 결정될 정미소로 이어지는 오솔길을 걸어갔다. 걸어가는 동안 땅과 하늘을 쭉 둘러보던 그는 여러 가지 상서로운 조짐을 발견했다. 꽃덤불은 그를 덮치려는 적을 숨기고 있지 않았다. 발밑 잔디의 향이며, 볼을 스치는 이슬 젖은 나뭇잎들, 그를 둘러싼 평화로운 밤의 소리들이 개브리엘에게 기이한 위안과 용기를 주었다. 같은 인간들에게는 버림을 받았지만 자연은 어머니의 품처럼 그를 안아주었던 것이다. 잠깐씩 나왔다 숨었다 하는 하늘의 달빛은 위험천만한 그의 길을 안내해 주었다. 바람의 방향이 바뀌는 바람에 검은 구름이 폭풍이나 천둥번개, 폭우 없이 바다 쪽으로 몰려간 덕분이었다. 마침내 반쯤 무너진 정미소가 시야에 들어오는 지점에 도착한 그는 상황을 살피기 위해 잠시 멈춰섰다. 허름한 벽의 갈라진 틈 사이로 어두운 불빛이 새어나왔고 숨죽인 목소리들이 높아졌다가 다시 낮아졌다.

한번은 반쯤 내뱉다 만 고함처럼 목쉰 소리도 들렸다. 무너진 폐허의 어두운 한구석으로 조심조심 기어간 개브리엘은 안쪽 벽에 난 틈으로 다가가 내부를 들여다보았다. 그의 눈에 들어온 것은 주인으로서든 한 인간으로서든 위협적으로 느낄 수밖에 없는 풍경이었다.

횃불 몇 개가 한때 타작마당으로 사용했던 천장이 낮은 정미소 일부를 밝히고 있었다. 실내는 횃불이 만든 기이한 그림자들과 반쯤밖에 보이지 않아 더 기묘하고 무섭게 느껴지는 번득이는 형상으로 가득차 있었다. 한쪽 구석의 거친 거적 밑에는 뻣뻣하고 움직이지 않는 누군가가 누워 있었다. 주먹쥔 손과 피가 튄 밝은색 머리카락 몇 가닥이 보였지만 그 이상은 아무것도 보이지 않았다. 젊은이들과 늙은이들, 새까만 피부부터 조금 더 밝은 피부까지 불행한 이 종족에 속하는 온갖 종류의 흑인 쉰 명이 그 무리의 지도자임에 틀림없는 세 남자 주위에 서 있거나 앉아 있었다. 피부색이 너무 희어서 어깨 위의 붉은 채찍 상처가 훨씬 더 잔혹하게 보이는 한 젊은 남자는 반쯤 무릎을 꿇은 자세로, 자신의 두 발을 묶고 있는 사슬을 줄로 끈기 있게 갈고 있었다. 그의 두 손 역시 조금 전까지 사슬로 묶여 있었지만 동료가 뚝심 있게 그걸 끊어준 다음 긴 시간이 걸리는 나머지 일을 그에게 넘겼던 것이다. 너무 열심히 갈았기 때문에 핼쑥한 얼굴에는 굵은 땀방울이 맺혔고, 상처난 가슴은 고통스러운 숨으로 부풀어올랐다. 그가 바로 지난번 채찍질로 너무 깊이 상처를 입어 버틀러 부인의 심부름을 갈 수 없었던, 하지만 자유를 위해 들고 일어서지 못할 만큼 약하지는 않은 토니였다. 두번째 사내는 비록 인간처럼 보이기는 했지만 차라리 동물에 더 가깝다고 해야 할 것 같은 모습을 하고 있었다. 인간이 상상하고 실행에 옮길 수 있는 모든 잔인함에 의해 불구가 된 그는 커다란 덩치에 야만적인 얼굴을 하고 있었다. 그는 자리에 앉아 한때 관리인이 자신을 위협했던 수단인, 그리고 바로 그 관리인의 피로 여전히 붉게 물들어 있는 칼을 갈고 있었는데, 담대하기 그지없는 사람이라도 그의 모습을 본다면 공포심을 느낄 것이 틀림없었다.

두 사람과 뚜렷한 대조를 이루면서 그사이에 꼿꼿이 서 있는 다른 한 명은 거인처럼 큰 체구에 아름다운 검은 얼굴, 기품 있는 머리와 검은 헤라클레스 같은 팔다리를 가지고 있었다. 아프리카에서 태어난 그는 결코 꺾이지 않는 기백의 소유자로, 친절한 태도 앞에서는 굽히기도 하지만 채찍질의 수치를 견디느니 차라리 죽음을 선택하고 마는 부족 출신이었다. 허리까지 드러난 그의 흉터 없이 매끈한 근육질 피부가 드러내듯, 지금껏 감히 그를 채찍질로 길들이려고 시도한 사람은 아무도 없었다. 그러나 그의 목은 휘어진 네 개의 날카로운 심이 박힌 쇠목걸이로 조여 있었다. 그것은 수치스러운 노예의 징표였다. 쇠목걸이 때문에 그는 누울 수도 없었다. 그것은 끊임없이 목을 쓸어대며 그에게 고통을 주었다. 그러나 그에게는 만약 다른 상황이었다면 그 끔찍한 목걸이를 일종의 이국적 장신구로 보이게 만들었을 분위기와 태도가 서려 있었다. 그는 힘과 용기뿐만 아니라 지력에 있어서도 그들의 지도자임을 보여주는, 그 무엇으로도 파괴할 수 없는 타고난 위엄을 갖추고 무리를 마주보았다.

이 모든 사내 앞에, 떨어진 지붕 조각을 밟고 올라선 덕에 그들보다 조금 더 높은 곳에 서 있는 늙은 카산드라가 있었다. 그녀는 마른 체격에 키가 컸다. 세월은 그녀의 얼굴에 위엄을 더해주었을 뿐 그녀의 기상은 조금도 앗아가지 못했다. 그녀는 앞을 볼 수 없었지만, 마치 보지 않고도 보는 것 같은 기이한 인상을 주면서 두 눈을 크게 뜨고 있었다. 높이 감아올린 흰색 터번, 긴 지팡이, 무의식적으로 떨리는 주름진 두 손 같은 것들이 그녀를 마치 이교도 제의를 이끄는 고대의 마법사나 성직자처럼 보이게 만들었다. 목에 쇠목걸이를 한 위풍당당한 분위기의 노예가 막 말을 하고 있었던 것이 분명했다. 카산드라를 향해 있는 그의 검은 얼굴이 지금 막 말을 통해 쏟아낸 감정의 여진으로 흥분해 있었기 때문이다. 개브리엘이 보았을 때 카산드라는 정숙을 요청하듯 지팡이로 바닥을 내려치고 있었다. 순간적인 고함과 외침이 잦아들자 그녀가 힘있는 목소리로 이야기를 시작했다. 절실함이 더해짐에 따라 그녀의 어조는 일종의 엄숙한 기도문 낭송처럼 높았다가 낮아졌고 청중은 점점 더 그 주문에 사로잡혔다.

"자네들의 계획이 뭔지 들었네. 이제 내 몫을 다해서 위기에 처한 자네들을 도와야겠어. 벌써 관리인 닐을 죽였고, 곧 집으로 올라가 도련님과 마님과 그 집 딸들을 죽일 작정이라지. 하지만 그 이유가 뭣인가? 오늘밤 자네들이 영혼을 포기할 만큼, 그 양반들이 나쁜 짓을 한 적이 있었단 말인가?"

"더는 못 참는다니까." "주인이 내 아들을 사냥개로 쫓았잖아. 그 개자식들이 내 아들을 엉망으로 물어뜯어 죽였다고." "그놈이 내 아이들을 팔아넘겼어. 레이첼은 그것 때문에 제정신을 잃었지." "안주인 년, 불쌍한 내 딸이 너무 아파 일어서지도 못하는데, 옷 시중을 못 든다고 채찍질을 받게 했지." "개브리엘은 더할지도 몰라.

지옥 같은 이 생활, 더는 못 참겠단 말이야."

샌드라의 질문에 짧고 가차없는 대답들이 여기저기에서 쏟아져 나왔다. 샌드라는 이런 대답들을 예상하고 있었고 그에 어떻게 답할지도 준비하고 있었다. 복수에 목마른 분노한 가슴들을 어떻게 대해야 하는지 알고 있었던 것이다. 익히 알려진 그녀의 고뇌와 인내력과 경건함이 그녀의 존재에 신성함을 부여했고 그녀의 말에 무게감을 실어주었으며, 그녀를 반은 성자로 반은 예언자로 생각하는 자신의 종족에게 기적과 같은 힘을 행사할 수 있도록 해주었다. 그녀는 자신의 힘을 느끼면서, 실패한 적이 거의 없는 직관에 따라 이 위태로운 순간 그 힘을 지혜롭게 사용했다. 격분한 이 사내들이 마음은 어린아이와 같다는 사실을 떠올리면서.

"딱한 것들, 자네들 말이 다 사실인 건 내가 알지. 나도 자네들 못잖게 욕을 보고 고생을 했어. 그래도 용서하는 법을 배웠고, 이제 더는 쓰리지 않다네. 주인 양반이 나를 사들인 게 삼십 년 전이야. 소중한 것들을 모두 두고 떠나왔지. 그뒤로 죽 주인의 종살이를 해왔지만 고맙다는 소리 한번 들어본 적 없고, 임금 한번 받은 적이 없어. 그래도 용서했다. 그이가 내 애들을 팔았지. 모두 열 명이야. 아들들은 강 위쪽으로, 귀엽고 귀여운 딸들은 올리언스 저 밑으로 팔아넘겼어. 그리고 그 돈으로 자기 애들을 키웠지. 정말로 쓰리더군. 그래도 주님의 은혜 덕에 용서했다. 주인은 내 남편인 벤이 나를 직접 채찍질하지도 못하고 채찍질당하는 걸 보고 있지도 못한다며 총으로 쐈어. 그게 제일 힘들었다. 그래도 결국은 한 번 더 용서할 수 있었어. 주인은 자신이 열병에 걸려 다들 옆에 다가가기조차 무서워할 때 나한테 간병을 맡겼지. 긴 간병에, 고된 일에, 애들 생각에 우느라 결국 눈이 멀었어. 그래도 기꺼이 용서했다. 그것들이 내 눈을 멀게 할 수는 있어도 내 영혼을 멀게 할 수는 없고, 나는 어둠 속에서 주님을 만났으니까 말일세."

진실과 비애, 신실한 확신이 공감과 연민의 능력을 간직한 청중의 마음을 움직이고 그들을 감동시켰다. 책망하고 비난하는 말로는 할 수 없는 일이었다. 이 늙은 여인은 놀라운 기술로 시험에 들고 유혹에 빠진 이 무리의 마음속, 여전히 음악을 만들어낼 수 있는 화음의 줄을 건드렸다. 사방에서 낮게 웅성거리는 소리가 들렸고, 몇몇 얼굴에서 야수 같은 사나움이 사라지면서 이전의 슬픈 인고의 표정이 돌아왔다.

"그래, 난 주님을 뵈었어. 주님께서 나의 밤을 낮으로 만들어주셨고, 시련 속에서 날 지탱해주셨어. 그분은 당신을 단단히 의지하라고 말씀해주셨고, 나를 안전하게 영광의 길로 인도하겠다고 약속해주셨다. 나는 그분께서 말씀대로 하시리라는 믿음으로, 기다리는 동안 그분을 위해 내 영혼을 지킬 참이네. 자네들, 자네들을 위해서도 그렇게 해주신다고 나에게 그렇게 말씀하셨다. 누구누구 할 것 없이 그분을 믿고 그분께서 오실 때까지 기다리라고 말씀하셨어."

"기다리는 건 할 만큼 했다네, 샌드라. 그 주님이라는 양반 오는데 징그럽게 오래도 걸리는구먼." 한 노인이 팔십 년 동안 헛되이 기다려온 침침한 눈을 들어올리고 하얗게 센 머리를 절레절레 흔들면서, 지치고 희망 없는 목소리로 대꾸했다.

"데이브, 그분께 나아가기까지 오래도 걸리는 건 당신이야. 그래도 그분은 지치지 않고 당신을 기다리시는구먼. 빛나는 옷이랑

금으로 만든 하프, 영원한 영광과 평화가 있는 하늘나라에 자리를 전부 마련해놓으시고 말일세. 그곳에는 논도 없고, 사탕수수 제분소도 없고, 목화밭도 사냥개도 감시인도 주인도 없고, 오직 그분만 계시다네. 자네 아이들도 눈부시게 하얀 천사로 다 자라, 그곳에서 자네가 오기를 기다리고 있구먼. 피터, 자네 아내도 그곳에서 이제나저제나 자네만 기다리고 있어. 등에 채찍 자국도 없고, 가슴에서는 더이상 피눈물도 흘리지 않고 말일세. 제이크, 자네 아버지도 마찬가지야. 이제 지팡이도 필요 없이 자네가 오면 달려와 반길 걸세. 네드, 불쌍한 레이첼 자매도 이제 아기 때문에 울지 않을 거야. 주님이 레이첼을 품어주셨으니 말이야. 레이첼은 자네와 아기가 주님 품에 안길 날을 기다리고 있다네. 내 남편 벤이랑 아이들도 거기서 날 기다릴 거야. 문에서 기다리고 있다가 나를 맞아주겠지. 누구보다도 하느님께서 우릴 기다리신다네. 언제나 손을 내밀고 사랑 가득한 목소리로 말씀하신다고. '너희 슬픔을 내가 안다, 가엾은 나의 자녀들아. 너희 울음소리와 기도를 내가 들었다. 너희 죄를 용서하겠다. 이곳에 모인 쉰 명의 소중한 영혼들아, 너희가 나를 실망시키지 않을 것을 내가 안다. 그리고 너희 모두를 기다리고, 기다리고, 기다린다.'"

샌드라의 검은 얼굴에는 기이한 열정이 배어 있었고, 늙은 목소리에는 이해하기 어려운 설득력이 서려 있었으며, 경고하고 애원하고 설득하며 무리를 향해 뻗은 늙고 기운 없는 두 손의 호소력 있는 움직임에도 알 수 없는 힘이 담겨 있었다. 정말이지 절대자가 신적인 연민의 빛과 신성한 구원의 약속으로 그 어두운 공간을 빛내며 그녀를 통해 말하고 있는 것만 같았다. 간절한 어조로 마지막 문장을 내뱉는 그녀의 목소리는 높아졌다가 낮아지며 침묵으로 이어졌다. 죽음과도 같은 정적이 뒤따랐다. 샌드라는 이 세상과 천국 사이의 선명한 대조가 무리의 마음에 분명히 그려지기를 기다렸다. 그리고 짧고 엄숙한 말로 그 정적을 깨뜨렸다.

"주님께서 오늘밤 벌써 자네들을 죄에서 구하셨구먼. 주인어른은 이미 돌아가셨으니까."

"세상에나, 아멘!" "할렐루야! 오래 살다보니 결국 이런 기쁜 날이 오는구먼!" "악마가 그놈을 데려간 거야, 아무렴!" "이 기회를 놓칠 수 없지, 젊은 도련님과 여자들은 우리 몫으로 남아 있다고."

감사와 환희, 복수의 외침들만이 그 소식에 대한 유일한 응답이었다. 그 외침들과 뒤섞여 한 줄기 바람이 정미소를 관통해 지나갔다. 마치 자연이 자신의 아름다운 세계를 더럽히고 황폐하게 만든 또 한 명의 폭군이 사라진 것에 안도하며 긴 한숨을 내뱉기라도 하는 것처럼. 다시 사납고 맹렬한 눈빛을 이글거리며 일어선 사내들의 마지막 다짐 소리가 샌드라의 예민한 귀에 들려왔다.

"그래!" 샌드라가 자신도 모르게 그들을 움찔 멈춰서게 하는 목소리로 소리쳤다. "그래, 도련님이 남아 있어. 하지만 죽으려고 남은 게 아니야. 자네들이 오늘밤 이 천벌받을 짓을 포기하면 내일 자유를 얻게 될 걸세. 그리 약속을 했고 약속을 지킬 거야. 그러면 저 더러운 인간 말고 더 피를 볼 일은 없을 거고, 심판의 날에 지하에서 울부짖으며 자네들 죄를 증언할 이들도 더는 없을 테지."

"자유라고! 내일이라고! 샌드라, 누가 그런 수작을 믿는단 말이야? 그런 소리 한두 번 들은 게 아니잖아. 그래서 내일이 잘도 오던가? 이제 그 내일을 우리 손으로 찾아야겠구먼."

철심 박힌 쇠목걸이를 한 거구의 사내가 섬뜩한 결심을 드러내는 미소를 씩 지으면서 말했다. 결사적인 그의 손 안에서 소름끼치도록 위협적인 무기로 변한 쇠막대기를 꽉 움켜잡으면서.

으르렁거리는 천둥소리 같은 낮은 분노의 목소리들이 그의 부름에 응답하자, 샌드라의 마음은 무겁게 가라앉았다. 그러나 아직 한 가지 희망이 남아 있었다. 샌드라는 그 희망에 필사적으로 매달렸다. 기만과 무지 속에서 지내온 이들에게도 인간으로서 느끼는 진실에 대한 사랑과 명예에 대한 감각, 그리고 고마웠던 단 한 명의 백인에 대한 기억이 여전히 살아 있음을 그녀는 알고 있었기 때문이다.

"가기 전에 제발 한 번만 더 내 말 좀 들어보게. 그래, 죽이고 싶을 만큼 도련님이 나쁜 짓을 한 게 뭐가 있나? 한 번이라도 자네들한테 채찍질을 하거나 발로 차거나 욕을 한 적이 있었던가? 아이들을 팔아넘기고, 아내들을 범하고, 늙은이들을 내다 팔고 그랬는가? 여기 와 있는 동안 주인어른이 우리를 못살게 구는 걸 막는 일 말고 대체 뭘 했다는 건가? 달리 할 수 있는 것도 없고 그렇다고 차마 보고 있을 수도 없을 때, 나가서 자기를 대신해 주님께서 우리를 도와달라고 기도한 일 말고 또 뭘 했다고 그러느냐 말이야?"

아무 대답도 없었다. 불평도, 비난도, 반박도 없었다. 이 반란의 무시무시한 지도자 프린스조차 문지방에 발을 올린 채 멈춰섰다. 고마운 기억이 떠올라 그의 발목을 붙잡았던 것이다. 아이들이 모두 팔려가고 하나 남았던 어린 딸마저 팔려가게 되었을 때, 그의 절망에 마음이 움직인 개브리엘은 딸아이를 사서 자유롭게 해준 다음, 그에게 다시는 빼앗기는 일이 없을 거라고 약속하며 돌려보내주었다. 잠시 동안 피부를 쓸어대는 쇠목걸이의 고통마저 잊게 해주었던 그에게 꼭 매달리는 작은 팔의 감촉이 떠올랐다. 그 소중한 선물을 건네준 손에 대한 기억 때문에 그의 손에 쥐여진 거친 무기가 갑자기 무겁게 느껴졌다. 그와 몰살될 주인 가족의 집 사이에 놓인 어둠 속에서, 한때 그를 연민 어린 눈으로 바라보고 한 인간으로 대했던 얼굴의 환영이 떠오르는 것 같았다. 프린스가 몸을 돌렸다. 붉게 타오르는 횃불 빛에 온몸이 드러난 그는 위풍당당하면서도 비애에 찬 모습이었다. 그는 자신과 마주하고 있는 복수에 목마른 무리를 잠시 제지하려는 듯 한 손을 앞으로 들어올렸다. 그러고는 프린스라는 그의 이름과 출신 모두에 어울리는, 실로 왕자 같은 모습으로 위엄 있게 질문했다.

"샌드라, 도련님이 우리를 풀어준다는 말은 누구한테 들은 거야? 노파는 가끔 그렇게 근사한 꿈을 꾸지 않나. 이것도 그런 꿈일 거라고. 정말로 그런 일이 생길 리가 없잖아."

"사실이네, 틀림없는 사실. 내 꿈은 한 번도 믿기만 하면 이루어질 이 약속의 반만큼도 근사했던 적이 없네. 도련님이 하느님과 죽은 아버지 앞에서 내일 아침 우리 모두를 풀어주겠다고 맹세했다네. 방금 밀리가 해준 말이야. 그래서 이 세상에서나 다음 세상에서나 모두를 비참하게 만들 뿐인 죄를 짓지 못하게 하려고 내가 온 거야. 게다가 좋은 소식이 하나 더 있어. 사람들이 북부 이야기를 하는 걸 들었는데, 그들이 일어났다네. 여보게들, 그들이 일어났다고! 그동안 들었던 이야기가 사실인 거야, 해방의 날이 머지않았다니까."

마지막으로 그 말을 덧붙인 것은 지혜로운 일이었다. 그 말이 놀라운 효과를 불러일으켰던 것이다. 사내들이 고개를 들었다. 그들의 두 눈에서 행복한 기대감이 차오르며 희망이 증오를 물리쳤다. 일순간 그들을 이 지옥 같은 늪에서 아름다운 땅으로 인도할 북극성이 막 떠올라 검은 하늘을 빛내는 듯했다. 샌드라는 변화를 감지했다. 한 번만 더 성공적으로 그들의 마음을 움직이면 승리를 손에 쥘 수 있을 것 같았다. 신심이 깊은 그녀는 도움이 간절한 이 순간 한 번도 자신을 저버린 적이 없었던 유일한 벗에게 의지했다. 뻣뻣한 무릎을 고통스럽게 구부리며 무리 앞에 꿇어앉은 그녀는 거친 두 손을 움켜쥐고 보이지 않는 두 눈을 들어올리며 탄원하는 목소리로 애타게 소리쳤다.

"주님, 이 불쌍한 자들에게 말씀해주소서. 저는 제가 할 수 있는 일을 다했나이다! 도와주시고 구해주소서. 오늘밤 죄를 저질러 다가올 자유를 망치지 않게 해주시고, 아침에 주님 손에서 깨끗하고 달콤한 자유를 받아 누리게 하소서. 도련님을 지켜주시고 용기를 주시고, 도련님이 저희를 실망시키지 않게 도와주소서. 주님, 저희는 정말 오랫동안 참고 기다렸나이다. 하룻밤만 더 기다리게 도와주시고, 주님의 이름으로 도련님이 약속을 지키도록 도와주소서."

"그렇게 할 겁니다!"

하늘에서 들려오는 소리처럼 그 목소리가 정미소 안에 울려퍼졌다. 그리고 어둠 속에서 개브리엘이 그들 사이로 걸어들어왔다. 정의로운 목적 이외에는 그 어떤 무기도 없고, 진실 이외에는 그 어떤 화술도 갖추지 못했으며, 이 기념비적 순간의 고조된 분위기 때문에 상기된, 격한 감정으로 심장이 터질 것 같은 그가 무리 속에 섰을 때, 미신에 사로잡히기 쉬운, 여기 놀란 이들의 눈에 그는 인간이 아니라 지복의 소식을 들고 온 아름답고 자비로운 천사로 보였다.

"나의 여러분! 오직 이 말을 마칠 때까지만 내 소유이겠지만, 해산하고 무기를 버려주시오. 눈물을 닦고 여러분이 용서받았듯 우리를 용서해주시오. 이 섬에는 이제 주인도 노예도 없고, 모두가 영원히, 영원히 자유로울 테니까요."

무시무시한 정적이 감돌았다. 샌드라가 환희와 승리에 찬 목소리로 소리치며 침묵을 깨뜨릴 때까지.

"오! 주님께서 들으셨도다, 응답하셨도다! 주님께 영광을, 오, 주님께 영광을!"

그러자 강한 바람이 들판의 곡식들을 쓸고 지나가듯 자유의 숨길이 쉰 명의 영혼을 휩쓸었고, 그들은 하늘을 향해 울부짖으며 무릎을 꿇었다. 외치는 소리, 흐느끼는 소리, 기도와 찬양 소리, 바닥으로 무기를 떨어뜨리는 소리, 비틀어 떼어낸 족쇄들의 덜거덕 소리, 서로 가슴을 맞부딪치며 뭉치는 사람들의 소리, 이 모든 소리가 적당한 표현을 찾기에는 너무도 압도적인 기쁨의 거친 표출과 함께 뒤섞였고, 동시에 감사와 애정의 물결이 터져나와 개브리엘의 발치로 밀려들었다. 손으로 얼굴을 덮고 선 그의 가슴은 기쁨의 노래를 불렀고, 뉘우치는 인간의 영혼 가장 깊은 샘에서 솟아나온 눈물은 자유인들에게 꼭 맞는 세례의 성수가 되어 쏟아졌다. 그의 옷에 매달리고, 그의 발에 입 맞추며, 그가 이제 막 상실한 것보다 훨씬 더 고귀한 유산인 축복의 말을 그의 머리에 쏟아낸 이들을 위한 눈물이었다.

"쉿!"

그 한마디와 함께 샌드라가 손을 들어올리자, 폭풍처럼 일렁이던 기쁨의 격정이 일순 가라앉았다. 사람들 말처럼 그녀가 정말 마법사이기라도 한 것만 같았다. 멀리서 많은 이의 웅성거림이 들려왔고, 행진하는 군중의 발소리가 들려왔다. 그것이 무엇을 의미하는지 모두가 알고 있었다. 그러나 아무도 동요하지도 도망치지도 않았다. 무력이나 두려움보다 더 강한 힘이 그들을 사로잡았고, 승리는 이미 그들 손에 있었기 때문이다.

폭풍치던 밤하늘이 서서히 개면서, 갈라진 구름 사이로 밝고 고요한 달이 모습을 드러냈다. 고개 숙인 청년의 머리에서 약속된 빛을 향해 고개를 높이 든 어스름한 얼굴들 위에 이르기까지, 달빛이 은총을 내리듯 은은히 흘러갔다. 그 순간적인 고요, 엄숙하고 달콤한 고요 속에서 강 건너편 먼 곳의 시계가 열두시를 울렸다.

초월주의의 야생귀리

Transcendental Wild Oats

184○년 6월 1일, 작은 말이 끄는 커다란 마차 한 대가 각색 짐을 싣고 바람과 비와 진눈깨비를 유쾌한 벗 삼아 뉴잉글랜드 어딘가의 언덕을 덜커덕거리며 굴러가고 있었다. 엄숙한 분위기의 남자가 엄숙한 분위기의 아이 하나를 무릎에 앉힌 채 마차를 몰았다. 아니, 작은 말이 자기 마음대로 마차를 끌고 있었으니 끌려가고 있었다고 하는 편이 더 정확하겠다. 그 옆에는 윌리엄 펜*을 연상케 하는 외모의 갈색 피부 소년이 소크라테스 흉상을 꼭 끌어안고 앉아 있었다. 그들 뒤에는 인정미 넘치는 눈썹에 해학적인 입매, 희망과 용기가 가득한 눈동자를 지닌 혈기왕성해 보이는 여성이 앉아 있었다. 들기 힘든 커다란 우산과 씨름하는 그녀의 다리 위에는 아기가 누워 있었고 무릎에는 거울이 기대어져 있었으며 발치에

* 종교의 자유를 주창한 영국의 정치인. 영국 식민지였던 미국에 퀘이커 교도를 중심으로 펜실베이니아 주를 건설했다.

는 식량이 담긴 바구니가 이리저리 굴러다녔다. 낡은 숄 하나를 나눠 쓴 푸른 눈의 두 어린 소녀는 아이들만의 보물을 두 손 가득 쥐고 행복하게 이야기를 나누고 있었다.

이 생기 넘치는 무리 앞으로 푸른 망토를 걸친, 키 크고 선이 날카로운 남자 하나가 성큼성큼 걷고 있었다. 그 옆으로 전부 네 명의 여자아이 중 나머지 한 명인 어린 소녀가 재미있는 듯 흙탕길을 참방거리며 걸어갔다.

황량한 언덕들 위로 바람이 휑 불어댔고 비가 추적추적 내렸으며 날은 막 저물고 있었다. 하지만 말없는 남자는 회색 하늘에 걸린 눈부신 약속의 무지개라도 보는 듯 안개 속을 고요히 응시했다. 활기찬 여성은 커다란 우산으로 자신을 제외한 모두를 덮어주려 애쓰고 있었다. 갈색 피부 소년은 소크라테스의 민머리를 베고 곤히 잠들어 있었다. 어린 소녀들은 마치 엄마처럼 나지막한 목소리로 인형들에게 자장가를 불러주었다. 코가 뾰족한 보행자는 푸른 망토를 깃발처럼 뒤로 나부끼며 묵묵히 행진을 계속했다. 신이 난 어린 소녀는 진흙탕 속에서 오리처럼 만족스럽게 참방거렸다. 보는 사람 마음까지 유쾌하게 만드는 모습이었다.

이렇게 이 현대의 순례자들은 구세계를 떠나 황야에 신세계를 건설하기 위해 희망차게 길을 가고 있었다.

『초월주의의 제단』 편집자들은 앞서 언급한 순례자들 라이언 씨와 램 씨에게 편지를 한 통 받았는데, 다음의 글은 그중 일부를 발췌한 것이다.

일백 에이커가량의 땅 소유주와 의논 끝에 그 땅을 인간의 소유에서 해방하기로 합의했습니다. 여기에서 우리는 원초적 본능을 거스르지 않고 조화롭게 살아가는 공동체를 일궈내기 위한 노력을 수행할 것입니다. 평범하고 세속적인 농사를 짓는 것은 우리의 목표가 아닙니다. 과일과 곡물, 콩, 약초, 아마와 다른 채소들이 충분한 관심을 받으며 자라 우리에게 충분한 육체노동과 생명 유지를 위해 필요한 얼마간의 신성한 식량을 제공하게 될 것입니다. 우리는 초원을 과수로 장식할 생각이며, 가축에게 노동을 시키는 대신 삽과 전지가위를 사용할 계획입니다.

인간의 자유에 바쳐진 이 땅은 지금 헌신적인 사람들이 일궈낼 지혜로운 문화를 기다리고 있습니다. 미미한 기반에서 출발하지만 이 기획은 영원토록 풍요로운 신적 섭리에 의지하여 단단히 뿌리내리게 될 것입니다. 타락하지 않은 대지와 세속에 물들지 않은 인간의 결합을 통해 신적 섭리의 생명력을 우리 안에 구현하는 기획이기 때문입니다. 소유를 추구하는 삶의 근심 걱정 및 해악을 우리는 멀리할 것입니다. 공동체 내 각 성원의 내적 본성이 무시되는 일은 결코 없을 것입니다. 우리의 계획에는 실패 없이 성원들의 정화淨化를 불러올 모든 규범과 문화, 습관이 포함되어 있습니다. 영적인 것만을 추구하기로 맹세한 우리 창립자들은 공동체의 규모가 빨리 성장하거나 수적으로 증가하기를 기대하지 않습니다. 평화의 왕국에 들어오기 위해서는 반드시 자기 부정이라는 문을 거쳐야 합니다. 시험을 이겨내고 흔들림 없는 사랑의 법을 충실히 따르는 자만이 지복을 누리게 될 것입니다.

그러나 지금 이 미래의 에덴을 구성하고 있는 것은 오래된 붉은 농가 한 채와 무너져가는 헛간, 몇 에이커의 목초지와 작은 과수밭 하나뿐이었다. 늙은 사과나무 열 그루가 아직 이곳이 제공하는 '신성한 식량' 자원의 전부였지만, 이 낙천적인 창설자들은 그들의 내적 의식으로부터 곧 풍요로운 과수원이 일궈지게 되리라는 굳건한 믿음하에 그들의 땅을 '프루틀랜드Fruitland'라고 이름지어 축성했다.

타이먼 라이언은 이 땅에서 후대 사도들의 공동체를 건설할 계획이었다. 그의 가부장적 지도 아래 후대 성도들은 새 세상을 창건하고 그의 이름을 영원토록 길이 빛나게 할 것이었다. 그리고 에이블 램은 이 땅에서 미와 덕, 정의와 사랑이 행복하게 어우러지는, 악이 끼어들 여지라곤 없는 천국을 건설하고 싶어했다. 그가 지고한 충심으로 추구하는 드높은 이 이상은 그에게는 살아 있는 진실이었다. 그리고 개종은 하지 않았지만 대의大義에 공감하는 그의 아내는 지구상의 이곳저곳을 두루 떠돌며 방황했으니, 이제 부디 이곳에서 자신와 그녀의 아이들을 위한 안식처와 집을 찾을 수 있기를 바라고 있었다.

"저기 우리 새집이 보이는군." 일행이 마침내 척박해 보이는 계곡을 따라 구불구불 이어지는, 몹시 가파른 언덕 위 마차 도로로 접어들 때 이 열정적인 사도가 말했다. 모자챙에서 뚝뚝 떨어지는 빗방울에도 좀체 누눅해지지 않는 만족감을 드러내는 미소를 지으면서.

"접근이 좀 어렵네요." 짐을 잔뜩 실은 그들의 방주가 덜컥거릴 때마다 밖으로 떨어져나가려는 각종 살림살이를 붙잡으려 애쓰며 실용적인 그의 아내가 말했다.

“좋은 것들은 언제나 그렇지요. 하지만 신심과 인내를 가지고 찾는 사람들은 곧 우리를 발견할 겁니다.” 긴 시간 마차를 끌어 지친 말을 원하는 방향으로 몰고 가려 애쓰던 진흙탕 속의 철학자가 평정을 잃지 않은 목소리로 대답했다.

“진실은 우물의 바닥에 있습니다, 호프 자매.” 그들의 미래를 더 잘 살펴보기 위해 입구에 있는 문 위로 올라가 앉은 어린 동지를 안아 내리려고 멈춰선 타이먼 형제가 덧붙였다.

“그래서 그렇게 통 우리 손에 닿질 않는 모양이네요.” 갑작스러운 덜컥거림에 손에서 튕겨나가버린 거울을 잡으려고 부질없이 노력하면서 호프 자매가 대답했다.

“이곳에서 우리에게 허상은 필요하지 않습니다.” 무자비한 미소와 함께 발밑의 거울조각을 쨍그랑 밟고 지나 행진을 계속하며 타이먼 형제가 말했다.

호프 자매는 동요하지 않았다. 그저 생각 많은 표정으로 안개 속에 보이는 미래의 자기 집을 바라보았다. 창문에서 불빛이 반기듯 반짝이는 오래된 붉은 집을 바라보자 그녀의 눈에 생기가 돌았다. 날씨를 고려하건대 저 집이 숲속의 나무 그늘보다는 더 적당한 피난처가 되어줄 것이 틀림없었다. 더 열정적이고 신실한 영혼의 소유자들은 아마도 숲속의 나무 밑을 선호하겠지만.

소수의 선민選民 중 하나인 개심한 농부 한 명이 그들을 반겨주었다. 그가 생각하는 개심은 대체로 무두질하지 않은 가죽으로 만든 신을 신고 흰색 면으로 된 의복을 입는 것으로 정의할 수 있었다. 눈같이 하얀 턱수염에 하얀 의복 때문에 그는 어쩐지 신성한 사람처럼 보였지만, 동시에 그 차림새는 그를 새 신부처럼 보이게도 했다. 공동체의 살림살이며 가축들이 아직 도착하지 않았기 때문에 지친 가족들은 장작을 쌓아 피운 불 앞에서 휴식을 취하며 모지스 화이트 형제가 그들에게 베푼 만찬을 들었다. 구운 감자와 통밀빵과 물이 구리 팬 두 개와 도자기 컵 하나에 담겨 나왔다. 그게 그가 가진 식기의 전부였기 때문이다. 그러나 타락한 세계의 형식이며 허영을 내던지고 온 어른들은 개척자의 열정으로 불편함을 환영했고, 아이들은 영원히 계속되는 소꿉놀이라고 믿고 있는 그들 앞날의 첫번째 맛보기를 진심으로 즐겼다.

이 검소한 식사가 진행되는 동안 형제 두 사람이 나타났다. 한 명은 손으로 짠 천으로 지은 옷을 입고 있었다. 가무잡잡한 피부에 우수에 찬 얼굴을 한 이 남자는 내내 이름과 성의 위치를 뒤바꿔 쓰고 가능한 한 말을 하지 않는 것을 특별한 소명으로 생각하고 있었다. 다른 한 명은 턱수염을 기른 온화한 표정의 영국 남자였는데 생식을 하고 옷을 입지 않음으로써 구원을 얻을 수 있기를 바라고 있었다. 하지만 아직 원시의 의복을 채택하는 대신 바구니에 든 마른 콩을 꺼내 묵상하는 표정으로 씹는 것으로 만족했다.

"모든 식사가 성찬식이 되어야 합니다. 식기는 아름답고 상징적이어야 하고요." 무릎에서 미끄러져내리는 구리 팬을 바로잡으며 램 형제가 온화한 목소리로 말했다. "시내에 있을 때 은식기 값을 알아봤지만 너무 비싸더군요. 그래서 구리로 만든 고상한 컵과 항아리를 몇 벌 구입했지요."

"세상에서 제일 광내기 어려운 그릇이죠. 공동체에서 표백용 백묵을 사용할 수 있을까요?" 노동 절감과 관련된 규칙에 주부다운 관심을 보이며 호프 자매가 질문했다.

“그런 사소한 질문들을 논의할 더 적당한 시간이 있을 겁니다.” 무척 뜨거운 감자에 손가락을 덴 타이먼 형제가 날선 목소리로 대꾸했다. “고기뿐만 아니라 설탕, 당밀, 우유, 버터, 치즈는 소비하지 않을 겁니다. 인간에게든 짐승에게든 죽음이나 고통을 야기하는 것은 일절 공동체에 들일 수 없으니까요.”

“직접 목화 기르는 법을 배우거나 모직을 대체할 대용품을 찾아낼 때까지는 마로 만든 옷만 입게 될 겁니다.” 에이블 형제가 덧붙였다. 그는 지금 자기 앞에 활활 타는 불길처럼 밝고 따뜻한 상상 속 미래의 햇살에 행복하게 온몸을 데우고 있었다.

“신발은 어떡할 거요?” 자신의 신발을 흥미롭게 바라보며 모지스 형제가 물었다.

“가죽을 대신할 죄 없는 대용품을 찾을 때까지 타협해야 할 겁니다. 때가 되면 나무껍질이나 나무, 아니면 질긴 천 같은 걸로 신을 지을 수 있게 될 테지요. 우리의 신념을 한 치 부끄러움 없이 지켜가고 싶은 사람이라면 그동안 맨발로 다닐 수 있을 테고요.” 극단적인 조치들을 좋아하는 라이언 형제가 대답했다.

“난 절대 그러지 않을 거예요. 내 딸들도 마찬가지고.” 반항적인 호프 자매가 낮은 목소리로 중얼거렸다.

“십 에이커짜리 밭은 어떻게 일구려고요? 제대로 돌보지 않으면 아무것도 수확하지 못할 텐데요.” 면 옷을 입은 현실적인 형제가 질문했다.

“삽으로 일궈야지요.” 모지스 형제가 다른 속내를 표한 것은 아니라고 굳게 믿으며 에이블 형제가 대답했다. 하지만 몇 년 동안 펜보다 무거운 것을 잡아본 적 없는 손을 힐끗 쳐다보며 모지스 형제는 대놓고 고개를 절레절레 저었다. 그들의 아버지뻘 되는 노인인 그는 자신보다 나이 어린 남자들을 막 새로운 놀이를 시작한 전도양양한 소년들로 여기고 있었다.

"동물성 재료를 사용할 수 없다면 등은 어떻게 할 건가요? 뭐가 됐든 이 공동체를 비춰줄 불빛이 꼭 좀 있었으면 하는데요." 호프 자매가 불안한 표정으로 물었다. 그 시절에는 아직 등유나 용뇌유를 사용하지 않았고 도시가 아닌 곳에는 가스의 존재도 알려져 있지 않았기 때문이다.

"사용 가능한 식물성 기름이나 밀랍을 찾을 때까지 등불 없이 지내야 할 겁니다." 타이먼 형제가 단호한 목소리로 대답했다. 그 말투에 호프 자매는 활활 태우지는 못할지라도 그녀 자신의 등불만은 언제고 은은히 밝혀두고 말겠다고 결심했다.

"각 성원은 각자의 경험과 힘, 적성에 가장 적합한 일을 수행하게 될 것입니다." 독재자 타이먼 라이언이 말을 이었다. "억지로 하는 일, 심신의 균형이 깨어지는 일을 피하고 조화 속에 살 수 있도록 말입니다. 새벽에 일어나서 목욕과 이어지는 음악으로 하루를 시작하고, 그다음엔 빵과 과일로 순결한 식사를 하게 될 겁니다. 정오 식사시간까지 각자 자기에게 맞는 일을 찾아 하고, 정오에는 심오한 대화로 몸의 휴식과 마음의 향상을 추구하지요. 마지막 식사 때까지 다시 건강한 노동에 몰두한 후 모여 영적 친교를 나눌 텐데, 이는 해가 질 때까지 이어질 겁니다. 그다음엔 다음날의 활동을 예비하기 위해 달콤한 휴식에 들어갑니다."

"형제는 어떤 일을 하고 싶은지요?" 날카로운 눈빛에 조소의 빛을 띠고 호프 자매가 물었다.

"분명해질 때까지 기다릴 계획입니다. 행위보다 존재를 우선하는 것은 위대한 목표입니다. 그리고 이는 의지적인 행위가 아니라 순종적인 내맡김 상태에서 가능한 것이지요. 의지적인 행위는 모든 신적 성장을 가로막는 방해물이니까요." 타이먼 형제의 대답이었다.

"그럴 것이라고 생각했어요." 램 부인이 들리도록 한숨을 쉬며 대답했다. 그녀 가족과 함께 지낸 일 년간 타이먼 형제가 대단히 성실히 '행위 없이 존재하기'의 이념을 실행에 옮겼기 때문에 그녀는 이미 그의 '신적 성장'이 비용은 많이 들고 나오는 것은 도통 없는 과정이라는 사실을 익히 알고 있었던 것이다.

이때 그녀의 남편이 대화에 끼어들었다. 그의 얼굴은 장작 불빛에 더해 눈앞에 떠오르는 높은 이상과 눈부신 꿈으로 반짝이고 있었다.

"이 개혁 과정에서 우리는 과학적 추론이나 육체적 기술보다 영혼의 명령에 더 많이 의지해야 합니다. 우리 의무 중 다수는 인간을 본래 상태 그대로 내버려두는 것으로 구성되어 있습니다. 차나 커피, 포도주로 나를 자극해야 합니까? 아니지요. 살코기를 소비해야 하는 걸까요? 건강을 소중히 생각한다면 아니지요. 가축들을 부려야만 하나요? 그 어떤 생명체에 대해 나의 소유권을 주장해야 한단 말입니까? 거래를 해야 하나요? 형식으로서의 종교를 가져야만 합니까? 정치로 마음을 바쁘게 해야 할까요? 충분히 깊이 이런 질문들을 던진다면, 그리고 이런 질문들을 우리의 영원한 복지와 관련된 것으로서 숙고한다면, 대체 얼마나 많은 이 같은 질문에 '멀리하라'라는 답을 얻게 될까요?"

에이블의 열정적인 연설에 화답하듯 부드럽게 코고는 소리가 들려왔다. 모지스 형제가 세속적인 졸음을 이기지 못하고 커다란 유령처럼 고개를 끄덕이며 앉아 잠이 들었기 때문이다. 말 없는 사람인 포리스트 압살롬 형제와 영국인 존 피스는 이제 헛간으로 나갔다. 램 부인은 불이 꺼지고 연기 속에 향연이 끝날 때까지 '공동 가족'의 창설자들이 허공에 성을 쌓도록 내버려두고 자신의 양떼를 데리고 임시 우리로 들어갔다.

다음날 짐이 도착했고 금세 정리가 끝났다. 이 공동체의 주된 소유물은 책이었기 때문이다. 이 귀한 장서들은 집에서 제일 좋은 방에 모셨고, 숱하게 내동댕이쳐진 뒤에도 살아남은 몇 개의 흉상들이며 그림들을 이 성소를 꾸미기 위해 그 방에 더했다. 이 방이 가족들의 오락과 교화, 예배를 위해 사용될 예정이었기 때문이다.

주부라면 누구라도 낡은 화덕과 열한 명의 작은 가족을 위한 음식으로 진화해야 할 특이한 식재료들이 갖춰진, 무너져가는 커다란 부엌을 책임지게 된 호프 자매의 마음을 상상할 수 있을 것이다. 단풍나무 수액으로 만든 설탕 덩어리들과 말린 완두 및 콩들, 보리와 옥수수, 각종 곡물가루 및 감자와 말린 과일들이 있었고, 우유와 버터, 치즈, 차, 고기는 전혀 보이지 않았다. 이 엄격한 소박함의 찬미자들은 심지어 소금조차 불필요한 사치품으로 간주했고 향신료는 전적으로 금지했다. 지난 십여 년 간 각종 기이한 채식 문화를 경험한 덕에 그녀는 이 새로운 기행奇行에 잘 대비되어 있었고, 보고 있기 차마 곤란한 장면들도 별 우스운 꼴을 다 보겠구나 생각하며 지나갈 수 있었다.

아침에는 효모를 넣지 않은 빵, 죽, 물, 점심에는 빵, 야채, 물, 저녁에는 빵, 과일, 물이 지도자가 결정한 식사 메뉴였다. 찻주전자가 신성한 화로를 더럽히는 일은 없었고 피 묻은 스테이크 덩어리가 그녀의 순결한 석쇠에서 복수를 외치며 울부짖는 일도 없었다. 이 집안의 제단 위에서 희생된 것은 한 용감한 여성의 미감과 시간, 터뜨리지 못한 울분뿐이었다.

조명과 관련된 난제는 양초 제작을 위한 한 덩어리의 월계수 열매 왁스 구입을 통해 해결되었다. 그러나 아무도 양초 만드는 법을 모른다는 사실이 밝혀졌기 때문에 꼭 필요할 때만 사용한다는 조건하에 양초 대신 소나무 옹이가 소개되었다. 여름이라서 저녁 시간이 길지 않았고 지친 형제들은 새들과 함께 잠자리에 드는 것에 별다른 어려움을 느끼지 않았다. 그들 대부분은 내면의 빛만으로도 충분했기 때문이다. 그러나 램 부인은 항거했다. 저녁 시간이 그녀 혼자 쓸 수 있는 유일한 시간이었기 때문이다. 그 시간, 지친 그녀의 두 발이 쉬는 동안 재주 많은 두 손은 찢어진 아이들 옷이나 양말을 수선했고, 근심 많은 마음은 책 속에서 그 짐을 잊을 수 있었다.

그래서 철학자들이 달빛으로 새로운 하늘땅을 짓는 동안 '엄마의 등불'은 한결같이 타올랐다. 그 시기 내내 그 모든 형이상학적 운무와 현란한 박애주의의 불꽃놀이 속에서 호프 자매는 자기만의 작은 '불 밝히기' 놀이를 계속했다. 나방 말고는 그녀의 등불에 그 무엇도 해를 입지 않았다.

아담이 경작을 시작한 이래 누구도 이런 농사법은 본 적이 없을 것이다. 형제들은 텃밭과 밭을 가래질하는 것으로 농사일을 시작했다. 며칠간의 가래질은 농사에 대한 그들의 열정을 놀라울 만큼

감소시켰다. 새로운 삶의 여름에 이르러 손의 물집과 등의 통증은 일꾼들이 이 고상한 시련을 더 잘 견딜 수 있게 될 때까지 가축 사용을 허락하는 것이 매우 시급하다는 사실을 보여주고 있었다.

모지스 형제가 자기 농장에서 한 쌍의 수소를 데려왔다. 아니, 적어도 철학자들은 그렇게 생각했다. 둘 중 한 마리가 젖소라는 사실이 밝혀질 때까지는. 모지스 형제는 "텃밭서 나는 것만 먹고는 살 수 없으니 나는 좀 살살해야겠다"라고 털어놓았다.

이 기강의 해이에 독재자 라이언 형제가 보인 분노는 대단한 것이었다. 그러나 시간이 촉박했고 일이 진행되어야 했으므로 온순한 젖소에게 멍에를 씌우는 것이 허락되었고, 변절자 형제는 헛간에서 금지된 음료를 계속해서 즐겼다. 그 음침한 과정을 지켜본 어린이들은 그를 지옥불에 홀로 떨어질 인물로 간주했다.

씨 뿌리는 과정 역시 특이했다. 무엇인가 착오가 있었던 탓에 이 고상한 작업에 투신한 세 형제는 작업이 절반가량 끝났을 때 같은 밭에 각자 다른 씨를 뿌렸다는 사실을 발견했기 때문이다. 돌이킬 도리가 없는 실로 당황스럽기 그지없는 실수였지만, 장시간의 의견 교환 및 적지 않은 폭소 끝에 더는 가타부타 하지 않고 어떻게 되는지 지켜보기로 결정했다.

텃밭에는 유용한 약초들과 뿌리식물들을 넉넉하게 심었다. 하지만 퇴비로 순결한 흙을 더럽히는 것이 허락되지 않았기 때문에 쓰임 많은 이 채소들의 대부분은 결국 싹조차 올라오지 않았다. 쇠비름만이 사방에 무성했다. 실망한 농사꾼들은 그들에게 가장 필요한 것이 무엇인지 대자연이 알고 있을 거라고 생각하며, 그들이 대자연의 '초록 잎'과 야생식물 뿌리를 소화하는 법을 배우기만

한다면 자연이 넉넉히 그들의 필요를 채워줄 것이라고 생각하며 철학적으로 쇠비름을 씹었다.

과수원도 시작되었다. 그 일을 하기에 적합한 철이 아니었지만 농사일에 대해 아무것도 모르는 헌신적 농군들은 가을이 되면 풍성한 수확을 거두게 될 거라고 순진하게 믿으면서 약간의 접붙이기와 묘목 및 덩굴 심기 작업을 수행했다.

천천히 공동체가 자리를 잡아갔고 새로운 실험에 대한 소문이 빠르게 외지로 퍼져나가면서 오만 별난 사람이 다 마을로 모여들었다. 당시에는 공동체가 유행이었던데다 초월주의 사상이 세를 누리고 있었던 것이다. 몇몇은 구경 삼아 보고 비웃으려 왔으며 몇몇은 시적인 게으름을 누리려고 찾아왔다. 더러는 진심으로 신념을 가지고 열심히 일하기 위해 찾아오기도 했다. 공동체에서 모든 성원은 자기가 제일 좋아하는 취미를 골라 타고 내키는 만큼 몰고 다닐 수 있었다. 몇몇 기수는 실로 괴팍하기 짝이 없었고, 어떤 취미들은 과격하기 짝이 없었다.

영혼이 올바르다면 말은 어떻게 해도 상관없다고 믿고 있던 한 젊은이는 "망할 자식들, 잠은 잘 잤나요?"라고 인사를 건네거나 비슷하게 뒤죽박죽 뒤섞인 표현들을 사용함으로써 공동체에 새로 온 사람들을 식겁하게 만들었다. 한 통제 불능의 구성원은 영혼이 자신의 감정들을 자유롭게 표현할 수 있어야 한다고 믿으면서 정신병동에 보내야 마땅할 기괴한 짓들로 자신의 이론을 실천에 옮기곤 했다. 개심하지 않은 한 입담꾼의 말처럼 그가 벌써 그런 정신병동 중 하나에 와 있는 게 아니라면 말이지만. 그는 영혼이 고무될 때면 나무에 올라가 소리를 질러댔으며 회의가 덮칠 때면 마룻바닥에 누워 비통하게 신음했다. 환희에 사로잡혀 있을 때면 달리고 뛰고 노래했으며 슬플 때는 커다랗게 소리내 흐느꼈다. 밤에 깨어 있다가 위대한 생각이 마구 떠오르면 명랑한 수평아리처럼 꼬끼오 소리를 질러 아이들에게는 커다란 즐거움을, 원로들에게는 굉장한 짜증을 선사하기도 했다. 음악을 사랑하는 한 형제는 언제고 기분이 내킬 때마다 바이올린을 연주하고 꼬맹이 소녀 네 명에게 우수에 찬 노래를 불러주는가 하면 벽에 오르골을 걸어놓고 옥수수밭에서 김을 매기도 했다.

피스 형제는 조리되지 않은 음식들을 쉼 없이 씹어댔고 괭이밥, 박하, 풋과일, 그 밖의 새로운 채소들을 찾아 풀 뜯는 소처럼 농장을 배회하고 다녔다. 때로는 그가 스스로 허락한, 원시 의복에 제일 가까운 형태의 표백하지 않은 면으로 만든 헐렁한 판초를 입고 농장 바깥까지 나가기도 했다. 한여름, 그는 자신이 뜻한 바를 실행에 옮기기 위해 마멋들이 편견 없이 살아가고, 허클베리 덩굴들이 풍성하게 열매를 달고 있는 야생의 자연 속으로 들어갔다. 그러나 불행히도 일사병에 걸리는 바람에 그의 계획은 수포로 돌아갔고, 그는 풀은 좀 죽었지만 더 지혜로운 사람이 되어 반半문명으로 다시 돌아왔다.

포리스트 압살롬 형제는 피타고라스적 침묵을 지키면서 아름다운 검은 머리카락을 기르는 한편 비버처럼 부지런히 일했다. 반듯한 그의 생활은 형제애와 사랑, 정의, 신실함의 더할 나위 없는 본보기를 제공했다. 잔뜩 쌓인 빨랫감이며, 계속해서 구워내야 하는 빵 반죽, 아이들 보살피기, 그밖에도 위대한 소명을 정의하고 토론하느라 너무 바쁜 나머지 사소한 일들은 잊어버리고 만 형제들이 내버려둔 숱한 일을 감당해야 했던 호프 자매를 도운 것도 바로 그였다.

모지스 화이트 형제는 평화롭게 여기저기 어슬렁거리며, 그 자신의 표현을 빌자면, "잡일들을 처리"했고 알뜰함과 양키다운 영리함으로 공동체를 여러 번 곤경에서 구해냈다. 은색 머리카락과 흘러내리는 수염 때문에 그는 마치 먼 과거의 족장처럼 보였다.

라이언 형제는 공동체 내의 모든 일을 주관했다. 이 투기에 필요한 대부분의 자금을 댄 그는 꼭 성과를 내야겠다고 결심했다. 그는 이상적인 토양 위에 세워지기만 한다면 성공적인 결과물이 나올 수밖에 없다고 믿는 광신도 같았다. 모든 광신도가, 그리고 오직 광신도만이 그런 믿음을 갖지만 말이다.

에이블 램 형제는 그저 새로움에 환희했다. 그는 자신의 꿈이 아름답게 실현될 것이라고, 또 때가 되면 자신의 작은 '과일 나라' 뿐만이 아니라 세상 전체가 '행복의 나라'로 변할 것이라고 굳게 믿고 있었다. 그는 온몸의 근육을 다 써서 일을 했다. 자신의 신념을 진심으로 믿었기 때문이다. 그는 온 마음과 머리를 다해 가르치고 계획하고 희생하고 설교하고 예언했다. 가장 순수한 열망과 가장 이타적인 목적, 신과 인간을 위해 헌신하는 삶에 대한 바람으로 가득한 그의 영혼은 이 세상의 거친 요구를 견디기에는 너무 고상하고 연약한 것이었다.

이 공동체를 찾아온 여성이 단 한 명뿐이었다는 사실은 특기할 만하다. 램 부인은 예외인데, 그녀는 특유의 명랑한 화법으로 표현하듯 "그의 풍선을 붙잡아 매줄 모래주머니로서" 어디든 남편 가는 곳을 따라왔을 뿐이기 때문이다.

제인 게이지 양은 감상적이고 상냥하며 게으른, 나이 꽉 찬 뚱뚱한 미혼 여성이었다. 시를 잔뜩 써대던 그녀는 알려지지 않은 어떤 존재에 대한 막연한 인식과 갈망을 가지고 있었고, 그 결과 자신은 자신이 그간 찬양해온 세계보다 더 고귀한 어떤 공간에 적합한 존재라고 믿게 되었다.

한때 교사였던 제인 양은 아이들에게 일반교양을 가르칠 계획이었다. 어른들은 돌아가면서 애들을 맡았는데 각자 자기 방식대로 아이들을 가르쳤기 때문에, 만만치 않은 시련을 겪은 이 순진한 어린이들의 마음은 지속적인 혼란 상태에 빠져 있었던 것이다.

잠과 음식, 시적인 명상이 친애하는 제인 양이 인생에서 바라는 것들이었다. 그녀는 모든 의무를 그녀 영혼의 날개를 짓누르는 방해물로 간주하며 회피했다. 구질구질한 집안일을 거들 생각 같은 건 단 한 번도 해본 적이 없었다. "마을에 짐 나르는 가축이 있나요?"라고 물었을 때 램 부인이 나름의 사연을 전하는 얼굴로 "여자 한 명뿐이에요!"라고 대답하자 쾌활한 제인 양은 부끄러운 줄도 모르고 그 농담에 웃음을 터뜨렸다. 그러고는 그 뚝심 있는 자매가 계속해서 혼자 짐을 끄느라 애쓰게 내버려둘 뿐이었다.

불행히도 이 가엾은 노처녀는 고기 요리를 몹시도 좋아했다. 그녀는 남몰래 우유를 홀짝이고 크래커와 치즈도 포기하지 않으려고 했다. 어느 날은 심지어 이웃집 식탁에서 생선까지 먹고 말았다. 아이 하나가 이 슬픈 덕의 실추를 고해바쳤고 가엾은 제인 양은 타이먼에게 공개적인 질책을 받게 되었다.

"꼬리만 조금 먹었을 뿐이에요." 여시인이 뉘우치는 얼굴로 훌쩍이며 말했다.

"그렇겠지요. 하지만 꼬리 살점 조금으로 육체의 식탐을 채우기 위해 물고기 전체가 고통을 받고 죽음을 당해야 했지요. 육식을 하는 자는 마음속에 늑대와 호랑이를 키우게 된다는 걸 몰랐단 말입니까?"

이 무시무시한 질문과 젊은 형제들 사이에서 터져나온 웃음소리에 제인 양은 그만 방에서 도망쳐 생선 꼬리가 금단의 과일이 아닌 세상으로 돌아가기 위해 가방을 꾸리고 말았다. 무시무시한 얼굴의 심문관과 오동통한 죄인 간의 우스꽝스러운 대비, 그리고 어린 탐정의 얼굴에 떠오른 장난기 어린 만족감에 형제들은 도저히 웃음을 참을 수 없었다.

그해, 초월주의의 야생귀리는 멀리까지 흩뿌려졌고 이 땅에서 그 명성은 아직 잦아들 기미를 보이지 않았다. 외부 사람들에게는 하찮아 보이는 이 씨앗이, 진실한 신념으로 그것을 심은 사람들에게는 눈에 보이지는 않지만 대단히 가치 있는 수확을 약속하는 것처럼 보였다. 이 특이한 공동체의 성원 중 그 누구도 아직 그들의 경험을 기술한 적이 없으므로 약간의 기록을 남기는 것이 딱히 해가 되지는 않을 듯싶다. 이런 시도들에 대한 관심은 아직도 전혀 식지 않았으며 '프루틀랜드'는 이 모든 사상누각 중에서도 가장 이상주의적인 것이었기 때문이다.

면, 견, 모가 모두 노예 노동, 벌레 살육, 양 착취라는 이유로 사용이 금지되었으므로 새로운 의복이 개발되었다. 갈색 마로 만든 튜닉과 바지만이 유일하게 허용된 옷이었다. 여자들의 치마 길이가 좀더 길고 밀짚모자 챙이 조금 더 넓다 뿐 그 이외에는 여자와 남자 옷 사이에 아무런 차이도 없었다. 얼마간의 비난들이 이 의복을 더 매력적인 것으로 만들었다. 긴 머리에 마 옷을 차려 입은 개혁자들은 집을 떠날 때면 감내해야 했던 그 온건한 순교를 적잖이 즐겼다.

돈은 모든 악의 뿌리로 배척되었다. 땅에서 나오는 것들이 그들 필요의 대부분을 충족시켜줄 터였고 그들이 키울 수 없는 몇 가지 것들은 물물교환을 통해 얻게 될 예정이었다. 이 철학에는 불편함이 따랐지만 당시에는 극기가 유행이었고, 실제로 우리는 놀라울 만큼 많은 것 없이도 살아나갈 수 있었다. 여행을 하고 싶을 때는 걷거나 가능할 때면 탈것을 빌렸고, 대담하게 역마차나 기차에 올라탄 다음 차장에게 자신들의 원칙을 설명하고 뭐든 그 결과를 받아들였다. 대개는 그들의 차림새나 진심 어린 솔직함, 온화하지만 단호한 태도 덕에 차를 얻어 탈 수 있었다. 하지만 가끔은 난폭한 대응도 있었고 그럴 때면 그들은 원칙을 지키기 위해 겪는 고통을 기꺼운 마음으로 감내했다.

이런 무일푼 순례중 한번은 배를 탄 적이 있었다. 뱃삯을 내라는 말을 듣자 그들은 천진하게 돈 대신 강연을 하겠다고 제안했다. 배는 이미 부두를 떠난 지 한참 뒤였고 그들은 정말이지 한 푼도 가진 것이 없었기 때문에 달리 방법이 없었다. 그래서 라이언 형제와 램 형제는 그들이 할 수 있는 가장 유려한 웅변으로 모여 있던 승객들에게 강연을 했다. 그들의 강연에 마음을 움직이는 뭔가가 있었던 것이 틀림없다. 빈 주머니로 그토록 열정적으로 지상의 평화와 인간에 대한 선의를 설파하는 이 고양된 광인들을 위하여 청중이 모금을 시작했기 때문이다. 적지 않은 금액이 모아졌다. 하지만 선장이 그 돈을 건네주었을 때 이 개혁가들은 광기에 사로잡히

긴 했지만 자신들이 일관성을 유지하고 있음을 보여주었다. 그들은 한 푼의 돈도 받지 않고 이제 경멸과 무관심에서 관심과 존경의 표정으로 바뀐 청중을 바라보며 "돈 없이도 저희가 얼마나 잘 살 수 있는지를 보셨겠지요"라고 말했다. 그러고는 차가운 10월의 바람 속에 마로 된 옷을 펄럭이며 경건하게 갈 길을 떠났다.

그들은 사방에서 채식을 설파하고 육식의 유혹에 저항했으며 잘 차려진 식탁 앞에서 만족스럽게 사과와 빵만을 먹으면서 식탁 위의 음식들을 비난함으로써 푸짐하게 상을 차린 안주인들을 몹시도 무참하고 곤란하게 만들었다. 그들은 또한 "도살장의 공포"며 "인간의 몸 안에 금수를 들이는 행위", "순결한 영혼의 상징인 고결한 절제" 등을 논함으로써 안주인들의 식욕을 앗아갔다. 하지만 당황하기도 하고 불쾌해지기도 한 안주인들이 그렇다면 대체 뭘 먹어야 하느냐고 물었을 때 그들은 "한 대접 햇살의 아침식사", "하늘의 햇살 씨앗들", "플루타르크의 정결한 식탁에서 온 음식들"*로 구성된 식단을 응답받았다. 언급된 것들 못지않게 현대 시장에서는 구하기 어려운 다른 차원 높은 음식들의 이름과 함께.

숱한 지혜의 말을 내뱉으며 숱한 바보짓을 한 이 형제들은 오만가지 개혁의 시도를 죄다 쫓아다녔다. 불행히도 공동체의 수확 시기가 그들의 이런 유랑 일정에 방해가 되었다. 그러나 그들은 영혼의 소리를 따르는 것을 규칙으로 삼았다. 그리하여 신의 섭리에 그들의 작물을 맡기고 더 넓은, 그리고 바라건대 그들의 것보다 더 풍성한 들판에서 수확을 하기 위해 길을 떠나버렸다.

---

* 철학적 토론을 의미한다.

다행히도 에이블 램을 지켜주는 지상의 섭리가 집을 지키며 "인간의 자유에 바쳐진 타락하지 않은 땅", "헌신적인 사람들의 깨인 문화"를 부여받은 그 땅이 생산한 빈약한 수확물을 거두었다.

낟알들이 저장될 준비가 되었을 바로 그때 대신령*의 부름에 남자들은 각지로 흩어져버렸다. 동쪽에서 태풍이 밀려오고 있었다. 쌓아둔 볏단들이 다 못쓰게 될 것이 틀림없었다. 그때 호프 자매가 그녀의 대원들을 불러모았다. 빨래 바구니와 대마로 짠 이불 포대기를 몸에 묶은 어린 소녀 셋과 (타이먼의 아들인) 사내아이 하나, 그리고 그녀 자신이 호프 자매 휘하 대원의 전부였다. 하지만 불굴의 용기를 지닌 호프 자매는 이 빈약한 장비들을 가지고 볏단들을 들이고 그녀의 아이들을 위한 식량을 구해냈다. 거둬 먹여야 할 한배의 굶주린 아기새를 거느린 어미새의 본능과 활동력으로 말이다.

세상은 바보 같은 일들만 기억하지만 새 세상을 열려는 이 시도에는 우스꽝스러운 일들뿐만 아니라 비극적인 일들도 있었다.

첫번째 서리와 함께 여름 동안 새로운 빛 속에서 일광을 만끽하던 나비들이 떠나갔다. 몇 안 남은 벌들은 겨울 동안 먹을 수 있는 꿀이 얼마나 저장되어 있는지 확인해야 했다. 소중한 한 줌의 식량은 몇 달 동안의 성스러운 생활을 견디기에는 턱없이 부족해 보였다.

처음에는 성스럽게 살 기회처럼 성스럽게 죽을 기회 역시 그들에게 제공된 것처럼만 보였다. 계획의 실패에 몹시도 낙담한 타이먼은 당시 유일하게 성공적으로 운영되는 듯 보였던 셰이커 공동

* 초월주의자 에머슨의 개념으로 만물을 생성하는 영을 뜻한다.

체에 들어가기로 결심했다.

"우리는 어떻게 되는 건가요?" 자신의 아름다운 거품이 터져버린 바람에 에이블이 절망에 빠져 있었으므로 호프 자매가 대신 물었다.

"원한다면 새로운 세입자가 나타날 때까지 여기 있어도 괜찮습니다. 하지만 이제 절대 나무를 베어서는 안 되고 옥수수를 갈아서도 안 됩니다. 책임이 나에게 있는 이상 내 소유로 된 것들은 모두 팔아서 빚을 청산해야 하니 말입니다." 이것이 호프 자매에게 돌아온 희망찬 대답이었다.

"우리가 잃어버린 것은 누가 보상하나요? 난 가진 것을 모두 내놓았어요. 가구와 시간, 힘, 여섯 달간의 내 아이들 인생, 이 모든 것을 모두 탕진하고 말았지요. 에이블은 몸과 영혼을 다 바쳤고, 고된 노동과 좌절로 거의 무너지고 말았고요. 그런데 이 모든 것에 아무런 보상도 없이 낡은 집에서 추위에 떨며 굶주리도록 남겨져야 한다는 건가요. 겨울이 코앞까지 와 있는데 돈 한 푼 없이, 친구 하나 변변히 없는 채 말이에요. 이 말도 안 되는 계획을 추진하는 통에 친구들 대부분과 멀어지게 되었다고요. 형제께서는 정의에 대해 그렇게 늘 떠들어대셨으니 이제 저희가 그 정의를 좀 누리게 해주세요. 그것 말고는 아무것도 남은 게 없으니까요."

하지만 그녀의 통사정에 돌아온 대답이라고는 익히 들어왔던 한마디뿐이었다. "이건 실험이었습니다. 우리 모두가 무엇인가를 희생했지요. 그리고 각자 자신의 손실을 감수해야 할 겁니다."

이 냉정한 위안의 말과 함께 타이먼은 아들을 데리고 그들을 떠나 셰이커 공동체로 사라져버렸다. 곧 그는 그곳의 규칙이 프루틀랜드와는 정반대라는 사실을 배우게 되었다. 일만 하고 놀이란 전혀 없었기 때문이다.

이제 버려진 한 줌의 가족에게 비극이 시작되었다. 고독과 절망이 에이블을 덮쳤다. 그의 아내 말대로 그의 새로운 신념 때문에 많은 친구가 그에게 등을 돌렸다. 몇몇은 그가 미쳤다고 생각했고 몇몇은 그가 너무 멀리 나간다고 생각했다. 심지어 가장 우호적인 경우에도 그를 몽상가로 간주하며 그가 삶에 대해 좀 더 현실적인 태도를 갖기 전에는 그를 도우려고 해봤자 소용없는 일이라고 생각했다. 모두가 "자기 생각을 실천에 옮겨보라고 해. 뭐가 나오는지 한번 보자고"라고 말하며 멀찍이 물러섰다.

에이블은 시도했고 그의 시도는 실패로 돌아갔다. 세상은 아직 유토피아를 맞을 준비가 되지 않았고, 지상에 천국을 건설하려고 시도한 사람들의 노력은 비웃음만 샀다. 과거에는 소유물을 모두 처분하거나 가난한 사람들에게 나눠주고 신성과 높은 이념만을 추구하며 사는 삶이 가능했으며 박해가 끝나고 나면 그들은 성인이나 순교자로 숭앙을 받았다. 그러나 현대사회에서 이런 삶은 더는 가능하지 않았다. 그 어떤 대가를 치르고라도 자신의 원칙을 따르는 것은 위험한 투기가 되고 말았다. 세상은 은행 강도나 부패한 정치인들의 대규모 협잡은 잊고 용서할망정, 그 아무리 인간적이고 고귀한 것이라 하더라도 이상을 추구하다 실패한 자들은 잊거나 용서하지 않았다.

에이블은 큰 어려움에 봉착했고 한동안 돌파구는 전혀 보이지 않았다. 너무 많은 생각과 고된 일 때문에 그의 영육이 모두 소진되어버렸다. 도움을 찾으려 주위를 둘러보았지만 동정적인 얼굴 하나 없었고, 지지의 손길 하나 찾을 수 없었으며 "누구나 다 실수를 하는 법이야. 자리를 잡기까지 숱한 경험을 하기 마련이라네. 다시 한 번 해보게, 우리가 자네를 도울 테니"라고 명랑하게 위로하는 목소리도 들려오지 않았다. 에이블의 용기는 무너지고 말았다.

모든 문이 닫혔고 모든 시선이 그를 회피했으며 모든 심장이 그에게 냉랭했고 아이들을 위해 빵을 벌 방법도 전혀 없었다. 그 자신의 원칙 때문에 다른 사람들처럼 할 수 있는 일이 많지도 않았다. 양심에 거리낌없이 일을 할 수 있는 몇몇 분야에서는 아무도 사회를 등지고 떠난 그를 고용하고 싶어하지 않았다.

그러자 꿈이야말로 그의 생명을 이루는 정수였던 이 몽상가는 자신의 이념을 쓰라린 결말에 이르기까지 추구하기로 결심했다. 이 세상에는 그를 위한 자리도 일도 친구도 없는 것 같았다. 사정을 좀 봐달라고 애원을 하러 가는 것은 돈을 구걸하는 것만큼이나 비천한 일이었다. 육신을 지탱하기 위해 영혼을 팔기보다는 필요 자체를 소멸하는 편이 차라리 더 나았다. 그는 조용히 벽을 바라보고 침대에 누워 처연한 인내심으로 죽음이 그가 풀지 못한 고리를 끊어주기를 기다렸다. 며칠 밤낮이 지나도록 그는 물도 음식도 전혀 입에 대지 않았다. 영혼과 육신이 말없이 함께 고통을 겪고 있었지만 그에 대한 단 한 마디 불평의 말도 입 밖으로 새어나오지 않았다.

눈물과 기도가 아무런 소용도 없자 그의 아내는 알 수 없는 순종과 경외심으로 앉아 마지막을 기다렸다. 다른 그 누구보다 그를 잘 아는 그녀는 모든 것에 대한 이 전적인 포기가 실로 많은 것을 의미하고 있음을 알았기 때문이다.

'모든 것을 신에게 맡기자'라는 것이 그의 신념이었다. 그리고 위기 속에서 신실한 이 영혼은 지혜로운 아버지 하느님께서 그렇게 그를 닮은 삶을 살려고 노력했던 자녀를 버리시지 않을 것이라고 확신하며 자신의 신념을 고수했다. 밖에는 첫눈이 내렸고 그 눈을 밟고 찾아오는 친구 한 명 없이 호프 자매는 외로운 방 안에서 진행되고 있는 비극의 끝을 기다리며 아이들을 자신의 주위로 불러모았다.

그러나 고통받고 혼란에 빠진 영혼들을 인도하고 지탱하는 강력한 천사들이 발자국도 남기지 않고 찾아와 내면에 기적을 일으키고 떠나갔다. 다른 모든 감정이 희미하게 퇴색하고, 다른 모든 희망이 완전히 소멸하고, 죽음의 공포마저 거의 사라지고, 육신이 더이상 그 어떤 배고픔이나 갈증의 고통도 느끼지 못하게 되었을 때, 영혼이 몸을 떠날 준비가 되었을 때 그 모든 것을 이기고 살아남은 사랑이 죽기를 거부했기 때문이다. 머리는 패배로 숙여지고 두 손은 너무도 고된 일에 지쳐버렸지만, 심지어 죽음에 직면해서도 심장만은 진실로 그를 사랑하는 사람들에게 차가워질 수 없었던 것이다.

"한결같은 나의 아내, 어린 딸들, 그들은 나를 버리지 않았어. 나에게는 그 무엇으로도 끊을 수 없는 끈으로 연결된 이들이 있어. 내가 무슨 권리로 그들만 남겨두고 떠날 수 있단 말인가? 나도 한몫을 해 불러들인 슬픔과 짐에서 어떻게 나만 도망갈 수 있단 말인가? 나에게는 아직 의무가 남아 있다. 그리고 남자답게 그 의무를 수행해야 해. 때가 되면 세상은 그들을 생각해 나를 용서해줄 거야. 그리고 지금은, 그들을 위해 신께서 나를 지탱해주실 테지."

너무도 쇠약해져 몸을 일으킬 수 없었기 때문에 에이블은 언제나 손 닿는 곳에 놓여 있던 음식을 움켜쥐었다. 그리고 잊을 수 없는 그 밤의 고독과 어둠 속에서 음식을 먹고 물을 마셨다. 그것은 꿈이 사라지고 난 뒤 남은 의무에 새롭게 삶과 마음을 바치겠다는 그의 결심, 새로운 성찬식의 빵과 포도주였다.

이른 새벽, 슬픔에 젖은 아내가 두려움에 떨며 베개 위 인내하는 얼굴 위로 무슨 변화라도 있는지를 보러 왔다. 그러나 그녀는 그 얼굴이 그녀를 향해 미소짓고 있는 것을 발견했다. 쇠약해진 손을 그녀에게 뻗으며 그는 기운 없는 목소리로 용기를 내어 "호프!"라고 외쳤다.

그날 그 작은 방에서 있었던 일은 사랑을 위해 숱한 고통을 견디고 인내한 그들의 가슴에만 묻어두도록 하자. 우리는 곧 그 허깨비처럼 쇠약해진 남자가 결코 그를 저버리지 않는 팔에 기댄 채 자리에서 일어나 절대로 그때의 일을 잊지 못하는 아이들의 사랑과 환영을 받았다는 사실을 아는 것으로 충분할 것이다.

'호프'는 이제 이 집의 슬로건이 되었다. 벽난로에 마지막 장작이 타오르고 식탁 위에 마지막 빵과 사과가 남아 있는 동안, 용기를 회복한 이 새로운 사령관은 남편에게 말했다.

"모든 것을 주님께, 그리고 나에게 맡기세요. 주님께서는 주님 일을 하셨으니 이젠 내가 내 일을 할게요."

"하지만 여보, 우리에겐 돈이 없잖소."

"아니, 있어요. 팔 수 있는 걸 모두 팔았어요. 그거면 이 눈구덩이를 벗어나기에는 충분할 거예요."

"어디로 갈 수 있단 말이오?"

"인정 많은 이웃 러브조이네 방 네 칸을 쓰기로 했어요. 봄이

올 때까지 거기서 약간의 돈으로 지낼 수 있어요. 그다음엔 새 계획을 세우고, 부디 신의 가호가 함께하기를 빌며 우리 집을 찾아야겠지요."

"하지만 호프, 당신한테 있는 얼마 안 되는 돈으로는 오래 버티지 못할 거요. 우리한테는 친구도 없고."

"전 바느질을 할 수 있고 당신은 장작을 패면 돼요. 러브조이 씨가 다른 사람들한테 주는 것과 같은 보수를 당신에게도 주겠다고 했어요. 트루먼 부인은 제가 원하는 일감을 모두 나한테 보내줄 거고요. 그리고 고마운 오빠가 마지막까지 우리를 저버리지 않을 거예요. 기운내요, 여보. 이 세상에 일과 사랑이 있는 한 우리는 고통받지 않을 거예요."

"나의 천사 호프, 당신이 있는 한 나는 절망하지 않을 테요. 설사 여전히 내가 채워야 할 자리가 있는 성스러운 작은 세계 밖으로 걸어나가기까지 다시 또 삼십 년을 기다려야 한다고 할지라도 말이오."

그렇게 황량한 12월의 어느 날, 소가 끄는 썰매에 얼마 안 되는 세간을 쌓고 그 위에 장밋빛 볼의 아이들을 앉힌 다음, 부부는 손을 잡고 썰매 뒤에서 터벅터벅 걸으며—이 유랑 무리는 에덴을 떠나 다시 세상을 향해 떠나갔다.

"아, 이런! 행복한 꿈들이여, 다시는 내 것이 될 수 없는 것들을 얼마나 많이 남겨두고 떠나는지." 눈으로 된 수의壽衣를 입은 채 차고 창백하게 누워 있는 잃어버린 낙원을 뒤돌아보며 에이블이 말했다.

"맞아요, 여보. 하지만 이렇게 많은 것을 가지고 가잖아요." 남편과 아이들을 둘러보며 용감한 호프 자매가 대답했다.

"불쌍한 프루틀랜드! 다른 것도 다 그렇지만 이름 역시 대 실패였어!" 잎 없는 가지에서 서리 맞은 사과 하나가 발치로 떨어지자 에이블이 한숨을 쉬며 말을 이었다.

그러나 그의 아내가 위로와 조롱을 반반 섞어 대답하자 그의 한숨은 미소로 바뀌었다.

"추락하는 썩은 사과가 더 적당한 이름 아니었을까요, 여보?"

루이자 메이 올컷 연보

1832 11월 29일 에이머스 브론슨 올컷과 애비게일 메이 올컷의 둘째 딸로 미국 펜실베이니아 주 필라델피아에서 태어난다.

1834 가족과 함께 매사추세츠 주 보스턴으로 이주한다.

1840 가족과 함께 매사추세츠 주 콩코드로 이주한다. 아버지의 가까운 벗이자 이웃이었던 초월주의 사상가 랠프 월도 에머슨, 헨리 데이비드 소로에게 직간접적으로 교육을 받는다. 이외에도 너새니얼 호손, 마거릿 풀러 등 당대 문인들 및 초월주의 지식인들과 올컷 가족 간에 지속적으로 활발한 교류가 이어진다. 경제적으로 늘 어려웠지만 이즈음부터는 극심한 생활고에 시달린다.

1843 유토피아 공동체 프루틀랜드Fruitland를 설립한 아버지를 따라 온 가족이 공동체로 이주한다. 이 실험은 실패로 돌아간다.

1845 다시 콩코드로 이주한다. 훗날 이때의 경험과 당시의 일기를 바탕으로 「초월주의의 야생귀리Transcendental Wild Oats」를 집필한다.

1847 남부에서 도망친 흑인들이 북부의 자유 주 또는 캐나다로 탈출하도록 도와주는 '지하철도Underground Railroad'의 역/쉼터로 가족의 집을 제공한다.

1848 여성의 인권과 참정권을 주장한 「감정 선언문Declaration of Sentiments」을 읽고 큰 영향을 받는다.

1854 에머슨의 딸 엘런에게 들려주기 위해 썼던 동화와 우화 모음집 『꽃의 우화*Flower Fables*』를 출간한다.

1856 '소녀들을 위한 책'을 써달라는 출판사의 부탁을 받고 『작은 아씨들*Little Women*』을 쓰기 시작한다.

1857 일자리를 구하지 못해 절망하여 자살을 생각한다. 이 시기 엘리자베스 개스켈이 쓴 샬럿 브론테 전기를 읽으며, 브론테와 자신의 삶에 유사한 점이 많다는 것을 확인한다.

1858 여동생 엘리자베스가 세상을 떠나고 언니인 애나가 결혼한다. 올컷은 자신들의 여성 공동체가 끝났다고 느낀다.

1862 남북전쟁중인 12월, 북군 간호사로 자원입대한다.

1863 1월, 장티푸스 폐렴에 걸려 콩코드 집으로 돌아온다. 병에서 회복된 후에도 이전의 건강을 완전히 회복하지 못하고 죽기 전까지 심각한 두통, 불면증, 관절통 등에 시달렸으며 통증 완화를 위해 모르핀, 아편, 해시시 등을 습관적으로 복용한다. 간호사 복무 기간 동안의 경험, 당시 집과 친구들에게 보낸 편지들을 바탕으로 『병원 스케치*Hospital Sketches*』를 발표한다. 이 작품으로 대중적 인기와 문단의 관심을 동시에 받는다. 같은 해 *Atlantic Monthly*에 「나의 콘트라밴드My Contraband」를, *Frank Leslie's Illustrated Newspaper*에 「어둠 속의 속삭임A Whisper in the Dark」을 기고한다. 이 해부터 1870년까지 본격적으로 가명 혹은 익명으로 쓴 선정적인 소설들을 각종 주간신문에 발표한다.

1864 작가로서의 야심을 담아 쓴 본격 장편소설 『변덕*Moods*』을 출간하지만 비평가들에게 혹평을 받는다. 5월, 「수수께

끼Enigmas」를 *Frank Leslie's Illustrated Newspaper*에 기고한다. 11월, 인종문제, 여성문제, 계급문제를 복합적으로 다룬 단편 「한 시간An Hour」을 발표한다.

1866 9월, 『현대의 메피스토펠레스, 또는 치명적인 사랑의 추격전*A Modern Mephistopheles, or The Fatal Love Chase*』을 탈고한다. 그러나 지나치게 선정적이라는 이유로 출판을 거부당한다. 10월부터 11월까지 「가면 뒤에서, 또는 여자의 능력Behind a Mask: or, A Woman's Power」을 *The Play of Our Union*에 연재한다.

1868 〈뉴잉글랜드 여성참정권 협회〉에 가입한다. 이해와 다음해에 걸쳐 『작은 아씨들』 1권과 2권을 출간한다. 이 작품의 대성공으로 마침내 가족이 빚과 오랜 생활고에서 벗어나게 된다. 이후 주로 어린이 및 청소년 문학을 집필한 작가로 유명해졌으며 죽기 전까지 어린이와 청소년을 위한 다수의 문학작품을 창작한다.

1869 2월, 「위험한 놀이Perilous Play」를 *Frank Leslie's Chimney Corner*에 기고한다.

1870 『구식 소녀*An Old-Fashioned Girl*』를 출간한다.

1871 『작은 아씨들』의 속편 『작은 신사들*Little Men*』을 출간한다.

1873 두번째 장편소설 『일*Work: A Story of Experience*』을 출간한다. 대중과 비평가 모두에게 별다른 호응을 얻지 못한다. 건강이 악화된다. 12월, *New York newspaper*에 「초월주의의 야생귀리」를 기고한다.

1877 어머니 애비게일 메이 올컷이 세상을 떠난다. 이해부터 어

머니의 평생 숙원이었던 여성의 참정권 획득 및 행사를 위한 각종 정치활동에 더욱 적극적으로 참여한다.

1879 콩코드 지역 의회 선거를 위해 등록한 최초의 여성이 된다.

1880 전해 파리에서 세상을 떠난 막내 여동생 메이의 열 달 된 딸 룰루를 맡아 키우면서, 과부가 된 언니와 언니의 아이들, 아버지, 죽은 여동생의 자녀까지 모두 올컷이 부양하게 된다.

1886 『작은 아씨들』 삼부작의 마지막 『조의 소년들*Jo's Boys*』을 출간한다.

1888 3월 6일 뇌졸중으로 세상을 떠난다.

집 안의 천사에서 국가의 운영자로
—올컷과 남북전쟁

루이자 메이 올컷 선집 1권 『가면 뒤에서』는 여성주의자 올컷의 면면을 보여주는 소설들을 주로 소개했다. 2권 『초월주의의 야생귀리』에는 남북전쟁과 노예해방을 주제로 한 세 편의 중·단편과 원시 공산주의 사회를 꿈꾸었던 아버지의 유토피아적 공동체 실험에 대한 자전적 에세이 한 편을 담았다. 올컷과 그녀의 가족 모두는 열렬한 노예제 폐지론자들이었다. 1847년에는 상당한 위험을 무릅쓰면서까지 남부에서 도망친 흑인들을 북부의 자유 주나 캐나다로 탈출하도록 도와주는 '지하철도Underground Railroad'의 역/쉼터로 자신들의 집을 일주일 간 제공한 적도 있다. 1859년 노예폐지론자 존 브라운이 흑인 봉기와 무장을 계획하고 버지니아 주 하퍼스페리에 있는 연방정부 무기고를 점거한 혐의로 체포되어 사형을 당했을 때 헨리 데이비드 소로가 조직한 그의 장례식을 위해 올컷은 추도시를 지었다. 당대 최고의 베스트셀러 작가로 부와 명성을 누린 것에 대해서는 "쓰레기 같은 글을 썼다"라며 언제나 부끄러워했지만 남북전쟁중 북군 측 종군간호사로 전쟁에 참여해 작으나마 노예제도 폐지에 기여할 수 있었던 것에 대해서 그는 평생 무한한 자부심을 표현했다.

「병원 스케치」와 「나의 콘트라밴드」, 「한 시간」 모두가 남북전쟁이 한창이던 1863년과 1864년에 발표된 글들이다. 「병원 스케치」 같은 일종의 보도문, 또 「나의 콘트라밴드」, 「한 시간」 같은 멜로드라마 양식은 당시 여성 문인들에게 접근이 용이하고 효과적인 사회참여 발언의 형식들이었다. 올컷은 남북전쟁의 정당성과 노예해방의 당위성을 주장하기 위해 두 장르 모두를 십분 활용했다. 그뿐만 아니라 그는 이들 작품에서 치유하고 양육하며 운영하고 관리하는 여성상을 노예제도와 시민전쟁으로 상처입고 피 흘리는 나라를 회복하고 재건할 주체로 제시함으로써, 여성의 역할을 '집 안의 천사'에서 '국가의 천사'로 확장시키기도 했다. 모계중심적 확대가족, 그것이 올컷이 생각한 전후 인종통합 사회의 이상적 비전이었다. 이 비전에서 어머니와 아내라는 빅토리아시대 여성의 전통적인 역할은 흑백이 통합된 새 미국을 낳고 키우고 운영하며 관리하는 공적 역할로 확대된다. 이 과정에서 올컷이 어떻게 기존의 여성관, 인종관에 도전하고 그것을 수정하는 동시에 재생산하기도 하는지를 지켜보는 것은 흥미로운 일이다.

「병원 스케치」는 올컷이 어떻게 노예해방론과 여성주의를 결합하고 있는지를 잘 보여주는 작품이다. 종군간호사로 참전했던 여섯 주 동안 가족, 친구, 지인 들에게 보낸 편지를 바탕으로 재구성한 「병원 스케치」가 비평가와 대중 모두에게 뜨거운 반응을 얻자, 올컷은 "사람들이 대체 왜 뒤죽박죽 정신없는 편지 몇 편 발췌한 걸 그렇게 좋아하는지 모르겠다"라며 자신의 글을 폄하했다. 「병원 스케치」의 서술자인 어리버리 독신 간호사 페리윙클도 시종일관 자신의 경험을 희화화한다. 비장한 마음으로 입대를 결심하지만 워싱턴까지 가는 차표 한 장을 얻기 위해 그는 "거대한 거미줄에 사로잡힌 한 마리의 원기왕성한 파리"처럼 미로 같은 주의사당의 복도와 방을 헤매며 성과 없이 버둥거린다. 처음 병원에 도착해서는 환자들을 대면하기가 무서워 세탁물 뒤에 숨는가 하면 옷 벗은 남자들을 씻기라는 명령에 차라리 굴뚝 위에서 춤을 추는 편이 낫겠다며 기겁을 하기도 한다. 한 달 만에 병이 나 쓰러졌을 때는 석 달의 복무 기간을 채우겠다며 여러 사람의 귀가 권고를 완강히 거부하다가도 아버지가 찾아와 "집으로 가자"라고 한마디하자마자 대번에 결심을 꺾고 아버지를 따라나서기도 한다. 섭섭함을 달래기 위해 "간호사 페리윙클의 때 이른 죽음"을 추모하며 쓴 자작시에서는 "간호사가 너무 일찍 떠났음을 알리"기 위해 비석에 숟가락을 새겨넣었다고 자신의 짧은 복무 경험을 조롱한다. 그러나 수미일관한 자기 희화화에도 불구하고 간호사 페리윙클은 자신의 업무를 "아픈 미국"과 "아기 아프리카"를 동시에 돌보는 중책으로 기술한다. 허둥지둥하는 척하지만 사방에 만연한 관료주의와 비능률적인 병원 운영, 비인간적인 의료진들의 행태를 낱낱이 고발한다. 그가 근무하는 '뒤죽박죽 병원'의 이름이 암시하듯 사실 혼란에 빠져 정신줄을 놓은 것은 간호사 페리윙클이 아니라 노예제도와 시민전쟁으로 두 동강이 난 미국이다. 정작 그는 절단되고 피 흘리는 국가를 간호해 질서와 건강을 회복시키고 새로운 시민의 탄생을 위한 진통을 감수하며 그 양육을 위한 수고를 기꺼이 껴안는다. 스스로를 새로운 국가의 어머니이자 운영자로 제시하고 있는 것이다.

올컷이 "아픈 미국"을 치유하고 "아기 아프리카"를 성숙한 시민으로 성장시킬 여성의 중책을 언제나 희화화된 인물이나 풍자 뒤에서 추구한 것은 아니다. 「나의 콘트라밴드」에 등장하는 또다른 종군간호사 화자 데인은 「병원 스케치」의 페리윙클과는 사뭇 다른 입장에서 사뭇 다른 목소리로 동일한 업무를 수행한다. 「병원 스케치」의 페리윙클은 탈성화脫性化된 여성이다. 군인들을 벗기고 씻기고 먹이고 품에 안아 위로할 때도 성적인 긴장감은 느껴지지 않는다. 그는 연인이 아니라 어머니이기 때문이다. 반면 「나의 콘트라밴드」의 데인은 어머니인 동시에 연인이다. 데인이 한 병실에서 조수로 일하게 된 콘트라밴드 로버트와 처음 만난 순간부터 로버트가 마지막 말을 내뱉고 죽음을 맞는 순간까지, 에로틱한 긴장감이 백인 간호사와 남부 출신 탈주 노예 사이를 가득채운다. 치명적인 부상을 입고 죽음을 기다리는 로버트를 병원에서 다시 만난 데인은 침대 위 명패에 그의 이름이 로버트 데인으로 적혀 있는 것을 본다. 노예는 성姓이 없다고 말했던 그가 데인의 성을 사용하고 있었던 것이다. 성을 공유하는 상징적 행위를 통해 로버트는 데인과 결혼한다. 「병원 스케치」의 간호사 페리윙클이 어머니로서 아기 아프리카를 보듬어안으며 인종통합의 한 방식을 제시했다면 「나의 콘트라밴드」에서 데인은 연인으로서 흑인 노예와 자신의 성을 공유하며 인종통합의 또다른 방식을 제시한다.

그러나 어머니 품에 안긴 "아기 아프리카"나 백인 여성에게 이름과 성을 받아 자유 시민으로 다시 태어나는 흑인 노예의 이미지에서 드러나듯, 올컷이 상상한 인종통합이 흑백의 수평적인 결합은 아니었다. 흑인을 박애와 계몽의 대상으로 보는 북부 노예해방론자들 일반의 태도에 반감과 회의가 아주 없지는 않았지만, 당대 대부분의 백인 중산계급 노예해방론자들처럼 올컷 역시 기본적으로는 시혜자의 입장에서 흑인해방과 인종통합을 상상했다. 물론 「나의 콘트라밴드」에서 남북전쟁중 흑인 군인들의 기여가 영웅적으로 재현되기도 하고, 「한 시간」에서 무장봉기를 통해 자유를 직접 쟁취하려고 하는 흑인들의 시도가 대단히 정당하고 납득할 만한 것으로 그려지기도 한다. 그럼에도 올컷의 작품들에 등장하는 흑인들은 대부분 복수 및 자유 쟁취를 위한 자신들의 본래 계획을 포기하고 박애주의적 백인 노예해방론자들의 인도에 따라 그들이 제시하는 노예해방 기획을 받아들인다. 노예해방의 주도권을 백인에게 넘기는 것이다. 이 구도에서 자유는 백인 노예해방론자들이 흑인에게 선사하는 인도주의적 선물이 된다.

남부 벼 플랜테이션의 흑인 봉기 기도를 다룬 「한 시간」은 이런 구도의 전형적인 예를 보여준다. 아버지에게 물려받은 농장의 흑인들을 모두 해방하는 북부 출신 노예해방론자 개브리엘은 이 이야기에서 천사이자 영웅이며 순교자로 그려진다. 대를 이어 계속

된 억압과 폭력에 "더는 못 참는다"라며 들고 일어난 쉰 명의 노예들, 벌써 마름을 잡아다가 그들이 당한 그대로 고통스럽게 고문해 살해하고 이제 주인집을 습격하기 위해 일어난 노예들 사이로 개브리엘은 마치 "인간이 아니라 지복의 소식을 들고 온 아름답고 자비로운 천사"처럼 등장한다. "정의로운 목적 이외에는 그 어떤 무기도 없고, 진실 이외에는 그 어떤 화술도 갖추지 못했으며, 이 기념비적 순간의 고조된 분위기 때문에 상기된, 격한 감정으로 심장이 터질 것 같은 그가 무리 속에" 서서 모두를 해방하겠다고 외치자 노예들은 순식간에 감격의 눈물을 쏟으며 서로를 부둥켜안고 감사와 기쁨의 외침을 내지른다. 물론 이 글이 남북전쟁이 한창이던 1864년 12월, 북부의 노예해방론자들이 주 독자층인 신문에 실렸던 작품이라는 사실을 잊어서는 안 된다. 구원자이자 해방자인 영웅과의 동일시, 전쟁의 도덕적 정당성에 대한 강조, 노예제도가 폐지되지 않으면 신의 분노든 노예의 분노든 곧 폭발하고 말 것이라는 묵시론적 경고 등은 모두 당시 노예해방론자들 사이에서 흔히 사용되던 수사였다. 올컷 개인의 관점보다는 북측 노예해방론자들의 일반적 태도와 정서를 대변하는 면이 있는 것이다. 올컷이 때로 이런 태도와 정서에 거리를 두기도 했고, 흑백 간 사랑과 결혼이라는 주제를 다룰 때면 훨씬 더 수평적인 결합의 방식을 상상하기도 했다는 사실을 간과해서는 안 된다. 그러나 기본적으로는 올컷 역시 노예해방을 백인의 도덕적 미션으로, 흑인을 그 영웅적 미션의 시혜자로 이해하고 있었다는 사실을 반박하기는 쉽지 않을 것이다.

「초월주의의 야생귀리」는 자전적인 작품이다. 루이자 메이 올컷의 아버지 에이머스 브론슨 올컷은 소외된 노동과 소유, 어떤 종류의 착취도 존재하지 않는 유토피아적 원시 공산주의 공동체를 꿈꾸었다. 1843년 여름, 자신의 이상을 실현하기 위해 에이머스 브론슨 올컷은 가족을 모두 데리고 뜻을 함께 하는 몇몇 친구와 뉴잉글랜드의 척박한 산골짜기 마을로 들어간다. 이 이상주의자들은 철저한 채식 식단을 유지하고, 노예 노동을 통해 생산되는 목화나 누에를 '착취'해 얻어지는 비단 등은 일절 사용하지 않으며 신성한 땅을 더럽히지 않기 위해 거름을 쓰지 않고 가축의 도움도 없이 농사를 짓는 극단적으로 윤리적인 삶의 실험을 두 해가량 지속했다. 실험은 처참한 실패로 끝났다. 「초월주의의 야생귀리」에서 풍자적이면서도 씁쓸하게 회고하듯 한 번도 농사를 지어보지 않은 그들은 하나의 밭에 서로 다른 씨앗들을 뿌리는가 하면, 일용할 양식보다 더 귀한 것들을 거두어들이기 위해 수확 시기에 전국 각지로 강연 여행을 떠나버리기도 했기 때문이다. "행위보다 존재를" 그리고 "육체적 기술보다 영혼의 명령"을 우선시하는 철학자들을 대신해 삶을 유지하기 위한 기본적 노동의 대부분을 감당한 것은 올컷의 어머니와 그녀의 어린 "대원"들이었다. 실험이 실패했을 때 낙담해 굶어죽으려고 했던 남편을 일으켜세우고 삯바느질, 하숙, 청소 등 온갖 궂은일을 하면서 가족을 부양한 것도 올컷의 어머니였다.

사실 이 공동체 실험 이전에도 이후에도 올컷의 아버지는 한 번도 경제적 가장 노릇을 한 적이 없었다. 유복하고 진보적인 가풍을 가진 집에서 태어나 선진적 교육을 받고 자라난 올컷의 어머니와 달리 어려운 가정에서 태어난 올컷의 아버지는 농부인 어머니에게 읽고 쓰는 법을 배운 것을 제외하면 이렇다 할 공식적 교육은 거의 받지 못했다. 그러나 봇짐장수로 전국 각지를 떠돌아다니며 얻어들은 풍월로 스스로를 교육한 그는 보스턴에 정착하면서 당대의 유력한 초월주의 철학자들과 친분을 맺게 된다. 진보적 지식인, 철학자, 교육자로 스스로를 재정립한 브론슨 올컷은 연이어 실험적 학교들을 열었다가 실패하고, 낙담한 중간중간 전국 각지로 강연 여행을 다니는가 하면 저술 활동을 하고, 이상적 공동체를 기획하고 실현하느라 돈을 벌 시간이 없었다. 돈을 버는 일을 경멸하기도 했다. 남편의 교육사업 실패로 인한 빚을 갚고 줄줄이 태어나는 자식들을 굶기지 않기 위해, 올컷의 어머니는 줄곧 친정 오빠와 아버지에게 돈을 좀 융통해달라고 부탁하는 편지를 써보내고, 한 번도 해보지 않은 허드렛일을 하며 생활비를 벌어야 했다. 십대가 되어 일을 할 수 있는 나이가 되자마자 올컷과 그의 언니 역시 가정교사, 삯바느질, 보모, 심지어 가정부 일까지 살림에 보탬이 되는 일이라면 뭐든지 해야 했다. 그래도 가족은 늘 빚과 가난에 허덕였다. 빚을 갚고 어머니를 끝없는 노동에서 벗어나게 해주는 것, 생활력 없는 에이머스 브론슨 올컷의 딸이지만 주위에 아쉬운 소리 하지 않고 자립해 살 수 있음을 보여주는 것, 이런 것들이 십대와 이십대 시절 올컷의 가장 간절한 바람이었다. 올컷은 자신의 아버지도, 에머슨과 소로 등 아버지의 친구들도 존경하고 사랑했다. 인종, 성, 계급 등의 사회문제에 대한 그들의 비판적 인식에 깊이 공감했으며 현실과 타협하지 않는 그들의 이상주의적 태도도 우러러보았다. 그러나 동시에 올컷은 월든 호숫가에 통나무집을 짓고 사색과 고독을 향유하는 소로의 삶이 자신과 어머니에게 가능한 삶은 아니라는 것을 잘 알고 있었다. 에머슨이 자신의 아버지 에이머스 브론슨 올컷과 머리를 맞대고 철학을 논하는 동안 에머슨의 아내는 남편의 벗들을 접대하고 아픈 아이를 간호하며 남편이 자연과 합일되는 삶을 추구할 수 있도록 자질구레한 일상의 노고를 감당하고 있다는 사실 역시 알고 있었다. 이상주의자 아버지에 대한 애정과 연민, 무능하고 위선적인 가부장 아버지에 대한 답답함과 원망, 「초월주의의 야생귀리」는 올컷이 평생 아버지에게 느꼈던 이런 양가감정을 잘 보여주는 작품이다. 아버지와 생일이 같은 올컷은 아버지가 죽고 사흘 뒤에 죽었다. 『작은 아씨들』의 대성공으로 마침내 오래 묵은 아버지의 빚을 모두 갚고 나서도 올컷은 오른손에 관절통이 오면 왼손으로 글을 쓰며 과부가 된 언니와 조카들, 죽은 여동생의 딸아이까지 부양하며 온 가족의 가장 노릇을 했다. 죽기 직전까지 아버지를 간호하고 늙어서도 지칠 줄 몰랐던 아버지의 저술 활동 및 강연 여행을 물심양면 지원한 것도 올컷이었다. 정작 자신도 병석에 누워 있어 아버지의 죽음을 몰랐지만 아버지가 죽고 사흘 뒤에 세상을 떠난 올컷은 마치 이제 더는 뒤처리할 것이 없겠구나 생각하며 마음 편히 눈을 감은 것처럼 보이기도 한다. 평생 생활은 등한시하고 이상을 추구하며 산 아버지 에이머스 브론슨 올컷의 삶과 평생 생활의 무게에 눌려 작가로서의 야심을 펼쳐보기 어려웠던 딸 루이자 메이 올컷의 삶은 여러 가지 점에서 대조적이다. 올컷이 가정소설, 아동소설, 선정소설, 멜로드라마 등 시장에서 잘 팔리는 글들을 주로 쓴 것, 놀랍도록 많이 쓴 것, 대중문학 장르의 관습들이 허락하는 방식으로 자신의 신념들을 표현한 것 등은 올컷의 이런 가정사적 배경과 무관하지 않을 것이다.

해설보다는 소개를 쓰려고 했지만 쓰고 보니 해설이 주가 된 것 같다. 이 글이 다양하고 자유로운 올컷 읽기에 방해가 되지 않기를 바란다. 일 년 넘게 올컷 작품과 비평을 함께 읽어준 뉴욕 주립대학교 버펄로 캠퍼스 영문과의 스테이시 허버드Stacy Hubbard 선생님과 캐리 브래먼Carrie Bramen 선생님, 영문 해석을 도와준 친구 다이앤 웨버Diane Weber, 편집 과정 일체를 주관한 문학동네 허정은 선생님, 교정 교열을 맡아준 이홍림 선생님에게 감사인사를 드린다.

2014년 6월

서정은

초월주의의 야생귀리

초판인쇄 2014년 7월 1일
초판발행 2014년 7월 9일

지은이 루이자 메이 올컷 | 옮긴이 서정은 | 펴낸이 강병선
기획 고원효 | 책임편집 허정은 | 편집 이홍림 송지선 김영옥 고원효
디자인 이효진 최미영 | 마케팅 정민호 이연실 정현민 지문희 김주원
온라인마케팅 김희숙 김상만 한수진 이천희
제작 강신은 김동욱 임현식 | 제작처 한영문화사

펴낸곳 (주)문학동네
출판등록 1993년 10월 22일 제406-2003-000045호
주소 413-120 경기도 파주시 회동길 210
전자우편 editor@munhak.com | 대표전화 031)955-8888 | 팩스 031)955-8855
문의전화 031)955-1933(마케팅), 031)955-7973(편집)
문학동네카페 http://cafe.naver.com/mhdn
문학동네트위터 http://twitter.com/munhakdongne

ISBN 978-89-546-2515-9 03840

이 도서의 국립중앙도서관 출판시도서목록(CIP)은
e-CIP 홈페이지(http://www.nl.go.kr/ecip)와
국가자료공동목록시스템(http://www.nl.go.kr/kolisnet)에서 이용하실 수 있습니다.
(CIP 제어번호: CIP2014018726)

www.munhak.com